等待夏天的风

Waiting for the Summer Winds

所言非言 著

江苏凤凰文艺出版社
JIANGSU PHOENIX LITERATURE AND ART PUBLISHING, LTD

图书在版编目（CIP）数据

等待夏天的风 / 所言非言著. -- 南京 : 江苏凤凰文艺出版社，2018.6

ISBN 978-7-5594-2108-1

Ⅰ. ①等… Ⅱ. ①所… Ⅲ. ①长篇小说－中国－当代 Ⅳ. ①I247.5

中国版本图书馆CIP数据核字(2018)第104363号

书　　名　等待夏天的风

著　　者　所言非言
责任编辑　姚　丽
策划编辑　杨　旋
特约编辑　邓　理
封面设计　杨　平
内文设计　廖　琴
封面绘制　那　仁
出版发行　江苏凤凰文艺出版社
出版社地址　南京市中央路165号，邮编：210009
出版社网址　http://www.jswenyi.com
印　　刷　湖南天闻新华印务有限公司
开　　本　880X1230毫米　1/32
印　　张　8.5
字　　数　240 千字
版　　次　2018年6月第1版
印　　次　2018年6月第1次印刷
标准书号　978-7-5594-2108-1
定　　价　34.80 元

Contents

目录

Chapter 01 似曾相识的他

时末再次见到司穹，是一年后，在地铁站的出站口。

他穿一身剪裁得体的西装，衬得身形挺拔颀长。明明看起来年纪轻轻，不过二十七八，却拄着一根手杖，裸露在外面的手异常的白。

——是苍白，常年不见光的那种。

他站得笔直，像世界语言研究所（世研所）大门口常年挺立的雷竹。他并没有因为这场突如其来的大雨困住去路而焦躁地跺脚或者不耐烦地抱怨。他神色平静，一双眸子深邃迷离，目光淡淡地注视着前方，这场暴雨，丝毫没有在他身上掀起涟漪。

他的头忽然微微向上扬起，颗颗雨珠串连成雨幕，衬托出他性感诱人的喉结。

时末只是短暂地看了一眼，眼神从他身上掠过，并未过分关注。她有些焦躁地甩了甩被雨水打湿的裤脚，小声嘟囔了一句："这该死的鬼天气。"

此时，他却转头，两人恰好四目相对。从容淡定的是他，尴尬茫然的是她。

猝不及防地撞进他的幽深的眼眸，时末的心跳漏了一拍，像做坏事被抓包的小孩。她带着一丝尴尬和燥热，快速地撑起伞冲进雨里。

她身后的男人眸光微动，本欲抬起来的手慢慢收回，自然地垂在身侧，看着冲进雨中狼狈的身影，嘴角噙着淡淡的笑。

他不慌不忙地，甚至还小小地往后退了一步，将滴落在台阶沿上飞溅的雨水彻底隔绝在外。

时末闷头疾走，试图用高频率的步伐将刚才心中出现的悸动压回心底。

这个男人给她的感觉很奇怪，熟悉而又陌生，是一个矛盾的个体，她迅速在脑海中搜寻一番，无果之后，她确信自己以前没见过他。

这是极其危险的讯号，她曾辅修过心理学，当一个女人面对一个陌生的男人，心跳频率超过正常数，那么这个女人爱上男人的可能性为50%。只是这个说法，也只有实践了才知道它的准确性。

时末走出二三十米，脚步骤然停下，生生溅起一圈水花，然后她回头了。

他似乎一点也不意外，微微向上挑起的嘴角露出一丝笑意。但几乎是一眨眼的工夫，他又换上了那一副看透人世间风花雪月的表情，淡淡的，像长白山天池的水，纯洁透彻却常年笼罩着薄雾，让人摸不透他的所思所想，却越发想探其究竟。

时末走近，将伞向上扬了几分，露出巴掌大的小脸，豪气地说："先生，你去哪儿？我送你。"

时末说这句话的时候，那种无厘头的自豪感和她帮世研所送水的师傅下货一般！

他看了看她的伞，24根伞骨，艳丽的彩虹色，遮她一个人绰绰有余，加上他，略显拥挤，而且……

他看了看她打湿的裤脚，道："谢谢，不用了。我朋友正在赶过来。"

嗓音是清而淡的，礼貌中透着些许疏离。

他拒绝了，这在时末的意料之内，所以，她很快便有了对策："先生，我想你还不知道，大雨封路，附近的几条主干道都被封了，唯一能走的只有地铁，可是刚才雨水倒灌，地铁站里面已经积水了。"她指了指自己湿了半截的裤脚，又接着说，"所以，先生，你的朋友如果是开车来的，短时间之内应该是赶不过来了。"

时末说这话的时候，有些艰难地仰着头，毕竟面前的男人很高，而且他还站在台阶上。

高的更高了，矮的……矮的只能仰视了。

司穹也注意到时末和他说了一会儿话，便低下头甩脖子，起先他以为是雨水灌进了她的脖子里，后来才发觉好像是自己站得太高了。

他认真思考了几秒，然后不动声色地走下台阶。

“麻烦了。”他说。

三个字，言简意赅，丝毫不拖泥带水。

时末也没有想到，这么轻易，他就答应了，而且给人一种理所当然的感觉。

她还有点愣，他便已经钻进伞里，但是毕竟是一个陌生男人，陌生的气息瞬间在伞里蔓延。时末的鼻子比神经更加敏感，她有些不适应，下意识地在司穹钻进伞里的一瞬间，往后退了一步。

这一步，刚好将才钻进伞里的司穹完全暴露在了大雨里。

时末一惊，赶紧将伞举高，慌忙之中，伸手一捞，便把人拉了进来。这一拉，她的鼻尖抵上微微温热的胸膛，鼻子里完全是司穹的味道了。

属于面前这个男人的味道，很独特，时末想了很久，没有想出更好的形容词，大雨让她的鼻子没了平时的灵敏，她最后将这个味道定义为体香——男人的体香。

“不好意思，刚才脚滑。”这是时末结合此情此景给出的最符合逻辑的一个理由。

没有一点破绽，也不会让彼此尴尬，她的师父李忍经常说她不懂人情世故，如今，她正在学。

善意的谎言，总比她直截了当地告诉他真相：“不好意思，我刚才是故意的，就想看你雨中湿身的样子。”那样只会令两人间的气氛更加尴尬。

况且……时末看了眼就站在自己面前不到一步的司穹，因为她反应快，他也没湿身啊。

时末心中暗叹：可惜了，错过了活色生香的画面。

“没事。”他淡淡地说。垂下的头发有水顺流而下，在发尖聚集成水滴，然后“吧嗒”一声，滴到地上，融进雨水里。

他从容地从外衣的口袋里拿出一张深色的格子方巾，优雅地将身上的水渍擦干，其间还侧着好看的眉眼柔声问她：“需要擦一擦吗？”

时末觉得此刻他就是农夫，而她是那一条蛇，被她咬了一口，还反过来问她牙齿疼不疼。她原本是怀着好意给他撑伞的，可是事情的发展总是在预料之外，心里难免有些愧疚了。

心中有愧，表现在行动上难免就有一点殷勤的感觉，时末将伞不动声色地往男人移了移，然后问：“先生，你去哪儿？我可以先送你过去。”见他停在自己身上的眼神意味不明，似在探究，又好像是在思考，时末怕他误会自己的好意，及时补充了一句，“我时间很充裕。”

言外之意，送佛送到西，不管他去哪里，她都可以负责将他送到。只是面前的男人太高，时末几乎是踮着脚，用尽力气在撑伞。

司穹定眼看她，也不说话。

难道是自己表现得太过热情吓到了对方？时末如是想，司穹却突然抬起手来。她下意识地闭眼、缩脖子，一套动作做得十分流畅，像是预先练习过一般。

因为在世研所里，师父每每要打师兄的时候，便是这般作势扬起手，她看得多了，便也学会了如何反应。

可是下一秒，时末只觉得手上一轻，伞便落到了司穹的手上。

伞柄是纯黑色的，他握着伞，画面更加黑白分明，黑的是伞，白的是手，像一幅水墨画，正在大雨之中一点一点晕染开来。

“一个合格的绅士是不会让女士撑伞的。”他轻声说，然后侧开身，露出身后的路来，“走吧，兰溪市电视台。”

他说他去兰溪市电视台，巧了，她也是。

一个星期前，时未在世研所林正义师兄地怂恿下报名参加了兰溪市电视台主办的“寻找超感达人”比赛。本来一开始，时未是拒绝的，让她一个搞研究的出来抛头露面，她很不适应，但是看到节目组公布的奖金之后，她心动了——第一名，奖金十万元。

初赛和半决赛，她轻松通过。今天，刚好是决赛，三进一，最后夺冠的人，获得荣耀和十万元奖金。为了保证公平，决赛采取的是公开比赛，届时，决赛现场，除了有大赛评委，还有节目组随机抽选的200名观众。

所以，这个男人去兰溪市电视台，难道也是观摩决赛的？时未心思一动，看向司穹。

高大的男人撑着伞，似乎对身边这个娇小的女人的所思所想毫无所觉。

从旁人的角度来看，雨中，两个人在伞下漫步的背影，应该是一幅很美很浪漫的画面。但是事实只有尴尬。

时未的鞋子因为被倒灌进了雨水，现在每走一步，便发出“吧唧”的声音。她想化成一摊水，跟着水流流进下水道里。

好在从地铁站的出站门到兰溪市电视台不算太远，走了不过五六分钟，又拐了一个弯，兰溪市电视台几个大字便出现在了面前。

电视台的旋转门前站了一个西装革履的男人，手里拿了两把伞，时未看见他的时候，他也正往这边看过来。

这人和她身边的男人，明明是不一样的两个人，身上却有着相同的气质。时未猜测这个人应该就是身边男人口中的那个朋友。

她微微踮脚从司穹手里拿过伞：“既然你朋友来了，那我就先走了。”

她话音刚落，那位“朋友”已经小跑过来了。

时未等他给司穹撑起伞后，将伞拿开，见那人晃动着手腕上的表，开玩笑似的说：“两小时二十八分钟三十六秒，司穹，你再不出现，我真当你被人贩子拐走了！”

“季同。”司穹不轻不重地叫了他一声。

季同才意识到自己刚才那句话似乎有点歧义，看向司穹旁边的时未。

时未连忙摇头，否认道："我不是人贩子。"

季同没忍住，笑了，心想：哪儿有人贩子长得这么标致可爱的。

季同觉得这个小姑娘挺有意思的，便主动道："你好，我是季同，司穹的朋友，谢谢你送他过来。"

季同这般郑重其事的感谢，让时未觉得受之有愧，她解释道："我只是顺路。"虽然中途有那么一点心思不纯，但是完全可以忽略不计。

这姑娘说话倒是一点不拐弯，这句话噎得季同差一点没接下去，他笑了笑，不管怎样，人家姑娘把人安全送过来了，他理应表示感谢的。季同主动拿出名片，递给时未："这是我的名片，以后有什么需要帮忙的，尽管打电话给我。"

时未看了一眼，没接，只是又说了一次："我真的顺路。"说完，时未看了一眼司穹，礼貌地点了点头，转身走了。

萍水相逢，她觉得没有留电话号码的必要。

季同的名片第一次没送出去，他倒是无所谓地耸耸肩又揣回兜儿里去了，然后看着司穹戏谑地道："行啊，司穹，美男计！"

司穹看着时未的背影消失在旋转门中，用淡淡的语气纠正季同的错误："是苦肉计。"

早在几个小时前，正在酒店健身房做运动的季同突然收到一条奇怪的短信。

短信来自司穹，他说："先走了，我乘地铁过去。"

季同赶紧拿着毛巾把脸上的汗珠一抹，一个电话打了过去："司穹大少爷，专车不坐，免费的司机也不要，难道你要去邂逅你的夏雨荷？"

季同瞎胡扯，却扯到了点子上，司穹默不作声，算是默认了。

这一下，季同衣服也不换了，穿着健身服直接奔回了酒店的套房："哎，司穹，你先别走，你等我一起呗。"

司穹的夏雨荷啊！！！季同能不感兴趣吗?

司穹似乎早就料到季同会有这么一出，直接将他这个幼稚的想法扼杀在了萌芽状态："来不及了，我已经在地铁上了。"

季同衬衣穿到一半，西裤松松垮垮地掉在屁股上，他哀怨地说："什么地铁，通往春天的地铁上吗？"

司穹无心和季同耍嘴皮子，在他的哀号声中挂了电话，而这一趟通往"春天"的地铁，到站了。

之后，季同便按照司穹的吩咐，拿了两把伞，先一步到兰溪市电视台大门口等着，他等待的时候还一个劲儿地琢磨，司穹为什么让他带两把伞。

明明他的手杖内有乾坤，按一下就可以变成一把伞，再按一下，又变回了手杖。

直到他看见司穹撑着伞出现在电视台门口，敢情人家哪是邂逅夏雨荷啊，分明是模仿许仙蹭人家姑娘的伞去了。

季同暗自替司穹臊得慌，这几千年前就被用过的撩妹技巧，他也不嫌老套吗?

不过，司穹到底是什么时候认识这个姑娘的？季同完全没有印象。

司穹虽然生于兰溪市，但是成长于英国，成名于英国，就连他最光彩夺目的那几年，他走了很多地方，也不曾踏上过这一片土地。直到一年之前，听闻著名的心理医生Jones在兰溪市，他们才来到这个城市。但是，那一次因为严重的水土不服，司穹几乎是一下飞机就病了，之后他便在酒店躺了三天，哪儿有机会去认识这个可爱的小姑娘?

季同赶紧凑上去问他："你真认识这姑娘啊？"

"嗯。"司穹淡淡地答了一句，便转身往电视台里面走。

嗯？嗯是什么意思？难道他就不想解释一下，到底是什么时候什么地点以什么方式认识的?

季同追上去，将信将疑的目光在司穹身上游走："司穹，我们都二十几年的交情了，你就不想和我交代一下你们是怎么认识的吗？"

此时已经走到旋转门外，司穹收伞，正好看见搁在伞架子上的24骨彩虹伞，他将雨伞仔细折好，放到了彩虹伞的旁边，然后反问季同："以此来满足你那无聊的好奇心和窥私欲？"

季同嘿嘿直笑，把自己的伞也挨着司穹的伞放好，才说："哪有你说的这么严重，什么窥私欲，你别往我正直的身上乱扣帽子，我这明明是发自肺腑的关心。"

季同的无耻和无赖司穹见怪不怪，他淡淡地扫了季同一眼，然后言简意赅地回答："一年前，在便利店，她请我吃了一碗速冻元宵和一碗关东煮。"

他还清楚地记得，那碗元宵原本有十个，但她说世界上没有十全十美的事，九才是最好的，所以，她夹走了他碗里的一个元宵。

歪理被她说成了大道理，还"名正言顺"地夹走了他碗里的元宵，司穹哭笑不得。

季同有点惊讶，敢情这是一碗元宵和关东煮的交情啊。他继续追问："所以，你才煞费苦心地使用美男计，刻意制造偶遇？"

彼时，季同还不知道，让人念念不忘的从来就不是食物的味道，而是那个人和那些与她有关的事。所以，季同更感兴趣的是，当初那碗元宵和关东煮到底有多美味，才能让一个曾经被称为美食家的人如此念念不忘。

司穹转过头，目光落到季同脸上，纠正道："是苦肉计。"

打哪儿看都不是苦肉计！分明就是用的美男计，假装成没带伞的小可怜，以此来博取人家小姑娘的同情。女孩子嘛，骨子里都带有那么一点母性的光辉，就算是马路边看到一只流浪猫，她们也是于心不忍的，况且这还是一个有副好皮囊的司穹。

阴险！狡诈！季同在心底里呐喊。

可是他嘴上懒得和司穹在这个问题上争辩，转而用手握拳充当话筒凑到司穹跟前，继续问："那么请问司穹先生，下一步您打算用三十六计的哪一计啊？"

司穹沉默了片刻，才淡淡地说出八个字："欲擒故纵，攻心为上。"

季同颇为赞同地点点头，朝司穹竖起大拇指："你牛！"心疼那位被司穹这厮盯上的姑娘。

司穹不置可否，将目光收回，抬脚就进了电视台。

季同跟上去，和司穹并排走，碎碎念着："听你说了这么多，也没见你提人家姑娘的名字啊？而且这都一年了，你压根儿就没有主动联系过人家啊？"

司穹的手机联系人里，永远只有两个号码：一个是季同，一个是司念。可是自打出了那档子事儿，司念的号码早就已经成了空号，他却迟迟未将号码删除，季同看在眼里，却是从来不问。因为他知道，每一个人都有不愿被人提起的往事，和害怕被人揭开的伤口，而司穹的这个伤口，就是司念。

想到这里，季同免不了又多想了些，看向司穹的眼神也就多了些欲言又止的意味。

司穹目光未动，或许他没有察觉到季同的异样，也或许他选择了视而不见。但是这么些年的朋友不是白做的，况且他心思敏感，季同的细微变化又怎么逃得过他的眼睛，他看得见的，只是他选择了后者。

司穹的脚步慢慢停下，季同也跟着顿住脚步，两人之间隔了一个拳头的距离，这个距离，足够季同听清楚司穹说的话。

他的声音很平稳，就好像人死亡的时候，心电图被骤然扯成的那条直线，他说："时未，她的名字叫时未。"

时间的时，未来的未。她的名字很好记，时之有未，亦做食之有味。

他们一起等待电梯，红色的楼层数从25开始逐渐递减。司穹的目光就落到了那不断递减的数字上，然后继续说到："季同，你知道吗？有些人，有些关系，不需要主动联系，刻意维护，在那里的，永远在那里，不受空间和时间的影响，再见面的时候，只一眼，便知道是你。"

"所以？"季同饶有兴趣地盯着司穹的侧脸，问他，"时未就是这种人吗？"

不需要联系，不需要维护，永远在那里等着他的人？

司穹默然。

红色的数字停在了1上，面前的电梯门打开，两人一同进去。

电梯里的四面墙就是四面镜子，司穹看着里面四个相同又不同的他，感觉像极了他的人生。

电梯里安静得只剩下呼吸声，季同识趣地没有说话，背对着司穹在照镜子，正当他将刚才不小心被雨水打湿的头发弄服帖的时候，背后的人突然说话了。

“不是，她哪一种都不是。”

因为这一场突如其来的大雨耽误了不少时间，时未进了电视台便闷头往更衣室跑，全然已经把刚才那一场奇妙的邂逅抛到了脑后。

早在几天前，时未就听到消息，说这场决赛邀请了一位特别嘉宾作为评委，节目组非常重视，所以特地为参加决赛的三名选手准备了比赛专用的服装。

时未的是一件古典与现代结合的改良旗袍。不失传统旗袍的韵味，又增添了现代感，更加衬托着衣人的气质。

时未赤脚踩在地毯上，手忙脚乱地对着镜子拉旗袍背后的拉链。

陈灯来得早，已经换好旗袍坐在沙发上玩最近风靡的手游《阴阳师》，见状，她连忙放下手机过来帮忙：“时未姐，你穿旗袍真好看，特美！”拉好拉链，陈灯站在时未身边大肆赞美。

旗袍的主色是鸭卵青，盘扣是水绿色，领口青白，绣着吉祥纹，衬得时未肌肤如雪，眼波似水，因为她不爱说话，所以整个人的气质显得有些清冷。

陈灯打量着镜子里面的时未，有些羡慕，又提议给她盘头发。

时未拒绝了，她拿了一个黑色的发圈随意一绑，将头发固定在脑后，然后打开衣柜取出她的运动鞋。

陈灯连忙制止，一脸惊讶地道：“时未姐，你要用运动鞋配旗袍？”

时未不以为意，反问：“不可以吗？”在她的世界里，舒适比美感重要，这一点她是深受林正义的影响。

陈灯夺过时未手里的运动鞋："当然不可以，你看见过西装配牛仔裤的吗？"何止是不可以啊！这简直就是逆天的搭配！

时未回答得一本正经："看见过啊。林正义师兄在世研所里就是这么穿的，除了搭配牛仔裤，还有沙滩裤呢！哦，对了，他还喜欢穿那种一套纯蓝裤边两条白杠的运动衫在世研所运动场跑步，每天清晨，他绝对是运动场最独特和亮丽的那一道风景。"

陈灯无言以对，这个世界竟然还有如此逆天的人类："……不管，不管，你今天必须尊重一下身上这一件美美的旗袍。"

陈灯打开自己的衣柜，翻出一双裸色高跟凉鞋递到时未面前："喏，穿这个，至于这双运动鞋，比完赛再还给你。"说完，她转身将柜子给锁了。

时未还在犹豫，其实她和陈灯算不上熟识，只是一包卫生巾的交情。

在半决赛的时候，陈灯突然来了大姨妈，她恰好有卫生巾而已。之后，陈灯便经常凑过来和时未说话了。

时未对她了解得很少，只是偶尔会在上厕所的时候听到有人在背后议论她，说她来头不小，师从西塘佟家。西塘佟家，时未并不陌生，以前做课题研究民间语言时，她在地方志里面看见过这个西塘佟家。历史挺悠久的，名声和地位都挺显赫的。

就在这时，节目组的工作人员通过对讲机叫她们的名字，并通知决赛马上开始，让她们准备入场。

节目组催得急，时未看了看陈灯，接受了她的好意："谢谢你的鞋子。"

十一点整，决赛正式开始。

比赛分两轮进行，第一轮由三位参赛者自行抽签决定上场顺序，最后一轮两两对决。

时未是最后抽的，却抽到了第一个上场。

陈灯抽到了第三个，她凑上来看时未的号码：“时未姐，你是第一个啊，加油哦。”

时未笑了笑，把抽到的数字给工作人员看，工作人员核对后便将号码牌给她戴上。毕竟是决赛，时未心有所求，这会儿难免紧张，她深呼了一口气，晃眼间便看见了站在后台的季同。

他正在和一个男人说话，时未定睛一看，那标志性的武士头，可不就是兰溪市电视台王牌综艺节目《美食与他》的总导演江河源吗？看两人低头耳语的样子，似乎很熟。她的目光在他们俩周围扫了一圈，没瞧见司穹。

主持人宣布比赛开始，她赶紧上了舞台。

迎着观众热烈的掌声入场，时未的目光扫过现场200名观众，最后，她逆着舞台上的灯光，看见了坐在评委席正中间的司穹。

那一瞬间，她觉得舞台的灯光太亮，刺眼得很.

她眯着眼睛适应了几秒，才真正看清评委席上的人。他坐着和站着一样笔直，已经换了一套衣服，款式颜色和刚才的差不多。

他们的目光隔着舞台有短暂的交会，司穹朝她颔首微笑，便移开了。

短暂的愣怔之后，时未终于明白过来，原来他就是节目组安排的特别嘉宾兼评委，也是今晚决赛的颁奖人。

时未深呼吸，将目光自远处收回来，又看到了季同。

季同不知道什么时候又混进了摄影组，他站在距离时未不远的正前方，站在摄影机后朝她竖起了大拇指，口型似乎在说：“加油。”

时未猜得不差，就是落了一些字，季同其实说的是：加油，白娘子。瞧，你的许仙就坐在那里看你呢。

到了干燥的室内，没有潮湿空气的影响，时未的嗅觉达到了最佳状态。

第一轮的嗅觉比赛，她仅仅花了平常人三分之一的时间，便成功地完成了所有项目，所以当主持人公布成绩时，观众和评委无不惊叹。

100种混合气味的嗅觉考验，她一个不差，全部回答正确。

作为第一个出场的选手便取得了如此好的成绩，无形之中便给了后面两位选手巨大的压力。

时末接受着掌声，在主持人宣布下一位选手准备的时候慢慢退场，余光不由自主地瞟向评委席，司穹的嘴角噙着一抹淡淡的笑意，眼睛好似山间幽深的一湾深潭，平静而疏离。

她看向他时，他也在看她，如清晨的雾，如南飞的雁，如屋檐滴落的水，再平常不过。

四十分钟之后，第一轮比赛结束，时末以满分晋级第二轮比赛，陈灯也以微弱的优势战胜二号选手成功晋级。

第二轮比赛是最终对决，比赛内容相当变态——盲考。

所谓盲考，就是借用科学手段和一定的工具辅助，限制了选手的嗅觉和视觉。届时，每一位选手面前都会放上新鲜程度不同的几十种水果，选手蒙上眼睛，只能通过品尝这些水果，判断每一种水果从树上摘下来的时长，允许一个小时的误差，超过则不计分。最后，分数最高的选手获胜，若分数相同，则用时最短的选手获胜。

第二轮比赛正式开始前，有三十分钟的休息时间，一来是给选手充分的准备时间，二来是在等抑制嗅觉的药物发挥药效。

陈灯上完厕所回来，手上还留着没有擦干的水渍，她伸手去拉了拉时末的手，然后亲昵地挽上时末的手，在她旁边坐下。

陈灯的眼睛往评委席那边瞟，然后她轻轻地摇晃时末的胳膊，小声问："时末姐，你知道那帅哥评委是谁吗？"

时末正在喝水，仰头间目光看向远处的某人，诚实地回答道："司穹。"

这个名字，在电视台门口她听季同叫过，前后不过几个小时，她还清楚地记得。

"No!No!No!"陈灯摇了摇头，然后神神秘秘地凑过来和时末说悄悄话，

“我说的是英文名，听过吗？”

陈灯一提到司穹，眼睛会忍不住睁大，这是兴奋的表现，时未自然清楚不过，因为每一次她听师父李忍讲学术问题的时候，她也是陈灯这个样子，甚至比陈灯还要夸张。就跟小猫咪看见小鱼干一样，这是最自然的生理反应。

时未摇头，等着陈灯继续说下去。

陈灯压低声音说：“Alston啊， New Oriental的杰出毕业生，英国最年轻的米其林大厨，曾经风光无限的少年天才。”

说着说着，陈灯的神色突然暗淡了下来，像一个泄了气的气球，刚才鼓足的劲儿，一下子就散了，她余光看向评委席，颇为遗憾地说：“不过，这都是十年前的事情了，Alston这个名字已经在美食界消失了十年。今天在台上看见他，我都不敢相信。”

陈灯看着时未，突然拉着她的手，眼中似乎溢出光来：“时未姐，Alston是要复出了吗？”

时未看向不远处，季同不知道说了什么，引得周围的人一阵笑，而司穹就站在一边，脸上带着淡淡的笑。只是司穹的样子，怎么也和陈灯说的Alston重合不起来。

时未认真地问陈灯：“十年的时间不长，但已经足够改变一个人的样貌了。十年前，你我都不过十二三岁的年纪，你怎么就确定，他就是当年的Alston呢？”

陈灯松开握住时未的手，垂下头，眼睛眨了眨，小声道：“其实，我也不确定。”

十年前，陈灯确实还是一个小女孩，机缘巧合跟着西塘佟家去了英国，然后便在一个酒会上遇见了张扬跋扈意气风发的少年。那时候，她淹没在人堆里，因为太矮，努力仰头也只能看见舞台上少年的侧脸。如今，十年已过，记忆中的少年亦变成了一个模糊的影子，只是偶尔还会梦见那童话般的一天，和童话中光彩夺目的王子。

那一瞬间，陈灯似乎看见了未来的自己。

现在这个叫作司穹的男人，沉稳而内敛，两人的气质有着天壤之别。而且陈灯已经私下问过了，这个男人就叫司穹，没有任何英文名，电视台登记的个人信息里，也只有寥寥几笔。

陈灯沉默了一会儿，突然抬起头对时未说："时未姐，要不你等会儿帮我去问一问。你不用问他是谁，你只要问他认不认识Alston，看看他的反应就好。"

陈灯似乎是怕她拒绝，又说："我都看见了，你和他身边的那个男人认识。"

时未恍然，一时间没有明白过来陈灯口中她认识的男人指的是季同。

时未一个"陈"字刚到嘴边，工作人员就过来催促她们两个上场，临上舞台的那一刻，陈灯还在说："时未姐，拜托了。"

时未张了张嘴，拒绝的话到了嘴边又咽回去了。

最后一轮比赛正式开始。

时未和陈灯分别站在舞台两端，主持人先宣布了比赛规则，然后工作人员上场将两人的眼睛蒙上。当主持人再次宣布比赛开始的时候，倒计时也开始了。

每个人只有三十分钟，决定胜负的三十分钟，台下的每一个人都屏住呼吸，看得专注。

最初，两个人答题数不相上下，时未领先微弱的时间。渐渐的，品尝的水果越多，陈灯喝水漱口的次数也越多，而时未恰好相反，她的舌头越吃越灵敏，越往后，她喝水漱口的次数越少。

灯光打在舞台上，时未一身青色旗袍异常灵动，仿若是打破时空而来的精灵。司穹则隐在关闭了聚光灯的评委区里，看着舞台上的人，眼里像是藏了漫天的星光。

时未惊人的速度，引得评委席上议论纷纷。

评委A："这个叫时未的选手不一般啊。"

评委B：“对啊，这么下去，冠军非她莫属了。”

有评委转而问一直静默不语的司穹：“司先生，你觉得呢？”

司穹淡然一笑，说：“不一定。”

虽然一年前他曾经见识过时未出色的味觉，可是，比赛场最不缺的就是意外，况且还是有人故意而为之的意外。

比赛过半，时未已经给出了三分之二的答案，陈灯略微落后，和时未相差了十种水果。

当所有人都以为冠军之争的结果已经很明显的时候，变故出现了。

原本时未已经进行到了最后十种水果的辨认阶段，可是，当协助人员揭开水果盘子上的不锈钢盖子时，她停了下来。

她似乎在试图使用嗅觉，可是比赛开始之前，她们的嗅觉便被药物做了干扰。

场上，陈灯还在努力追赶，时未这边仿佛静止。

时未突如其来的怪异的举动，引得场下观众开始窃窃私语，评委席上也有人发出疑惑：“她这是怎么了？”

司穹并未受到周围环境的干扰，他的目光注视着场上的时未，此刻，她已经吃下了面前的水果。

几乎是在水果入口的那一瞬间，时未猛地丢下了手中的铁叉子，叉子掉在铁盘上，发出“哐”的一声，在演播厅回荡，十分尖锐刺耳。

这一下，所有的目光都聚集到了时未身上。

时未捂着嘴，眉头皱在了一起，表情看上去并不太好。协助人员上前询问情况，不一会儿，主持人就宣布时未需要暂时退场五分钟，但是比赛依旧继续。

观众为之哗然，评委一脸诧异：这样一来，她就和冠军失之交臂了啊！

评委A、评委B连连感叹：“可惜了啊，不知道出了什么事。”

司穹的手放在交叠的腿上，白皙修长的手指有一下没一下地轻叩着，他说：“道不同，不相为谋。是这个冠军配不上她，谈不上可惜。”

司穹这话没头没尾的，一般人听不懂他的意思。况且评委A、评委B都是网络美食达人，平时在网上侃天侃地，网络语言说得溜，现在面对司穹这么个人，每每听得云里雾里，都只能面面相觑，尴尬不已。以至于后来，两位网红索性决定识趣地做一个安静的美男子。

等到主持人宣布完，时未再也忍不住了，快速地冲到了后台，将含在嘴里的杧果全部吐掉，然后用纯净水开始漱口。但是刚才不小心，已经咽下去一点，她觉得胃里像是海浪来了一般，在不断地翻腾，搅得她难受得很。

执行制片人已经赶了过来，他连忙关切地问："时未，怎么了？"

时未眼睛通红，隐隐有憋出来的眼泪，她抑制住胃里的不适，生气地质问："张制片，为什么有杧果？"

张制片一脸茫然："杧果？不可能啊，准备水果的时候我特意检查了一遍的。"

选手参加比赛前节目组组织过体检和身体状况调查，所以，时未对杧果过敏是列在了注意事项里面的，张制片作为执行制片人，事前自然特意留意过。

时未整个人不舒服极了，杧果的味道直冲她的每一根神经，她忍着身上蚂蚁爬行般的痒，又喝了几口水漱口。

张制片拿出对讲机呼叫助理："你去看看，为什么时未的水果里面有杧果？"

这个时候，医护人员已经赶到了，是张制片通知的。医护人员简单地瞧了一眼时未露在外面的皮肤，已经泛起点点红斑，她打开医药箱找药，一边询问："还有哪儿不舒服吗？"

时未只觉得胃里翻江倒海般的恶心，语气虚弱地说："没了。"

医护人员不信，笑说："小姑娘，不要硬撑。"

张制片也跟着劝："是啊，时未，有什么不舒服就告诉医生，该去医院就去医院，不要撑着，比赛而已，哪有身体重要。"

时未对自己的身体状况很清楚，她摇头："真的没什么了，医生，你给我开一点缓解皮肤过敏症状的药就行了。"

她看向张制片，眼神异常坚定："张制片，麻烦你安排一下，我一会儿就回去接着比赛。"

张制片看着她，眼神意味不明，正准备离开，对讲机突然传来助理的声音：“制片，好像是因为工作人员将两人的水果弄反了。”

张制片听完，有些歉意地说道：“时未……这一次是节目组疏忽了。”

时未就着纯净水将医生开的药吃了，然后站起身，澄澈的目光盯得张制片有些发麻，她说：“没关系的，只要不是故意的就好。”她将水随手一放，又说，“张制片，我先过去了。”

时未重新回到比赛场上，场上的形势已经发生了变化。

陈灯后来追上，并且已经远远超过时未，而且以她现在的身体状况，要重新拉回比分是不可能的，她唯一能做的就是认真完成剩下的比赛。

时未面前大约还剩下十种水果，虽然现在舌头状态不佳，但是她沉下心来慢慢地进行辨认，吃了七八种水果之后，她的味觉慢慢回来了，在吃最后一种水果的时候，她的舌头已经可以明确分辨出味道了。

不知道是不是因为抗过敏的药和抑制嗅觉的药发生了化学反应，在协助人员打开盘子的瞬间，时未闻到了扑面而来的苹果的清香。

时未被蒙着双眼，看不见，却可以通过突然恢复的嗅觉判断出这是还没有熟透的青苹果，而且苹果摘下来的时长肯定不超过三个小时。但是时未总觉得还有一股淡淡的其他的味道掺杂在其中，只是具体是什么，一时间她也说不上来。

以前，她看诸如此类的比赛节目，节目组总会准备让人意想不到的隐藏题目，那么，她现在这个也是吗?

在时未思考的间隙，陈灯已经率先完成了所有题目。

时未不紧不慢地拿起面前的水果尝了一小口，慢慢地体味融入舌尖上的味道。

突然，她神志一明，有了答案。

计时停止。

主持人开始逐一公布陈灯的答案，评委点头，眼神颇为赞赏，到底是西塘佟家推荐过来的人，似乎比赛结果已经显而易见。

主持人开始公布时未的答案，虽然前面时未凭着极高的准确率赢了不少分，但是她重新上场后的那一部分题目，几乎全军覆没。

评委看到最后一题的答案，忍不住又开始议论。

“这写的什么啊？”

“不明白，规定是写时间，她写这个是什么意思？”

只有司穹看到这个答案笑了——时未写下的答案是“血腥味”，只有她给出了这个答案。

她果然总是出乎他的意料。

司穹不动声色地拿出手机，低头给季同发短信：“告诉节目组，颁奖环节取消。”

季同此刻正在和电视台的主持人玩掼蛋，接到司穹的短信，他刚起身准备离开，被少儿节目的主持人戚语暄给叫住了：“哎，别走啊，走了三缺一怎么玩？”

旁边音乐之声的主持人小枕头也附和：“对啊对啊，你走了我们和谁玩啊？”

季同扬了扬手里的手机，摊手无奈地道：“老板有命令，不得不从啊！”说着，他招手将一边正在看电视剧的大貘貘叫了过来，“来，他们三缺一，你去补上。”

季同一边编辑短信，一边往司穹那边走。

——司穹大老爷，你这又是怎么了？不是已经谈好了吗？你这样，小心人家背后说你耍大牌哦。

末了，他又恶趣味地发了一个颜文字过去。

没一会儿，司穹就回复了。

——冠军是颁给有真正实力的，假的，不配。

季同被这条短信弄糊涂了，所以这是怎么的？难道冠军不是司穹的白娘子？

司穹收好手机，目光无意间落到左手食指上，一条小小的伤痕清晰可见，因为是新伤，伤口处还泛着淡淡的粉色。手指轻轻地在上面来回地摩挲，最后目光落到台上那一抹鸭卵青上，然后笑了。

时末将陈灯借给她的高跟凉鞋用湿纸巾擦干净了放回陈灯的衣柜里，然后换了自己的衣服准备离开。

她刚走出休息室，就看到张制片在走廊里站着，明显是在等她。

时末稍微停顿了一下，慢慢地走过去："张制片。"因为杧果事件，时末的身体仍有些虚弱，声音有些小。

张制片："时末，刚才在后台没找到你便想着你可能在这边，这是医生开的药，你忘记拿走了。"

时末这才看清张制片拎着的一个袋子，里面都是抗过敏的药物。

时末本来是想拒绝的，但是转眼想起师父的告诫，便将药收下了，然后道了谢，说："张制片，您要是没别的事儿，我就先走了，所里面还有事。"

时末在世研所工作，张制片是知道的，他欲言又止，最后还是没说什么，只是叫她路上注意安全，回去了再去医院检查检查。

时末礼貌地应了一声，转身走了。

她刚一走，陈灯从另外一边捧着奖杯过来了，看到张制片，皱眉问他："你在这里干什么？"

时末的身影已经消失，张制片转过身对着陈灯恭喜："恭喜你了，这奖杯挺沉的吧，需要我帮忙吗？"

陈灯冷哼一声，将奖杯交给张制片："行啊，说到底，这奖杯上也有你的一份功劳。"

陈灯笑得狡黠："你说是吧，张制片？"

时末进电梯的那一瞬间，突然有人在背后叫她，不一会儿，季同就跑了过来，随之而来的还有司穹。

季同拉着司穹进来，对时末笑着说："好巧啊，一起走吧。"

时末虽然有些好奇现在应该在舞台上接受众星捧月的人怎么会突然出现在这里，但是她也没有多问，只是点了点头，按下了电梯的一楼。

电梯下行期间，季同不停地跟时末搭话，时末认真听着，偶尔会回答一两句，等到达一楼的时候，季同对她的称呼已经从时小姐变成了小末。

称呼在语言学里只是一个人的代名词，对于季同怎么叫她，时末不在意，只要他叫得顺口，叫得开心就好。

三人从电梯里出来，一直没有开口说话的司穹突然叫住时末，然后微微侧过身对季同说："你先到车里等我。"

季同眼波在两人之间流转，最后点点头，非常识趣地走了。

司穹看向时末，认真地说道："时末，我们谈一谈。"

人来人往的电视台一楼大厅不是一个适合谈话的场所，两人走出旋转门换了一个安静人少的地方。

时末一直跟在司穹的背后，整个人都隐在他的背影里，空气流动产生的风将他身上的气息尽数吹向她，时末鼻翼翕动，觉得这味道似曾相识。

很多时候，时末是靠味道来记忆一个人的，而不是脸，因为她有轻微的脸盲症，如果不是长期接触，她很难准确地记住一个人的容貌。

如果只是靠脸来识别一个人，在千千万万人中，总会有长得相似的两个人，而且科技发达的今天，脸这个东西，也是可以"复制粘贴"的，但是味道却不能，每一个人的味道都是独一无二的存在，不可复制。

所以，这熟悉的味道是不可能出错的。

电视台外，被大雨冲刷过后的马路十分干净，路旁的行道树也被洗得绿油油的，夏天的雨，来得突然，走得潇洒，挥一挥衣袖，变出天边的云彩。

两人并肩而立，时末抬头看他，才发现自己努力地踮起脚也只能达到他喉结的高度。

司穹却在这时突然笑了，他看着前方，留给时末一个精致的侧脸："你的答案是对的。"

"啊？"时末没听明白。

司穹继续说："血腥味。"

时未看着他，眼珠一动不动：“你相信我？你不觉得我是回答不出来而胡乱写上去的？”

当时这个答案公布的时候，观众的质疑，评委的失望时未是看在眼里的，所以此刻司穹站在面前认同她的答案，时未很吃惊，同时也很疑惑。

司穹转过身来，面对着她，“时未，最后的那盘水果，是我准备的，那血也是我的。”

时未下意识地看向他的手，司穹也不闪躲，反而将手举起来，露出那一抹小小的伤口，平淡地说道：“小伤，当时水果刀割了一下，血迹留在刀上，并没有沾染到水果上。”

“那怎么还会有血腥味？”时未不解地问。

司穹微微一笑，看着她的眼睛：“这就要问你自己了。”顿了一下，他又说，“当时沾染上血的水果刀被清水清洗过，之后我用它切了你的那一盘水果，还能残留下来的血腥味几乎为零。”

“所以，时未。”他微微躬下身和她平视，“我很好奇，你到底拥有怎样的嗅觉才可以闻得出几乎为零的味道。”

他的眼睛深邃像太空中的黑洞，强大的吸引力牵扯着时未深陷其中。

时未心惊，不自然地躲开了他的视线。想到背后的真相竟然是这样的，她沉默了半晌，最后回答道：“司先生，这个问题我没办法给你答案。”

因为，她自己也不清楚她的潜能底线到底在哪儿。

司穹微笑，淡淡地道：“时未，这个问题的答案先寄存在你那里，我们，来日方长。”

这句来日方长，直到一周之后，时未才明白过来当时司穹说这话的真正含义。

那是一个艳阳高照的中午，时未去世研所外面的小饭馆打包了两份冒节子粉，风风火火赶回世研所的时候，发现司穹正在和她的师父李忍对弈。

时未吓得差点扔掉了手里的午饭，林正义师兄不知道从哪儿冒出来及时地将两份热腾腾香喷喷的冒节子粉接了过去。

林正义“哎哟”一声，可能是被烫到了：“小师妹，饭扫光没了，你快去买一罐回来。”

时未：“……明明上周才买了一罐。”还是用她的钱。

林正义理由充分：“小师妹，你不知道吗？冒节子和饭扫光更配啊。”他催促她，“快点去，客人还等着呢。”

时未：“客人……还有客人？”

季同笑嘻嘻地从林正义身后走出来，对着时未一笑，模仿着林正义的语气说道：“小师妹，麻烦你帮我也带一份冒节子。”他摸了摸肚子，补充道，“我也需要补充能量。”

时未：“……”

时未去而复返，手里拎了两罐饭扫光和一碗冒节子，路过李忍办公室的时候，司穹还在和他对弈。或许正到关键处，李忍举棋不定，眉头深锁，反观司穹，正襟危坐，闲适从容。

时未看了一眼，没有过多停留，拎着东西去了她和林正义的办公室。

因为平时是他们两个人用，他们的办公室比李忍的大一些，两个办公桌对着，旁边放了一个四四方方的桌子，平时用来吃饭。

林正义已经开始撸着袖子吃了，季同坐在一旁听着林正义叨叨：“季老弟，你知道吗？这个冒节子粉虽然看上去黑乎乎的，但是味道惊为天人，特别是出锅的时候趁着热气在上面撒上香菜叶，那味道，绝对馋得你直流口水。”

季同十分受教，看着时未问：“小师妹，冒节子你给我放香菜了？”

时未：“……放了，趁热放的。”季同对她的称呼从“时未”到“小未”她还可以理解，可是这“小师妹”的称呼她实在是理解不过来。

时未将冒着热气的冒节子粉放到季同面前，问他：“季先生，你为什么要叫我小师妹？我不是你师妹。”

季同脱了西装学着林正义撸起袖子准备开吃：“小师妹，叫季先生多见外，我比你大，以后就叫同哥，至于为什么叫你小师妹，让正义兄告诉你。”

林正义也吃得差不多了，他抱着碗喝了一口热汤，说：“简单点讲，就是在你买饭的时候，我和季老弟一见如故，便来了一场桃园结义，俗称拜把子。”

时末在季同对面坐下，看着林正义一个人吃了二分之一的饭扫光随口问道：“这里没有关公，你们拜的谁？”

林正义抬手一指：“喏，孔老夫子。”

季同点头附和。

时末：“……”忽然就被打开了新世界的大门。

这幅孔老夫子的画像其实是当初李忍用来激励林正义的，告诉他做研究的一定要“吾日三省吾身”，谁知道，几年后还会有这个作用。

整个办公室被冒节子混杂着香菜叶的味道环绕，林正义出去扔了饭盒，坐到位置上突然惊声一叫，吓得时末的冒节子掉到了桌子上。

时末心痛，盯着桌子上的冒节子眼睛都不眨一下，浪费啊。

季同和时末同时停下动作看向一惊一乍的林正义，林正义指着季同的白衬衫一脸不可思议地道：“季老弟，你竟然敢穿着白衬衫吃冒节子粉，在下佩服！”

季同不明所以，看向时末寻求答案。

时末言简意赅地解释：“上一次师兄穿白衬衫吃冒节子粉之后，白衬衫变成了花衬衫。”胸前沾了一片油，场面十分壮观。

季同笑笑，得知真相之后也毫不在意：“没关系——”话说一半被林正义截了过去。

“怎么没关系！这样洗衣服多浪费水！”林正义走到办公桌前一阵捣鼓，拿出一条毛巾递给季同，“给你，用它搁在胸前，就不会弄脏衬衫了。”

季同：“……”犹记得，上一次这么吃饭，还是在英国的星级餐厅。

冒节子粉虽然好吃，但是吃完嘴里的味道大，林正义早有准备，他得意地拿出一罐益达，给季同：“季老弟，喏，饭后来两粒，保证你清新一整天。”

这样的林正义时末早已经见怪不怪了，她收拾了饭盒，正打算拿出去扔掉，一出门，司穹和李忍也恰好开门出来，时未听见李忍对司穹说：“小司啊，难得你年纪轻轻就有这份心，还亲自过来找我，你的建议我会好好考虑的。”

司穹微笑点头：“叨扰了。”

李忍摆摆手，领着司穹向时未走来，走近了，闻到了冒节子的味道，李忍抚了抚鼻梁上的老花眼镜，严肃地问道：“你们又在办公室吃这个？”

李忍训斥道：“告诉你们多少次了，办公室里面的资料十分重要，都是难得的绝版，要是不小心弄脏了很难再找到。”

“师父。”时未小声叫道，“文献资料我和师兄都放好了，不会弄坏的，而且这个天在外面吃饭……”

李忍戳了一下时未的小脑袋：“这么多理由，不就是现在外面吃饭热吗，想在办公室里吹空调？”

时未不好意思地笑了，林正义不知道何时出来的，突然从时未背后冒出来：“师父教训的是，我们搞研究的就应该吃苦耐劳，不应该贪图享乐，大不了就是中暑，直接英年早逝了。”

李忍对待林正义可没对待时未这么温柔，上去揪着林正义的耳朵就往里面走：“你小子，都说了多少遍了，不要穿着花裤衩在世研所丢人。”

李忍教训着林正义，还不忘吩咐时未：“小未，你帮我送一下司先生。”

这一次换时未走在前面领路，司穹依旧拄着他的手杖不紧不慢地跟在后面，手杖和地面接触，发出“哒哒哒”的声音，很小，带着属于司穹的节奏，因为走廊空旷，时未听得异常清楚。

走到转角处时，时未将饭盒扔进垃圾桶，看了看司穹欲言又止。

其实，她有很多问题想询问，可是话到了嘴边，她却不知道怎么开口。

司穹依旧不动声色，她的样子他自然是看在眼里的，可是，有些话，必须让她主动说出来。

两人各怀心思地走到了大门口，季同已经取好车，早早地停在门口等着，看见他们，他摇下车窗打招呼："司穹，你和我小师妹聊什么呢，这么久才出来。"

时未摇头："什么都没有聊。"

季同不信，眼睛在两人之间流转，最后看着司穹。

司穹直接忽视了季同不怀好意的目光，看着时未，朝她微微一笑，礼貌地说："再见。"

眼看着司穹已经拉开车门，马上就要离开，时未想了想，一咬牙还是走上去叫住了他。其实她路过李忍办公室的时候，不小心听到了两人的谈话。谈话中，司穹透露他不久要去法国一趟，归期是半个月之后，也就是说，如果错过了这个机会，那么她就要被这些问题困扰半个月，这半个月，对于一个搞研究的来说，损失的可能是一个新发现。

她的大脑很快权衡了利弊，选择了当机立断："司先生，请等一下。"

司穹的手扶着车门，背对着时未，闻言，嘴边扬起一抹笑，好像早就料到时未最后会叫住他一般，他将打开的车门轻轻关上，转身问她："嗯？还有什么事吗？"

阴险！太阴险了！季同窝在驾驶座上暗暗感叹，刚才司穹那一笑，时未没看见，他可正对着司穹那张脸看得清清楚楚啊。

可怜的时未妹子啊，还以为司穹这厮是小绵羊呢，总有一天你会看清他灰太狼的本质。

季同心里的呐喊和叫嚣时未自然是听不见的，她现在正琢磨着怎么开口呢。

两人都站在太阳下，时未抬头看他，阳光刺得她睁不开眼，司穹似有察觉，他身影微动，阳光便被他挡在了身后，而时未就站在他的影子里。

时未没有察觉到司穹这一贴心的举动，反倒是车里的季同"啧"了一声。

时未微微仰头说："司先生，我本来有很多问题想问，比如今天你为什么会出现在世研所，你和我师父又说了什么，你到底是谁……"

她列举了一大串，最后，她说："但是，我今天就问你一个问题，请你认真回答我好吗？"

她直视他的眼睛，一字一句地问道："一年前，我们是不是见过？"时末觉得这么问好像有些唐突，顿了顿，又解释道，"我有时候记不住脸，但是一个人的味道我却记得清楚，你身上的味道，和我一年前遇到过的人一模一样。"

时末就站在他为她创造的一隅天地里，司穹微微垂着眼看她，沉默了一会儿，忽而笑了："在地铁站你并未认出我。"

共撑一把伞，如此近的距离，她依旧不曾记起他来。所以，在季同竖着耳朵偷听起来，司穹方才那一句话，怨念很重啊！

"那一天下雨了，雨天里所有的味道都会被稀释，所以我没有认出来。"时末继续解释。

司穹点点头，算是接受了她的解释。

时末已经得到了自己想要的答案，她说："那你们路上注意安全，我就先进去了。"

"时末，等一下。"这一次是司穹叫住了她。

她疑惑地看着他，以为他还有话要说，不料他却突然向前走了几步，靠近了她。

这是极近的距离，心理学上，把这个距离称之为亲密距离，在这个距离之内，她可以听到他均匀的呼吸声，闻到他身上别致的雅香。

他喜欢敛着眉眼看她，每一次和她说话也温声细语，好听得很，这一次，他说："时末，好好记住我身上的味道，下一次见面，别再忘了。"

时末回到世研所里，路过李忍办公室的时候被他叫住。

兰溪市的夏天，干热，李忍却从不吹空调，办公室只有一个落地的转头风扇呼啦呼啦地吹着，他头顶上寥寥几根白发被吹得摇啊摇的。

李忍指了指沙发让她坐下，然后从书桌上拿了一份文件递给她。

李忍年纪大了，视力退化得厉害，而世研所的日常工作就是和文字打交道，所以他常年都带着一副笨重的老花眼镜。

老花眼镜将他的鼻梁两边压出了一道凹痕，镜片很厚，看得时未有些头晕，可是，厚厚的镜片却藏不住此刻李忍眼中的光，他在她对面坐下，缓慢而郑重地说："小未啊，8·11项目的启动资金终于有了。"

一句话，道尽了无奈和沧桑。

李忍所说的8·11项目是他已经默默筹划了十年的一个大型研究项目，项目内容复杂庞大，不仅涉及各地方言的研究，还有世界语言文化起源和联系的研究，研究范围广，程度深，光靠研究院每年拨下来的那一点钱，根本支撑不起这个大项目。

因为一直筹集不到项目必需的启动资金，所以，这个项目一拖就是十年，虽然暂时搁置，却一直未曾放弃。

这十年里，这个项目成了李忍的心病。

当初林正义叫时未参加"寻找超感达人"的比赛，也是为了这个，如果最后得到那十万奖金，这个项目还是有希望的，可惜，最后一场比赛，出了差错。

本来，时未十分有信心拿下第一名，因为她从小五感就异于常人。

传统的五感指的是形、声、色、味、触，即视觉、听觉、嗅觉、味觉、触觉。除掉这些，时未的语感也强于常人，所以，当初李忍才破格收了刚从大学毕业的她，不然，以世研所平均年龄五十岁，她顶着一张二十岁出头的脸，是没有资格进来的，直到现在，时未都还是以一个见习研究员的身份待在世研所的。

而且世研所经济萧条，申请的研究资金迟迟不批，各项经费短缺也不是一天两天了。世研所成了透明所，研究院也似乎渐渐忘了还有这么一个地儿。

如今，世研所还正常运行着，基本上全靠李忍用半生积蓄死撑着，这一天一天挨着，两年之内，再拿不出有影响力的研究成果，世研所被取消也是迟早的事儿了。

至于工资问题……

起先，时未和林正义还是每个月有基本工资的，但是近几年，世研所情况越来越不好，只能靠李忍自掏腰包勉强撑着。一个八十多岁的人了，不仅青春都耗在了这上面，就连老了也不能安享晚年，他凭着尚好的精气神儿，天天往研究所里钻，他们哪还好意思开口要工资啊?

况且他们也是世研所的一分子，当初选择进这个不被看好的部门，不就是冲着李忍这份搞研究的无畏精神吗? 所以，两人私下商量了，工资不拿了，趁着空闲时间兼个职，另外每个月拿出一点来补贴世研所的日常开支。

作为李忍门下唯一的两个徒弟，时未和林正义自然是把这件事情放在心上的，最初也跑了不少地方，起先人家还愿意看在李忍的面子上接待他们，后来直接闭门不见，因为没有人愿意赞助一个看不见未来，也赚不了钱的项目。

所以，当李忍拿着一份合同告诉她8·11项目启动资金有着落了的时候，时未自然是开心的，可是……

她看着文件右下角笔锋苍劲而流畅的草书，又陷入了沉思。

司穹。

那个签名她一眼就认出来了，写的是司穹，“穹”字最后的那一个提勾，像极了刚才他离开时对她微微一笑时扬起的嘴角。

因为她对语言和文字的敏感，这份文件她扫一眼就基本知道讲了什么。原来，这就是那日在电视台门口，司穹所说的“来日方长”，或许，在她比赛落败的那一刻他就计划好了之后的一切。

她不动声色地把文件递还给李忍，语气也没有什么波澜，好像面前的这一份文件和自己毫不相关，她淡淡地说：“师父，这个项目终于可以启动了，我很开心。”她直视着李忍，微微顿了顿，又说，“至于这份文件上提及的其他内容，我全部听您的安排。”

文件里百分之九十的内容都是关于这个项目的资金问题，只有文件的最后一条有一个附加条件：以上全部内容以乙方派遣研究员时未出任甲方助理生效，为期三个月。

司穹签下名字的时候，李忍就坐在旁边看着，古语里说字如其人不无道理，李忍活了半辈子，看人一个准字，如果今天换一个人提出这个看上去有几分无理荒唐的要求，不管多少钱他是绝对不会答应的。就算最后带着遗憾死去，他李忍也做不出此等卖徒弟的行为。

李忍将文件收起来，拿出一张名片放在茶几上，又说："我已经和小司说好了，这三个月的时间，你就当出去实地考察，除掉正常的工作时间，剩下的时间你可以自由支配。我们虽然是做语言研究的，但是深入民间才可以真正领悟文字和语言的精髓与魅力，至于所里的事情，有你师兄就够了。"

时末认真地听着，余光瞟见茶几上的名片，这是第一次见面季同没有送出去的那一张，如今又回到了她的手里。兜兜转转，这份缘到底是跑不掉。

李忍看着她，若有所思，过了一会儿又说道："小末，师父看了一辈子的人，不会错的，小司是个好人，也是一个有故事的人，这孩子，也活得不容易啊……"

前半句，时末大致赞同，后半句，她听得云里雾里。

关于司穹，李忍不再多说，背后议论别人，他不会做，所以点到即止。他只是嘱咐时末："这三个月你跟着他好好学，也算是一种历练了。你一直是一个有天赋的孩子，悟性比你师兄高，所以，好好学，等你回来之后，就可以成为正式的研究员，参与项目的后续工作了。"

时末默不作声，只是点点头表示自己听进去了。

每每找时末谈话，她便是这么一副低眉顺眼的样子，李忍还想说什么，最后话到嘴边还是咽了回去，有些事情说明了也没用，还必须让她自己去参悟。

李忍摆摆手示意她将名片收着："名片上的电话你回头存到自己手机上，今晚就早点回去吧，别和你师兄一起窝在办公室里加班了。明天也不用过来了，在家好好收拾一下，出去了不比在所里，自己多长点心，保护好自己，但也别拖了人家的后腿。"

时末点头，应道："我记住了，师父。"

时末从李忍的办公室里出来，林正义悠闲地端着一杯水倚在墙边上看她。

等到时未走近，他便挑了挑眉头，问她：“答应了？”

时未没作声，算是默认了，虽是意料之中的事，但他依旧颇为心痛：“你怎么也不象征性地反抗一下啊？面对敌人的压迫，要誓死不屈啊，小师妹！”

林正义这气势，就差给他放一首《义勇军进行曲》了。

时未掀起眼皮看了林正义一眼，没说话，从他面前慢慢地飘过。

原来大家都知道了，只有她是最后一个知道的。

林正义瞅着时未脸色不对，说不开心也不是，说开心更不是，他跟在她后面，继续说道：“小师妹，你要是不想去，师兄代你去啊。”

林正义越说越有劲，仰头将杯中的水一饮而尽，颇有几分视死如归的味道，他说：“古有花木兰替父从军，今有林正义替小师妹……”说到这里，林正义突然卡壳了，想了半天也没有憋出一个合适的词语来，而且司穹是男的啊，他又不好这口，去了也没用！

时未压根儿就没有听进去林正义在耳边叨叨的话，回了办公室将自己往椅子上一甩，然后眼罩往脸上一戴，瘫在了椅子上。

林正义嘀嘀咕咕地跟了过来，看见时未戴着眼罩靠在椅子上，眼罩上有字，林正义眯着眼凑近了仔细一看——非诚勿扰。

这眼罩，不管是做工还是设计都特别符合林正义的审美，特别是这锦上添花的四个字，简直戳中林正义独特的萌点啊。

他蹲下来笑嘻嘻地戳时未的胳膊，小声叫她：“小师妹，你这个眼罩在哪儿买的啊？我也想买一个。不不不，直接买一打！”

时未没动，只是轻轻地应了一声。

林正义又戳了戳她，撒娇地叫：“小师妹，你理一理师兄呗。”

大热天里，时未起了一身鸡皮疙瘩。她终于动了动，将眼罩往上一拉，坐了起来，问林正义：“师兄，我刚刚忘记问师父了，我这算是公派出差吗？会记入年终考核吗？给司先生做助理，他会给我发工资吗？”

时未一连串的发问，向炮弹似的砸到林正义身上，他却嘿嘿直笑，问道：

“是不是我回答你这些问题，你就告诉我你的眼罩在哪儿买的？”

“嗯。”时末点点头，将头上的眼罩取下来递给林正义，豪气地说，“这个直接送你。”

“成交！”林正义拿到眼罩爱不释手，直接往脸上套。

一边套一边根据从季同那里得到的可靠消息，总结陈述道：“季同说，司穹要录制今年的《美食与他》，而你，是他选定的特别助理。”

林正义头太大，捣鼓了半天，眼罩卡在头顶死活下不去：“小师妹，这眼罩有大号的吗？”

时末拿出手机赶紧订了一个大号的：“有，我给你买。”

林正义满足了，继续说：“师父肯定没有告诉你，这个助理是需要二十四小时贴身的那种。”

“啊？”时末抬头，睁大眼，一脸的不敢相信，“上厕所和睡觉也要跟着？”

林正义点头，一本正经地说道：“我也不知道。”

时末伸手：“……师兄，眼罩还我。”

林正义哈哈直笑，赶紧把眼罩塞进怀里做保护状：“小师妹，开个玩笑，别生气嘛。”

时末收回手，正色道：“那师兄可以好好回答我的问题吗？”

林正义猛点头，手一抬，大拇指和小拇指一弯，竖起中间三根手指发毒誓：“师兄发誓，一定好好说，不然以后吃冒节子没香菜。”

时末不说话。

林正义继续发毒誓：“冒节子掉地上？”

时末静静地看着他。

林正义一咬牙，说道：“全部溅到白衬衣上？”

时末终于笑了：“师兄，把你知道的一字不差地都告诉我吧。”

发了毒誓的林正义不敢瞎扯：“季同说，司穹希望找一个味觉出色的人做助理，然后他觉得你各方面条件都挺符合的，所以这不亲自上门送钱，挖墙脚都挖到世研所来了。”

时末纠正林正义的说辞：“不是挖墙脚，是出公差。”

林正义现在有求于时末，自然不敢反抗，连连称是。他像是突然想到什么，又说：“你还记当时报名参加‘寻找超感达人’比赛时，我曾经告诉过你这个比赛还有一个附加条件吗？那个附加条件就是比赛的冠军最后要参加《美食与他》节目的录制，至于过去充当个什么角色我就不清楚了。”

陈灯接到节目组这个通知的时候，她正在商场和朋友逛街。

电话是当初“寻找超感达人”的制片人打过来的，他说：“陈灯，这个是上面的决定，我做不了主啊。”

当初电视台举办“寻找超感达人”的意义就是为司穹选定一个助理而已，所以在决赛的时候，司穹才会作为嘉宾评委出席，但是如今，司穹自己选定了助理，陈灯自然也就不用再参加《美食与他》节目的录制了。

陈灯一听张制片的语气就知道他是想事后过河拆桥而已，她自鼻子里冷哼一声，说道：“张制片，比赛奖金的十万我可是一分不少全部给你了吧，这钱入账了就翻脸可不太好，或者你是想让我一通电话打到西塘？”

当初陈灯以为凭借自己在西塘学到的本领，拿下这个比赛的冠军不成问题，以后入主西塘的穿风堂也更容易些，那些在她背后说闲话的人也可以乖乖闭嘴，可是，谁知道半路杀出一个强劲的对手时末，再三思量之下，她摆出西塘家的背景找到了节目组的张制片。

有钱能使鬼推磨，陈灯给出的条件是最后比赛的奖金十万一分不少，全部归张制片所有。

张制片听到陈灯的威胁，连忙好言好语地说道：“陈灯，这一次真不是我不帮你，司穹的来头你比我清楚，他要自己选助理，不是我一个制片人在旁边说上三言两语就可以左右的。”况且，他根本就见不到司穹本人，季同和江河源也都是油盐不进的，那些小伎俩在他们那里根本行不通。

张制片此话不假，她比张制片更加了解司穹，了解他所有不为人知的过去。

陈灯没有说话，她的朋友正在一家女鞋店里面叫她，她转头淡淡地看了一眼，又思考了一会儿，才对张制片说："那你可以搞到司穹的电话吗？电话给我，剩下的事情我自己来。"

张制片答应得勉强："好，我尽量。"

挂了电话，陈灯走进女鞋店里，她的朋友选了一双裸色的高跟鞋给她："这个怎么样？我看着和你以前那一双差不多。"

陈灯接过来，看了一眼便放了回去："是差不多，可是我已经不喜欢这种款式了。"说着，她拿起了右下方的另外一双尖头凉鞋。

朋友不解也好奇，看着她手里的鞋子说道："我记得你以前那一双裸色高跟凉鞋才穿了一两次吧，你又要买新的了，你可真是喜新厌旧啊。"

陈灯笑了，将刚才的尖头高跟凉鞋换上，然后一边照镜子一边说："不是喜新厌旧，是女人的鞋柜里永远差一双鞋。"

时未接到季同电话的那天，又下起了雨，雨不大，却也不小，噼里啪啦地打到伞上，她竟然觉得这个声音出奇的好听。

她需要带的东西不多，基本上一个登山包就搞定了，季同在电话里只交代了见面地点，也没说清楚要去哪儿，要去干什么，时未回想着往期《美食与他》节目的首站条件都挺艰苦的，所以翻出了一套冲锋衣换上便准备出门。

她刚走到客厅玄关处，好像是忘了什么，又折回了卧室。

时未径直走到床边，伸手在枕头下面摸出一把刀，暗红色的刀柄，上面刻着奇奇怪怪的花纹，看上去和水果刀差不多，但是认真比较起来，又比水果刀稍微长一点，宽一点，长相奇怪了点。

时未拿着刀在手里掂了掂，然后用布一裹，放进了登山包的最里层，出门在外，有了它，她也安心了许多。

她提前半个小时到达了季同在电话里描述的地方，兰溪市中心广场。

时间还早，加上下雨的缘故，平时人来人往的广场现在十分清静，所以时未一眼就看到了节目组的大部队。

说是大部队，其实人并不多，两个扛机器的摄影师，制片和执行制片合二为一，导演、灯光、音响、播控各一个，还有一个负责安全和场地联系的，总共十个指头数得过来。

陈灯也在，她站在最显眼的位置，穿着一条白色连衣裙，黑长直的头发很飘逸，本来应该是很小清新的画面，可是因为天色还未大亮，昏昏暗暗的，远远瞧着，时未觉得画面有点惊悚。

陈灯眼尖，一下就看到了时未，然后招手叫她："时未姐，这里。"

都怪林正义师兄平时没事就喜欢在所里看什么贞子，陈灯现在的样子简直和电影里的贞子一模一样。

时未觉得后背发麻，她紧了紧背上的登山包，走了过去。

一阵CoCo香水的味道扑面而来，虽然大雨冲淡了些，可还是刺鼻，伴随着陈灯的动作，香水味简直要进入时未的五脏六腑了。

时未皱眉退开了一些："陈灯，你的香水味太浓了。"

虽然陈灯以前也用香水，可是没这么浓。

陈灯抬起胳膊闻了闻，不以为然："啊，是吗？我觉得还行啊。"说着便把胳膊挥舞着送到旁边摄影师的面前晃了晃，"大哥，你们闻闻，浓吗？"

"不浓不浓，刚刚好。"摄影组的汉子们笑嘻嘻地回答。

陈灯也笑，转过头不以为然地对时未说："时未姐，是你鼻子太敏感了，大哥们都说不浓。"

就在这时，远处传来汽车熄火的声音，大家闻声看去，只见后车门先打开，一把黑色的伞映入眼帘，雨水瞬间将其包裹，然后一条被西裤裹得笔直的腿伸了出来。

陈灯不自觉地往前走了几步，兴奋地抓住时未的胳膊："时未姐，是司穹。"

都说灯下看美人，如今借着清晨微黄的路灯看司穹，时未心中有一股说不上来的感觉，虽然他还没有走近，可是隐隐的，鼻尖有他的味道飘来。

季同停好车，和司穹并肩而来，走近了，便听到后面节目组的工作人员纷纷叫了一声："司先生。"

时未微微惊讶于大家对司穹的尊敬，不过一瞬间也就淡然了，司穹这样的人，连她的师父都对他赞不绝口，以礼相待，他定是值得的。

季同朝时未笑了笑叫了一声小师妹。

时未："……"

还真是乐此不疲，玩不腻啊。

陈灯倒是和他们显得十分熟络，主动上前打招呼："司先生，季先生。"

季同连忙摇头，摆手说道："别别别，你叫他司先生、司大老爷我都不介意，可别叫我季先生，听着怪别扭的。"

季同看向大家："以后大家直接叫我季同就好了。"

说完季同看了看陈灯，又看了看时未，一个又是露腿又是露胳膊露锁骨的清凉派；一个把自己裹得严实，就露了一张脸。

季同开始怀疑这到底是不是一个季节，忍不住感慨："小师妹，你这是反季节啊。穿得黑乎乎的，我刚刚隔得远，没看清，还以为是个大老爷们搁这儿站着呢。"

时未一本正经地说："同哥，你不能因为这件衣服的外表而鄙视它，它虽然看上去黑乎乎的不怎么好看，可是很耐脏，出门在外，肯定比你的西服方便。"

在场穿西服的不止季同一人，还有……同样爱穿西服的司穹。

季同笑着瞄了一眼司穹不说话，似乎想看他要怎么接这话。

不过，他没等到司穹开口，陈灯先接话了："司先生，时未姐说话就是比较直，她不是针对你。"

时未听着陈灯这话总觉得不对，便反驳道："我本来就没有针对他，我说的是同哥。"

季同：“……”他是该高兴呢，还是高兴呢?

就怕气氛突然安静，时未刚才那句话没错，可是……总归有点直接反驳回去的意味。

陈灯面上有些挂不住，季同担心姑娘面子薄，连忙出来打圆场：“得得得，反正今天是我不对，哈哈哈哈。”

季同一笑，大家也就跟着笑了，气氛也就没那么尴尬了。

此时，《美食与他》的导演江河源走过来叫大家：“好了，人到齐了就准备出发吧。”

江河源指定了几个身体强壮的人：“你们帮姑娘们把行李搬到车上去。”

整个节目组的姑娘也就陈灯和时未两个人，时未就一个背包，不需要人帮忙，陈灯两个行李箱，大家都过去帮忙了。

季同见状，把车钥匙丢给时未，又朝着她挤眉弄眼地说道：“小师妹，没事儿的话帮我一个忙呗。”

时未不说话，抬眼看他。

季同说：“小师妹，刚才同哥是不是帮你了？”

时未本来是想说事情难道不是你挑起的吗，不过，目光扫到司穹，话到嘴边变成了“可以”。

季同笑着将司穹推了出来：“这就对了嘛，我让司穹陪你去。”

瞅了一眼司穹，时未问：“这算是福利吗？”

“哈哈哈哈。”季同大笑，这小师妹真是太好玩儿了。

季同说的帮忙不是什么大事，就是帮他去便利店买一点路上需要的东西，他用短信将要买的物品编辑好了发给时未，她照着短信很快就挑选好了，转身的时候，才发现一直跟在她身后的司穹不见了。

时未在货架间穿梭着找他，找了半天也没有找到他。

正在货架前上货的员工终于看不过去了，停下手里的工作问她：“小姐，你是在找你的男朋友吗？”

时末连忙摇头："不不不，他不是……"

"不是什么？你不是在找他？"这个员工一脸疑惑。

"是，我是在找他。"其实她是想说，他不是她的男朋友啊。

便利店的员工太过热情，也不给时末解释的机会，她手指一指："喏，你男朋友不是在那儿吗？"

时末朝着她手指的方向看去，司穹手里拿了一盒口香糖走过来，他接过时末提着的购物篮，一言不发地往收银台而去。

时末给员工道了谢，快步跟了上去。

司穹正在结账，收银员拿着扫码机"嘀嘀嘀"地扫，最后说："一共二百八十三块六，有一角钱吗？"

时末摸了摸口袋，司穹已经拿出钱包结账："没有。"

收银员看着司穹递过来的三百块，询问道："要不这样，我收你二百八十四，那四角钱就换成两颗糖给你女朋友？"

所谓的"女朋友"时末站在司穹身后头摇得跟拨浪鼓似的。

而司穹却点点头，同意了，接过糖果的时候轻声说："我们只是朋友。"

收银员哪管司穹的解释啊，暧昧地笑着，那眼神好像在说："不用解释，我什么都懂。"

这……还不如不解释，简直越描越黑了。

司穹倒没有受到收银员目光的影响，而是十分平静自然地转身将糖果给她，然后淡淡地对她说："时末，这是第三次，事不过三，知道吗？"

时末几乎是在一瞬间就明白了司穹所指，这是第三次，她没有凭着他的味道找到他。

虽然时末奇怪司穹为什么执意于让她必须记住他的味道，但是时末也只是点了点头，并没有多问，因为司穹这人，她看不懂，却本能地觉得，他温柔的外表下，或许有一个她永远也触及不到的世界。

出了便利店，雨势渐大，时末将伞递给司穹，然后执意从他手里拿过满满的一袋东西。

司穹侧目，看着空荡荡的双手问她："你干什么？"

时未吸了吸鼻子，说："我抱着，你打伞，方便。"

时未这个理由说得简单，也并未做过多的解释，但是司穹明白她话里的意思。

他侧过脸看她，便想到了那日在地铁站外，她艰难地为他撑伞，努力踮起脚的样子，所以，她说方便却也是事实。

不过，这袋东西不轻，全让她拿着司穹心里过意不去，他折回便利店买了一个袋子，递给时未让她分一半过来。

时未接过袋子，想也没有想就揣进口袋里，她看着司穹笑道："司先生，说出来你可能不信，我是可以扛着一桶纯净水上二十楼的，这一小袋东西对我而言轻而易举。"

末了，她难得地顶着一张严肃的脸说道："你不要小看我。"

司穹轻笑，最后拗不过时未，只得向她妥协了。

司穹撑着伞，两人慢慢地朝着季同的车而去，可是时未双手抱着东西，不好掏口袋里的车钥匙，她侧了侧身，说道："司先生，方便拿一下车钥匙吗？"

司穹点头，问她："在哪儿？"

时未："左边衣服口袋里。"

这一幕，被远处忙活的季同瞧了个正着，他心里暗爽：这就对了嘛，这才是正常的男女相处模式，不枉他费尽心思为两人制造机会啊。

同样，这一幕也落入了陈灯的眼里，她若有所思，在摄像大哥过来帮她的时候，她佯装不经意地问道："司先生和时未姐是在谈恋爱吗？"

摄影大哥被问得一脸发蒙，只是笑道："不知道啊，不过无意间我曾听到江导说过，这个时未是司先生亲自选的，并且吩咐大家平时多照顾一些。"

陈灯当然知道司穹亲自选择了时未，三天前张制片给了她季同的电话，她找到酒店，司穹亲口告诉她的，可是明明她才是比赛的冠军啊！她才应该是司穹选定的那一个人啊！

这边节目组的东西已经全部装上车，一款实用的白色面包车，前前后后挤满了节目组的汉子，江河源叫住季同：“季同，让陈灯去你们那儿，这里全车都是糙爷们，她一个姑娘家不方便。”

季同笑着应下了，让陈灯跟着他走，一边走一边好奇地问她：“陈灯，你来参加这个节目是为了司穹吗？”

陈灯没想到季同问得如此直白，微微愣了一下，才点头说是。从始至终，她陈灯都是为了司穹而来的。

季同闻言微微一笑，不再说话。

两人走至车前，时未和司穹已经在车里等着了，季同替陈灯拉开车门，才发现车内的气氛有点奇怪。

季同的目光在司穹脸上逡巡了几圈，没发现什么异常。时未脸上的表情也是淡淡的，看不出任何猫腻。

可是，越是正常，季同才觉得越是奇怪。

陈灯当然也注意到了，她身为女人，比季同更加敏感，心中苦涩，却也笑着叫了一声：“时未姐，我和你们一起。”说完便钻进车里，坐到了时未身边。

季同站在门边看着司穹笑，司穹终于正眼看他，无奈地说：“季同，该走了。”

季同耸耸肩，关好车门回到了驾驶座。

前面的面包车缓缓启动，驶入公路上，季同开车紧跟在后面。

陈灯坐下后，司穹正好坐在她的正对面，她有些紧张，手指无意识地搅动着裙子，试图和司穹搭话：“司先生，我们第一站去哪儿啊？”

司穹翻阅着手中的地图，修长的手指停在某处，目光落下，他答：“雾津市。”

Chapter 02 温柔缱绻的他

雾津市又叫雾都，素有小香港之称。

节目组驱车而至已经是第二天的清晨。

江面上的水雾尚未来得及散去，初升的朝阳洒落点点橘黄的光，整个城市经过了一整晚的沉睡正在慢慢苏醒，远处南山上相对而立的灯塔，像极了一双蒙眬待醒的眼睛。

车里四人，除了开车的季同依旧神采奕奕，其余的人都显得十分疲惫。

陈灯昨晚和长时间开车的季同聊天，便坐到了副驾驶座，此刻正蜷缩在副驾驶座里补觉，而那一身飘逸的白色长裙早已经皱巴巴的了。

时末昨晚倒是早早便靠着车座睡了，这会儿慢慢醒过来，才发现自己不知道什么时候躺下的，竟然将一排的座位都给霸占了，而且身上盖着的外套，有着淡淡的雅香，和司穹身上的味道一模一样。

到底是没有床睡得舒服，时末想撑着坐起来，才发现手臂发麻得厉害，她缓了好一会儿才轻手轻脚地坐起来，没惊动旁人。

司穹就在她的对面，此刻正抱着双臂，轻靠在车座上闭眼休息。

清晨的朝阳已经慢慢升起，向人间洒下金光，金光穿透车窗厚实的玻璃，柔和地打在了司穹的脸上。

那是一张很好看的脸，阳光下更显得棱角分明，五官精致。

时末轻轻地拿起外套，想给司穹盖上，便靠近了些，她这才惊觉这个男人的睫毛竟然如此长，且根根分明。在他的右眼角下有一根掉了的睫毛，它紧紧贴在眼角细嫩的肉上，一点也没有掉下来的趋势。

时末手痒得慌，真的好想把它给弄下来。因为从小她就对掉下的眼睫毛可以许愿有着深深地执念，并且相信，越长越好看的睫毛，许下的心愿就越是灵验。

江面上的雾渐渐被金光穿透，最后散尽，渔船和客船也在清晨的第一声号子中开始了一天的忙碌。

司穹便是在这嘹亮的川江号子中醒过来的，没有一点点的征兆，他的双眼就在她的面前突然睁开。

那一刻，好似混沌的大门初启，她看见了浩瀚的星河，无垠的宇宙，以及他眼中的她。

她几乎是下意识地屏住了呼吸。

一颗心无声地陨落了，同时落下的还有天使遗落的一根羽毛。

时末轻咳一声，假装将外套还给他，却不动声色地接住了那一根掉落的睫毛："司先生，谢谢你的外套。"

司穹接过外套穿上，嗓音难得低哑："不客气。"

酒店是提前预订好的，靠近滨江路，打开窗就可以将雾津市的母亲河尽收眼底。

陈灯一下车就开始抱怨自己身上都快发霉了，甩了身后的一群人，拖着行李箱就往前冲。

房间都是套房，时末关好门，插了房卡，才打开登山包，取出了随身携带的洗漱用品，最后才拿出放在最里层的小刀，小心翼翼地放到了枕头下，做好这些，她又在屋子里四处转了转，然后将房间的窗户打开，吹了一会儿江风。

就在这时，她的手机突然响了，是季同打来的："小师妹，出来开门。"

时末疑惑地走到门边看了看，确定是季同才将门打开。

季同看上去神清气爽，显然已经洗过澡了，而且时未闻到了浓浓的沐浴液的味道，这个牌子的沐浴液还是昨天早上她和司穹去便利店买的。

季同倚在门框上说："小师妹，走，吃面去。"

雾津市的小面几年前因为一个美食纪录片而大火，时末有心去尝尝，可是舟车劳顿，她现在只想洗个澡睡觉。

时末摇摇头，拒绝了他的邀请："同哥，我想睡觉。"

季同一阵无语，瞅了瞅屋里，扬声问："陈灯，吃面去吗？我请客。"

陈灯已经洗好了，穿着宽大的浴袍在擦头发，闻言她拉开浴室的门，探出半个身子，答应得爽快："好啊，我可要吃大份的，不过可不可以等我吹个头发？"

季同笑着朗声回答道："当然可以。"

陈灯快速地吹完头发，又换了一套裙子便和季同一起离开了。

时末回屋里找了换洗的衣服先洗了一个澡，又将冲锋衣用水泡着也洗了洗，全部收拾完之后，她才爬上床躺着。躺着冥想了一会儿，她拿出手机给林正义发了一条短信：师兄，安全抵达雾津市，请告知师父，勿念。

等了一会儿林正义也没有回复，时末准备睡了，"嘀嘀嘀"的短信声响起来了，不是林正义的，而是《美食与他》节目组导演江河源的。

短信的内容很简单：大家好好休息，今晚正式开工。

时末回复了一个"好"字，便放下手机睡了，可是一闭上眼睛，便想起了昨天在车里和司穹短暂而令人震惊的谈话。

那时候他们买好季同吩咐的东西回到车里，司穹突然问她："时末，你知道为什么我会选择你吗？"

时末想了想，总不会是因为她长得好看。就她这张脸吧，林正义师兄总结得好，说她这脸经看，却一点也不实用，时末十分赞同这个观点，不然为什么她去帮8·11项目找投资的时候，起先人家还是笑脸相待，后来说明来意了，就算时末腆着这张脸上去求人家，最后还是逃不脱被撵出门的命运。

所以面对司穹的提问，时未很有自知之明地说："我的味觉和嗅觉。"

司穹淡淡一笑，不否认也不肯定，过了一会儿，才毫无波澜地说："时未，我没有味觉。"

这一路，陈灯越发确定司穹就是Alston，所以私下没少和时未说Alston曾经风光无限的事迹，也正是当初有多辉煌，如今听到这个消息，才有多黯淡。

所以，他之所以消失了十年之久，是因为他没有味觉了吗？

时未震惊无比，她不知道他为什么可以这么平静地说出这句话，她一时哑然，看着他有些不知所措。

司穹失笑，敛了眉眼间不达心底的笑意，认真地看着她说："时未，我告诉你我的秘密，并不是为了博取你的同情。"

是因为他比谁都清楚，现在的同情，随时可以变成将来刺穿你的利箭。

时未不自然地躲开他的目光，垂下头："对不起。"

司穹说："不用对不起，也不要觉得我可怜。"因为可怜之人，必有可恨之处，这些对他而言，不是痛苦，反而是一种变相的救赎。

他叫她，迫使她看着他的眼睛："所以，时未，你愿意在接下来的日子里成为我的舌头吗？所有的味道，你来替我尝。"

末了，他又重复问她："你愿意吗？"

时未张口，尚未说出一句话，车门就被拉开了，为了不被季同和陈灯看出异样，时未立刻收敛了所有的情绪，换上了一副淡淡的表情，可是心中早已经汹涌澎湃了。

他的秘密，只有她知道。

时未也不知道自己是什么时候睡着的，醒过来的时候已经是下午五点了，屋里没有开灯，昏昏暗暗的，和她刚睡醒的脑子一样。

时未睁着眼在床上躺了一会儿，慢慢回神，然后摸出手机看。

手机里有一条未读短信，是林正义发过来的。

——小师妹，好好玩，有什么问题找季老弟，至于师父那里，司穹已经问候过了。

往后翻，还有一条短信，未知号码，所以孤零零地躺在了拦截信息那一栏。

时未点开看，只有两个字——回电。

如此言简意赅，直觉告诉时未，这是司穹无疑了。

时未坐起来，直了直腰杆才拨通电话，响了一声，便接通了。

“时未，我是司穹。”

接得这么快，就好像时刻等着她的电话一般，时未也赶紧回道：“我知道，司先生找我有什么事吗？”

“时未。”司穹轻轻地叫她的名字，“昨天的问题，你还没有给我答案。”

刚才睡前她将和司穹在车里的谈话仔细回想了一遍便已经有了答案，她掀开被子下床，往浴室走：“司先生，你等我一会儿，我们面谈。”

那边声音依旧清冷，他说：“好，我等你。”

挂了司穹的电话，屋子里一下子就安静极了。

时未从卧室到浴室，只听得见自己踩在地板上发出的轻微的脚步声。

路过客厅，桌子上满满当当的都是东西，鼻子吸了吸，是新鲜的水果和一些零食，想来是在她睡觉的时候，陈灯已经回来过了。

简单地洗漱了一番，时未换了一件白色T恤，搭配牛仔短裤，干净利落又清爽。

雾津市不愧是三大火炉城市之首，虽然有着中央空调，可是人工的制冷到底抵不住大自然的热情啊。相比较21℃恒温的室内，酒店长廊里的温度让人难以招架。

司穹和季同的房间在她们楼上，时未要上去，只有两种方式，要么坐电梯，要么走楼梯。

电梯离她的房间很近，五步开外，却早已经站满了等待下去的客人。没再犹豫，时未转身选择了走楼梯。

楼梯间的入口，因为常年鲜有人走的缘故，堆满了各种各样的杂物，按理说这是不科学的，作为安全通道，楼梯间应该常年保持干净和通畅，如果发生意外，大家可以安全迅速地撤离。

时末一不小心就踩到了一个空的易拉罐，“刺啦”一声，在空旷的楼梯间里显得狰狞而恐怖。

她快速绕开脚下的障碍物，往楼上走，却在楼梯拐角的那一瞬间，闻到了一丝熟悉的味道，她忽然抬头往上看去，一双深邃迷离的眸子，正敛着笑意看她。

是司穹，他半倚在楼梯口，手里夹着一支香烟，却没有点燃。

时末的脚步慢慢停了下来，隔着四五个台阶，微微仰着头看他：“司先生，你怎么在这里？”说完，目光落到了他那根未点燃的香烟上，莫非司穹是打算在这里抽一支烟，却不小心被她给撞见了？

司穹将香烟夹在指间慢慢把玩，时末看见那根香烟灵活地在他的食指和中指之间跳跃。

闻言，他慢慢直起身向她走了下来，在距离她三步以外的地方站定，然后淡淡地问她：“时末，想好了吗？你的答案。”

时末垂在身体两侧的手下意识地动了动，她的睫毛闪了闪，反问他：“司先生，这就是你决定投资我们研究所的原因吗？”

“一半。”司穹看着她，“这个项目很好。”

司穹并没有敷衍时末，他说的确实是事实。

李忍手里的这个项目他在私下让季同去调查过，收集到的资料他也认真地研究过，虽然短期之内看不见未来，也收不回成本，可是从长远来看，却是潜力无穷，若能长期坚持下去，必然会做出一个样子来。

时末点点头，略微思索了一会儿，便又往前走了一步，走到了司穹跟前。她仰头直视着他，若他不微微低头，她只能看见他光滑的下巴。

好在他察觉到了她的意图，微微低下头来看她，等待着她开口。

时末说：“司先生，我答应。我答应成为你的舌头，这一路，所有的味道我来替你尝，同时，这件事情我也会替你保密，所以你有什么需要尽管吩咐我就行了。”

这就是时未，一旦决定，就绝不拖泥带水。

司穹眸光闪了闪，似乎没料到她会答应得这么爽快，事实上，按照他的计划，她最快也得两天之后才能给他答复，他之所以今天问她，不过是想提醒她不要忘了而已。

司穹微微偏着头，光影勾勒出侧脸的弧线，他问她：“为什么？”

时未如实回答道：“因为师父说不能白收你的钱，拿人钱财替人消灾，自古以来都是这个理。”

司穹：“……”他现在是真的好奇她的脑回路到底是怎么长的了。

上次在世研所，并不是他第一次上门找李忍，其实一年以前，他就和季同去拜访过李忍，不在世研所，而是在李忍的家里，在老城区一个偏僻而破旧的家属楼。

李忍接待了他们，但是在司穹说明来意之后，李忍想也没想就给回绝了，季同也劝他，说这个机会难得。

老爷子那时候似乎生着病，但是腰板挺得比他们还直，声音厚重而沧桑，他说：“我缺钱，但是我不缺德，贱卖徒弟的事儿我李忍做不出来。”

两人无功而返，被李忍客气地请出了家门，出来时，外面的积雪已经很厚了。

司穹问季同：“刚才屋里的暖气开了吗？”

季同搓了搓手，回答：“没啊，冻死人了，你说这么大年纪了也不开个暖气，能不冻出病来吗？”

司穹按了一下手杖，手杖变成了黑色的伞，离开之前，他说：“找个人来帮老爷子修一修吧，那暖气应该是坏了。”说完，迈步走进雪地里。

季同跟上去问：“你怎么知道的？”

司穹：“直觉。”

季同：“……”

狭小而散发着霉味的楼梯间两人没有多待，一前一后地走了出来。

时未走在前面，走了几步突然想到什么，停下来转身问他："司先生，需要我帮你借个火吗？"

目光意有所指，落在了他指间的香烟上。

司穹敛着眉眼，对时未这突如其来的问题愣了一瞬，然后了然地道："不用，已经戒了。"

"哦。"时未点点头，没多问，转身继续走，走了几步，便听到司穹在身后叫她。

他说："时未，叫我司穹吧。"

《美食与他》这一档主打特色美食的综艺节目之所以立于不败之地，长盛不衰，很大一个原因在于它的真实性和高质量。

目前，综艺节目泛滥成灾，因为有利可图，大家挤破头也要进来分一块蛋糕，但是如今拿得出手的综艺节目极少，粗制滥造的到处都是。很难有一个良心节目愿意花大半年的时间到世界各处收集材料，独独《美食与他》这么做了，一做就做了七年。

《美食与他》这个节目还有一个特点就是导演江河源用拍综艺节目的形式，拍出了纪录片的质感，不管是画质，画面的构图，还是后期的配乐，都完成得十分出色。

江河源此人一生最大的梦想就是到全世界流浪，这也算是他做这档美食节目的原因之一。而且他为人洒脱，最不喜欢的就是条条框框的规矩，所以他做节目基本不需要事先对台本，整个节目组的员工都是跟了他几年的老员工，相互之间的默契不在话下，所以整个节目唯一的变数便落到了每一期的节目嘉宾身上。

下午七点，距离节目录制时间还有一个小时，江河源将参与节目的人员叫到了一起，再一次强调了这次的新规则——隐形拍摄。

所谓隐形拍摄就是负责摄影的人员摒弃传统的大型摄影机，采用最先进的袖珍摄像头，在暗处进行拍摄，这样一来，不仅拍摄起来更加真实和鲜活，也不会影响到周围的人，才能真正做到，用镜头，记录百态人生。

江河源交代完这边，又将司穹叫走，私下聊了事情，便宣布拍摄可以正式开始了。

嘉宾组和摄影组兵分两路出发，嘉宾组由司穹带队先走，摄影组紧跟其后。

这一次拍摄，时未和陈灯作为嘉宾的助手是要出镜的，而季同从头到尾就是出来玩的，他不用参与节目的拍摄，所以，季同为了显示自己的存在，而不是一副游手好闲的模样，主动承担起了开车的任务。

现在导演做了甩手掌柜，陈灯有问题只能问司穹："司先生，我们去哪儿啊？"

不仅是陈灯，季同还有时未，也睁着眼睛齐刷刷地看着司穹，等他吩咐。

司穹目光所及，是雾津市的母亲河，他说："去江边。"

司穹说的这条江，是雾津市有名的嘉临江，它养育了雾津市世世代代的人，也承载了雾津人民最质朴的情感。

夜晚的嘉临江凉风习习，在江边乘凉的人很多，老老少少，男男女女，或依偎成群，或追逐打闹，他们一行四个人沿着江边走。

陈灯最活泼，一身鸭黄色的裙装衬得她像一只小鸟："司先生，你是第一次来雾津市吗？"

司穹压着步子走得缓慢，时未跟在后面，目光追随着他的影子。

季同在一边叫她，问她要不要一串糖葫芦，时未不喜欢吃甜的，她摇摇头拒绝了，然后认真地听司穹和陈灯说话。

他的声音和江风一样让人神清气爽："不是，以前来过。"

那已经是很久之前了，那时候他也像今天这般沿着江边缓缓地走，司念也像陈灯一般，穿着艳丽的裙子，像春天百花丛中的精灵。

季同买了糖葫芦追上他们，给了陈灯一个，然后指了指身后距离他们五六米远的节目组摄影师："还别说，他们那样子搞得跟便衣警察似的，要不是事先打了招呼，我还真看不出那身衣服里藏着摄影机呢。"

时未也回头看了，视线刚好和摄影大哥们撞上，她礼貌地笑了笑，刚转过头，冷不防地撞上前面的人。

她连忙揉着头退开，就听到前面的司穹说："到了。"

司穹停了下来，时未顺着他的目光看去，马路对面，是一家很不起眼的火锅店。

雾津市除了以小面在全国火了一次之后，其他时候，但凡提到这个城市，大家立刻想到的便是火锅，雾津市的火锅，不仅闻名全国，在全世界也是有一定知名度的。

俗话说，五岳归来不看山，那雾津归来，便无地道火锅啊。

他们沿江而走，除了江风，剩下的全是火锅的麻辣醇香，那味儿像长着倒钩，勾得路过的人儿啊心痒痒的，走着走着，一双腿就软了，再也走不动了，然后闻着那味儿就去了。

嘉临江的江边上林林总总全是火锅店，木质外观的吊脚楼，像极了宫崎骏构建的童话世界。一般会在二楼外面设一个露天的阳台，阳台上摆放两张圆桌，客人们可以一边吃着热辣滚烫的毛肚，一边欣赏对面的江景。

好看的风景很多，一边看一边吃一边聊着家长里短，一顿火锅也就吃到了深夜。

午夜十二点的雾津，江上雾气缭绕，像是到了传说中的仙境，而江岸璀璨的灯光，吊脚楼上十足的烟火气，倔强地告诉你这是人间。

平常人可能会感叹一句："啊，真美啊！"而如果换成是长期混迹于二次元的宅男宅女们，他们大概会说："这里会不会有无脸男出现？要是有千寻和白龙就更好了！我要跟他们Say Hi！"

司穹选定的这一家火锅店有个奇怪的名字——呱呱叫火锅店。

店面和周遭的火锅店比起来显得十分随意，一点也不讲究装修和布局的技巧，就是简单的白色的墙，黑色的桌。铁锈斑斑的水管也没有埋到墙里，就这般赤裸裸地在白色的墙面上游走，站在远处看，好像一条黑色的大蛇。

店面也不大，现在不过是晚上七八点，已经坐满了客人。还有一些来晚了的客人，瞧着里面没座儿了，便嚷嚷着叫老板娘摆几张桌子在外面，老板娘应了一声，很快便在马路边上摆了几桌，吆喝着忙里忙外去了，显然这种事情已经不是第一次发生了。

时未猜测，这些客人肯定都是本地人，吃火锅不像外地人讲究个环境，也不怕在马路边上吃一嘴的灰尘，怎么舒服怎么吃，怎么好玩怎么吃，毕竟曾经雾津人在电梯里吃火锅的新闻她还历历在目。

店门口是普通的铁质卷帘门，也没见着什么华丽的广告牌，只是在店里的墙上歪歪斜斜拉了一条白底红字的横幅，上面是标准的黑体加粗，十分显眼，写着：别拿你吃麻辣的能力，来挑战哥加底料的大勺。

时未被这句话逗乐了，看来这个师傅当年也是道上混过的啊。

一行人跃跃欲试，原本不用参加节目录制的季同，闻着这勾人的味儿，双腿迈不动了，硬是和司穹耍着赖皮不走了，样子有点好笑。

时未和陈灯都笑了。

季同不在乎，只是抓住时未逗趣地说："小师妹，你笑起来比你正义兄好看。"末了他还不忘问一句旁边的人："是吧，司穹？"

这话牛头不对马嘴的，况且，她笑起来本来就比师兄好看啊。时未用余光看司穹，他竟然也点头笑了。

陈灯看着他们三人，突然上前推着时未往前走："别瞎聊了，再不过去，今晚可就排不上号了！"

见着有新客人上门，老板娘双手在围裙上擦了擦，便出来迎他们，说几位运气真好，刚好有一桌客人吃完了忙着走，他们正好接上，等她收拾一下，便可以入座了。

雾津市的火锅分很多种，而这个名叫呱呱叫的火锅店做的是最传统的老火锅。老火锅也是最正宗的雾津火锅，历史悠久，深受雾津人的喜欢，是现在外面泛滥的大众火锅根本没法比的。

一口黑乎乎的大铁锅，里面装满了红花椒和干辣椒，偶尔漂着几根绿黄绿黄的葱段，满满一锅往桌上一放，那架势，简直震慑四方。

过了一会儿，老板娘又拿了四块铁片，横着两片，竖着两片，往油锅里一放，一口大锅就被铁片隔成了九宫格。

确实，这吃火锅啊，当然是需要划分区域的，不然你辛辛苦苦烫好的瘦肉片，可能就是你分神去夹一根鸭肠的工夫，你的瘦肉卷就进了别人的口，下了别人的肚，自己除了干瞪眼，也只能重新再去烫一块，可是那个时候迫切想吃的心情却已经没有了。

季同显然没见过这般架势，整个人好奇得不得了。老板娘一边笑着弯腰给桌子下的煤气罐点了火，一边操着方言对季同说：“帅哥第一次吃老火锅吗？我告诉你，我们呱呱叫的老火锅‘巴适’得很，保证吃得你呱呱叫。”

季同听个半懂，看向时未求救：“小师妹，你好歹研究语言的，翻译一下呗。”

时未确实一字不差地听懂了，而且这个方言简单，不难懂，她挑着重点给季同解释：“老板娘叫你帅哥。”

季同点点头，得意地说：“这句话我听懂了。”

时未：“……她说这火锅很好吃，叫你多吃一点。”

季同拍着胸脯，学着刚才老板娘的口音说：“那是当然咯。”

蹩脚的话语一说出口，桌上的几人都笑了，司穹也笑了，虽然很淡，却很耀眼。

时未其实不是刻意看司穹的，他就坐在她的对面，一抬头，看得清清楚楚。

四目相对的时候，司穹轻微地挑了挑眉，似乎在问她为什么看他。

时未目不斜视，也没躲开司穹的视线，笑了笑，很镇静地拿起菜单看，不知道是不是面前这口大锅的缘故，时未突然觉得有点热，热的空气和热的……目光。

吃老火锅，必点的菜品是鸭血、毛肚、瘦肉卷。

不过，男女吃火锅是不一样的，季同拿着菜单全点的是荤菜，时未和陈灯看了一会儿，不约而同地点了土豆、藕、苕粉、南瓜、脆皮肠。

季同点完了将菜单给司穹："来，司穹，你也点几个肉，可别像她们光点素菜，吃起来一点也不过瘾。"

司穹接过菜单扫了一眼，只点了一份饺子。

季同觉得奇怪，但是这饺子也算是荤菜吧。

不一会儿菜就上齐了，老板娘拿了四个易拉罐，罐里面装的是麻油，打油碟用的，还有一碗磨得碎碎的花生，加到油碟里，闻着可香了。

季同刚才就发现这大锅烧了许久，也不见有热气冒上来，便问："老板娘，你这个火是不是没有弄好啊，怎么烧了半天也不见冒气呢？"

老板娘哈哈笑道："帅哥，这老火锅就是这样，你别看它不冒气，其实已经烧得滚烫了，不过是上面一层牛油将它蒙上了，不信你用筷子下去搅一搅。"

季同将信将疑地用筷子将最上面那一层红辣椒弄开，然后伸进去搅了搅，那一层油搅开了，热气腾地一下就窜出来了。

简直就是见证奇迹的时刻，季同砸吧砸吧嘴，说："有意思。"他俨然已经忘了是在拍摄节目，吃完一盘子肥牛肉之后，开始脱外套了。

司穹全程没怎么吃，时未问他要不要吃素菜，他摇摇头，说自己吃不了太辣。

中途时未去了趟洗手间，回来的时候手里多了一罐王老吉，她坐下，将王老吉放到了对面。

季同不满，抗议道："小师妹，我的呢？"

时未反问："你也怕辣？"

季同闭嘴了，他可是无辣不欢啊。

陈灯也只是吃了几块藕就坐着喝饮料了，她说她也吃不了太辣，时未听到了，建议她也去买一罐王老吉。

陈灯："……"

四个人的桌子，两个人因为吃不了太辣都坐着不动了，就只剩下季同和时未还在继续，在时未准备干掉第四盘土豆的时候，一直沉默的司穹终于忍不住开口了：“时未，你吃太多了。”

时未嘴里正咬着一块土豆，闻言抬头看了司穹一眼，两人眼神对峙了半晌，时未决定低头把这一块土豆吃完。

季同正夹了一根鸭肠在锅里涮，待到鸭肠微微卷起来的时候，出锅放到油碟里冷一会儿，让热气裹着麻油将香味渗入到鸭肠里，趁着这个工夫，季同说：“小师妹，别听司穹的，继续吃啊，反正又不是他买单。”

季同看了看隐藏在其他桌的摄影师们，捂着嘴小声说：“节目组给钱，我们多吃一点。”

这一捂嘴，捂了满手的油，季同难得嫌弃自己，拿了纸巾使劲儿擦手，擦到一半他的电话响了，他赶紧挪了挪屁股：“司穹，快，帮我看看谁打过来的。”

司穹略微嫌弃地从季同裤子口袋里掏出手机，刚想递给他，看见手机屏幕上的来电显示，司穹的手微微一顿，表情突然变得凝重。

这一串号码像是催命符一样，死死地勒住司穹的脖子，让他呼吸一滞。

“司穹？谁打来的。”擦完手的季同叫他，看见司穹的表情后，季同心中隐隐有了不好的感觉。

似乎是为了证实他心中所想，下一秒，司穹就说：“是圣尔斯医院。”

圣尔斯医院，英国有名的私立医院，以高昂的价格和上乘的服务著名，同时，它也是全英国最著名的抑郁症康复治疗中心。

它如一个魔咒，跟随了司穹十年，挥之不去。

气氛太过沉重，直到司穹和季同面色凝重地出去后，陈灯才小声地问时未：“时未姐，你刚才听见司先生说什么医院了吗？”

时未点点头，她不仅听到了，而且司穹脸上的表情她也看得一清二楚，只是她不明白到底是什么会让司穹和季同都闻之色变呢？

大概过了十分钟，季同和司穹还是没有回来，陈灯瞅着锅里的水快烧干了，便叫了老板娘加水，这锅里加了水，扑腾扑腾的热气很快就消失了。

时未不确定刚才听到的是哪几个字，搜索了许久未果，店里却突然异常嘈杂起来。她皱着眉抬头朝声源处看去，只见火锅店里突然闯进了一群不速之客。

他们个个身强体壮，赤裸着大肥胳膊，露出左青龙右白虎的青色文身，朝着屋里大叫："文鑫，识相的快给老子滚出来。"

一群人来势汹汹，颈项上的大金链子晃得时未眼疼。

刚才还热火朝天的火锅店霎时间安静了下来，大家面面相觑，都不知道发生了什么。

陈灯扯了扯她的衣服，小声说："时未姐，什么个情况啊，这些人是节目组安排的？"

时未也打量着那些人："不知道。"

江河源让他们随意发挥，也没有给剧本，所以这些人到底是不是节目组找来的，她也不确定。

司穹和季同也不知道什么时候才能回来，时未告诫陈灯，说："我们先按兵不动，看看他们到底想干什么，其他的等司穹回来再说。"

陈灯点点头，端着果汁继续喝，心里纳闷：为什么时未不叫司先生了，而是直接称呼他的名字？

只见为首的一个矮胖子走到一桌客人面前，他身边的小弟便上前轰人："滚开，滚开，没看见我们老大要坐这儿吗？"

陈灯竖起大拇指："时未姐，这帮群众演员的演技不错啊。"

时未看着没说话，这架势是群众演员还好，要不是的话，那就难办了。

小弟狗腿地上前将长凳搬到屋子中央，用手擦了擦，低头哈腰谄媚地说道："老大坐。"

那被称为老大的人仰头挺胸，一屁股坐下去，时未觉得整个地板都在颤抖，然后便听到那个老大发话了，是朝着老板娘说的。

“老板娘，把文鑫那孙子交出来吧，不然今天你就别想做生意了。”

老板娘放下手里的开水壶，不卑不亢地走到那老大面前，说：“我没见过你说的什么文鑫，请你马上出去，不然我报警了。”

“哈哈哈哈。”老大闻言大笑，这一笑整个双下巴都在颤抖，啤酒肚撑开身上那件衣服，微微露出点肥肉，那肉好像在说：看见没，我一肚子坏水呢，还敢跟我撒谎？

“你以为我没点准备会找到这儿来？”老大一挥手，小弟将裤兜里的照片摸了出来，他拿着照片在老板娘面前晃，“照片上的人是你吧？文鑫未过门的媳妇，叫什么苹果？”

小弟连忙在一旁提醒道：“老大，是梨子。”

老大一瞪眼儿，一巴掌拍到小弟脑门儿上：“我他妈知道是梨子，那是我故意说错的。”

小弟们不敢反抗，连连称是，就算老大说的是冬瓜，那也是正确的。

老板娘微微皱眉，不动声色地往后退，谁知道刚走了几步，刚才还在教训手下的老大突然转头，朝着她一喊：“站住。”

老大站起来，不怀好意地笑着：“梨子啊，我也不是故意找你麻烦的，还不是你那未婚夫，为了他那个破玩意儿在我这儿可借了不少钱，今天已经是最后期限了，他要是再还不上钱，按照咱们道上的规矩可是要留下一只手的。”

老大口中的破玩意儿是文鑫的地下乐队，名叫Bony，梨子曾经也在那里待过，那时候她的身份是乐队主唱梨子，而不是火锅店老板娘梨子。

梨子说：“他借的钱，你找他要去，我没钱。”她确实没钱。她把所有的钱都砸到了这个火锅店上，每个月赚的钱，不仅要交租金，交水电费，还要往家里面寄，寄给自己家，也寄给文鑫的父母，所以每个月能剩下的钱寥寥无几。

天气本来就闷热，胖的人更是怕热，老大胸前的衣服已经打湿了，他有些不耐烦了：“少废话，我要是找得到文鑫那孙子，也不会找到你这儿了。今天，要么把文鑫叫过来，要么你就替他把钱还了。”

梨子咬咬牙，问：“多少钱？”

老大笑了，手指比了一个一，说道：“不多，十万而已。”

梨子差点就要骂他们抢劫了，她知道文鑫为了乐队借了不少钱，可是绝对没有十万，这分明就是高利贷！

梨子压住气，说：“我没有这么多钱。”

老大不耐烦了，踢翻了几个长凳吓唬人：“没钱就拿人来抵，把文鑫交出来。”

梨子咬牙：“我不知道他在哪里。”

“呵呵。不知道？”老大上前将照片啪啪扔到梨子脸上，“不知道？那昨天他来找你干吗啊！”

“对啊，把人交出来。”底下的小弟也跟着踢翻长凳，有些还站上长凳挥舞着啤酒瓶子叫嚣。

刚才还默默看戏的人，此刻眼看要动真格的了，生怕殃及自己，开始一蜂窝地往外跑，火锅店一下子就闹翻了。

隐藏在群众里的摄影师们互相打了个眼色，自动分成了两拨，一拨出去报警，一拨留在这里控制局面，毕竟，还有两个女嘉宾在场。摄影组的大哥们除了日常拍摄，平时和时未她们接触不多，但是私底下大家都在传，这两个人，都不简单。

一个是西塘佟家的，一个是司穹力保的。

几个大汉上前要抓梨子，梨子往后躲。

摄影组的两个大哥站出来，试图拦住那几个找事的大汉，奈何，一出手，就败在了体重上的悬殊。他们只能不停给时未和陈灯打眼色：“你们先走。”

时未点点头，这种情况，硬出头不行，她转身去拉陈灯，人没有拉到，只觉得眼前有个人影一闪而过。

然后她就看到陈灯提着刚才梨子放在桌上的开水壶冲了上去，惊道：“糟了。”

她下意识地想拉陈灯，却没有拉住。

时未和陈灯在角落里看了这么久，自然也看出来这帮人根本就不是什么群众演员，而是专门放高利贷的地痞流氓。她们自是寡不敌众，贸然动手肯定吃亏，所以她在梨子和老大说话的那段时间已经报警了，只要再等一等，等到警察来了就可以了，谁知道陈灯按捺不住突然冲了出去。

“都给我住手！”陈灯拎着开水壶站到梨子面前，一脸鄙夷地对着面前的人道，“对女人动手，你们算什么男人？”

对于突然冲出来的漂亮小姑娘，那群人不仅没有停下来的意思，流氓气反而更重了，哄笑声四起。

老大一脸玩味地看着陈灯：“哟，美女，想要多管闲事啊？”

陈灯丝毫不让：“是你们欺人太甚，做得太过分了，老板娘已经说了没见过那个什么文鑫，你们还对女人动手，这种行为简直可耻！”

陈灯此人，虽然小心思多，但是就是不能忍受男人打女人。小时候只能躲在角落为妈妈抹眼泪的滋味，她已经忍受够了。

老大摸了摸圆滚滚的肥肚子，说：“那今天就一起收拾了呗。”他往后退了一步，肥手举起来挥了挥，小弟们就拥了上来，一个个举着啤酒瓶，凶神恶煞的。

陈灯既兴奋又害怕，一闭眼便将手里的开水壶扔了出去。

开水壶掉在地上，水花四溅，溅到皮肤上，被开水溅到身上的人像热锅上的蚂蚁，被烫得直跺脚，嘴里骂着脏话，瞪着陈灯像饿狼瞪着猎物一样。

这一下，彻底激怒了那群人，他们也不再像之前那般调笑了，上来就去抓陈灯。

陈灯虽然刚刚表现得十分有胆儿，但是这架势太吓人了，此刻，她只有一个想法，那就是跑。

“想跑？”

老大三两步上前扯住了陈灯的头发，疼得陈灯直叫：“时未姐，救我！”

说时迟，那时快，时未操起油锅里刚刚烧得滚烫的漏勺，快准狠地对着老大的手腕打下去。

老大疼得哇哇叫，连忙松手，放开了陈灯。

陈灯抱着被扯得生疼的头，一个没站稳，直冲冲地往前而去，慌忙之中，一手按到了热油锅的边缘，“刺啦”一声，带起一阵焦煳味。

她眼泪直掉，却一直强忍着不让自己哭出声来，举着手，躲在时未身后，咬着牙直骂：“死胖子，肥胖子，我和你没完！”

老大一双眼通红，看着时未笑道：“好啊，还有帮手，今天爷就教教你们，在我的地盘撒野，是要被撕碎了煮火锅的！”

时未刚想让陈灯带着梨子一起走，就见那老大反手一勾，长凳就被他举了起来，耳边是陈灯颤抖着的声音：“时未姐，你、你先顶着，我去叫人。”

却不想，下一秒，身后突然有道力——她被人推了一把，一下子就到了那老大跟前。

老大嘿嘿一笑，颈项上的金链子油光闪闪：“好啊，自己来送死了。”说着便将举着的长凳朝时未身上砸去。

那惊心动魄的一瞬间，陈灯觉得自己眼睛都花了，不过眨眼的工夫，时未不仅躲过了老大砸下来的凳子，还踩着那凳子一个漂亮的后空翻站到了老大身后的桌子上，那身姿潇洒利落，跟看电影似的。

而落地的时未，一脸不敢相信地看向陈灯。

陈灯举着双手：“时未姐，不是我，是他。”她又指向了旁边的小弟。

小弟一脸发蒙，刚才被凳子砸到头，现在他看人都是重影的。

那老大又扑了上来，时未高高举起手中的漏勺，手腕一转，在老大还未反应过来的那一瞬间，对准老大的肩胛骨狠狠地砸了下去。

陈灯看得痴痴的，问梨子：“老板娘，你看见了吗？”

梨子激动地道：“看见了，这姑娘什么来头啊？少林寺？武当？还是峨眉山啊？”

陈灯：“……我怀疑是外星人。”

“时未！住手！”时未刚才那一打，浑身血液躁动，被这一声吼唬住，转头去看。

司穹正朝她而来，神色急切，她手中的动作在空中赫然停住。

季同和摄影组也赶了过来，季同举着手机，说："你们还有三分钟的时间离开，我已经报警了。"

小弟们面面相觑，不知如何是好，最后齐刷刷地看着老大。

老大愤愤然，瞪了时未，又瞪陈灯，最后看着司穹和季同，不甘心地说："走！"

可是刚走到门口，就被及时赶来的警察抓了正着。

老大感觉这简直就是奇耻大辱，竟然被欺骗了，他气得身上的肉直打战，红着眼睛质问季同："不是说好的三分钟吗？"这分明过了不到半分钟，简直就是欺负人。

时未站出来，看见司穹，有些心虚地将漏勺藏到身后，说："是我报的警。"

老大心有不甘，混了这么久，栽一个小丫头手里了，瞪着时未，半天憋出两个字来："阴险！"

时未没说话，余光瞟了瞟司穹，他的脸色很不好，很苍白。

司穹目光在屋里扫了一圈，最后落到时未身上，沉声问："受伤了吗？"

时未摇头："没有。"

陈灯举着双手，眼泪汪汪地说："司先生，时未姐会武功，没受伤，倒是我伤得不轻。"说着，将手举到司穹面前给他看。

司穹看了一眼，叫季同："季同，你先送她去医院。"

季同看了一眼陈灯，对司穹说："可是，圣尔斯那边……"

"我知道。"司穹打断他，他拧着眉心，过了一会儿才说，"那边我自有分寸，陈灯受伤了，先送她去医院。"

季同欲言又止，最后选择沉默。

陈灯小心翼翼地问："司先生，你不和我们一起走吗？"

司穹微微点头，目光又落回时未身上，意味深长地说："节目组有人参与打架斗殴，我必须留下来和警察解释清楚。"

警察办事效率很高，一会儿就把这帮人都抓走了。

时未跟着司穹走到火锅店外面，因为外面停着警车，店外围了不少看热闹的人，对着店里指指点点。

见到有人出来，目光又都落在了司穹和时未身上。

司穹显然不喜欢被这么多人盯着看，他低声对时未说："跟我来。"说完便领着她走到一个人相对较少的地方，周围是高高的景观盆栽，刚好可以将两人的身影完全遮住，十分隐蔽。

司穹想到刚才他进门看见的那一幕，仍然心有余悸。而此刻，时未站在他面前，一个小姑娘，低着头，像个做错事的小学生一样，那些责备训斥的话，他却怎么也开不了口。

最后，千言万语，化成了她的名字："时未。"

他叫她，一字一字咬得特别清晰。

时未心虚劲儿更甚了，说到底，今天确实是她冲动了。这般想着，她忽然就抬起头，两人本来就站得近，这一抬头，着实就是硬碰硬了。

坚硬的脑壳，碰上坚硬的下巴，力的作用是相互的，一个抱头一个捂下巴，瞬间就分开了老远。

时未暗骂自己蠢，又连忙上前真诚地道歉："对不起。"

司穹不甚在意，轻轻地拍了拍她的头："你也疼。"

他的手，不似看起来的那么冰凉，抚上她头发的那一瞬间，是温热的。

时未吸了吸鼻子，进来的都是司穹的味道，说道："参与打架斗殴的人是我，我认错。"

"哦？错哪儿了？"这模样看着倒是乖巧，司穹又将"打架斗殴"四个字原封不动地还给她，"那你说说参与打架斗殴是什么感觉？"

时未想也没想，脱口而出："爽！"

她是真爽，空有一身本领，一直没地方使，刚才那个后空翻扯着她全身的筋，感觉多扯几次说不定还能迎来身体的第二次发育呢。再说了，那个时候她不出手，老板娘还不知道会怎么样呢！

司穹：“……爽？”

时末眨眼，不觉得自己的话有错，认真地重复道：“嗯，浑身舒爽。”

“……”好吧，司穹决定换一个话题，她一句话，又把天聊死了。

司穹说：“时末，下次再遇到这种情况，先保护好自己，在自己力所能及的范围内再去帮助别人，知道吗？”

时末认真听着，觉得司穹训起话来跟她师父李忍一模一样。想到此，她乐了，但是司穹在教训她，她脸上不能表现得太明显，还是严肃一张脸，耐心地听着司穹讲话。

可是，时末心中再怎么暗示自己，身体却诚实，脸上的笑意掩也掩不住了。

还笑？偷着乐？

司穹挑眉，实在不知道时末在想些什么，忍不住地问：“时末，你在认真听吗？”

“在的。”她点头，模样十分乖顺。

“那我刚才说了什么？”他问。

“时末，下次再遇到这种情况，先保护好自己，在自己力所能及的范围内再去帮助别人，知道吗？”时末一字不差地复述了出来，说完还扬了扬小脑袋，好像在跟他求表扬。

司穹揉了揉眉心，真不知道该说什么了，他还在探寻和时末的相处方式，有些话，他也怕说重了伤到她，也怕不说，她又犯错自己伤害到自己。最后他轻叹，嘱咐道：“时末，我答应过教授要好好照顾你的。”

时末点点头，踮起脚拍了拍司穹的肩膀：“嗯，我知道。但是我也答应过师父要好好照顾你，听你的安排，所以你放心，我的舌头我会好好保护的。”

司穹看着她，敛着眉眼，目光如远山层叠，辽远而深沉，他说：“不止你的舌头，你的全部都要好好保护，知道了吗？”

时末心中一动，下意识地就问：“那你呢？”

你由谁来保护？

司穹默，过了半晌，轻声说：“我不需要。”

火锅店的一场闹剧，算是治安事件，警察询问了老板娘梨子，又询问时未。这会儿，司穹正在接受询问。

店门外看热闹的人也散得差不多了，时未乖乖地站着等司穹，梨子拿了一罐王老吉递给时未，说：“介意和我聊一聊吗？”

梨子眼眶微红，明显哭过，此刻她不过是想找个说话的人而已，时未看向司穹，司穹若有所感地也看了过来。

时未朝他比画，示意自己要离开一下，看到司穹点头了，时未才接过梨子的王老吉说：“走吧。”

嘉临江畔，没了人来人往的游客和行人，此刻安静得很，江面上停着不少船，有渔船，也有客船，还有观光船。江的对面是半座山，半山上立着摩天轮，摩天轮正对着雾津市最大的跨江大桥，桥上车来车往，川流不息的车流像一条条火龙，直冲冲地朝着摩天轮这个大圆盘而去。

梨子领着时未走到江边的一块大石头边上，这块石头看上去已经有些年头，因为夏天江水下降了石头便露了出来，遇到雨水充沛的时节，这块石头肯定会被淹的。

梨子动作熟练，先爬了上去，然后将手伸向时未：“我拉你上来。”

石头正对江面，晚上江风习习，吹到人的脸上，带着些水汽，润润的，非常舒服。

梨子先开口了，她的声音不似在店里吆喝那般嘹亮大声，这会儿细细的，挺好听的，她说：“我给文鑫打过电话了，在那帮人进来的时候，悄悄打的。”

时未问：“他接了吗？”

“接了，电话全程都是通着的，店里面发生的事他也听见了。”梨子轻声说，“可是，他没来。”

文鑫没有来，就算他知道这帮流氓会干出什么事，他也没有来，甚至在她再次拿起电话的时候，他也不曾关心她是否受伤，而是说："梨子，你把火锅店卖了吧，卖了的钱借我一半，我现在学会炒股了，我去投资，等赚了钱，我们就回家结婚。"

梨子什么都没有说，只是问他："那Bony呢？"

文鑫突然就开始在电话里砸东西了："梨子，你他妈现在还在跟我提Bony，要不是为了这个破玩意儿，我现在用得着跟个老鼠似的东躲西藏吗？"

梨子也在哭，哽咽着问他："文鑫，这不是我们的梦想吗？"

文鑫笑了，笑着笑着他也哭了："梨子，你已经三十岁了，还谈梦想啊，你看看，梦想把我们都残害成什么样了。"

雾津是一个造梦的城市，当初他们选择离开故乡，来到这里，便是被雾津的热情所吸引。

这个城市，配得上他们的梦想啊。

可是，这才几年啊，一个巴掌算得过来，为什么当初信誓旦旦的人，一个一个都变了模样，口口声声喊着梦想未死的那帮人，如今捶胸顿足痛恨极了梦想。

梨子心里难受，这些话憋久了，她怕自己也变成自己曾经厌恶的那种人，今天这样痛痛快快地说出来，前面的路她好像又有勇气走下去了。

梨子站起来，手指指向夜空中最亮的那颗星，说："当初，我和文鑫带着梦想从那边的山里出来，过了这么些年，总得有一个人带着梦想回去吧？只有这样，山里的孩子们才会相信梦想真的有成真的那一天！"

梨子走出来就没有想过回头，最艰难的时候，她也只是偶尔会想起离开村子那天，全村只有那些小孩子在村口送别他们，也只有那些小孩子是真真正正地相信，他们终有一天会带着梦想回去。

梨子一直在回忆："来这里的第一年，文鑫说，原来梦想和现实是有差距的。"

她笑了，拉着时末跟着她站起来："可是，梦想和现实总得有点差距才行啊，不然谁都实现了梦想，谁还去追求梦想呢？时末，你说对吗？"

时未看着她，忽然问：“梨子，你打算怎么办？”

梨子闻言沉默了一会儿，才说：“放弃爱情，追求梦想。我还想再回去看一看那帮孩子。”

时未张了张嘴，有些话到底是问不出口。

“你是不是想问，放弃他我难过吗？”她自顾自地说了起来，“不难过，真的，一点都不难过，反而觉得挺轻松的。只是我们坚持走到这一步挺不容易的，虽然最后没能一起继续走下去，但是沿途一起走过的风景已经刻在我心里了，倘若以后都是黄土烂路，最起码，曾经最美丽的风景在我心里从来不曾荒芜！”

最后，她朝着江面大喊：“梦想未死！梦想！未死！”

时未终于看到了午夜十二点的雾津市，漂亮至极，这座城市，有山有水，更有一群可爱的人。

司穹就站在她们身后的不远处，摄影组也跟着，其中一个感慨：“今晚真够闹腾的，什么也没拍到，回去怎么给江导交代啊。”

“是啊，是啊。”大家都在附和。

司穹看着不远处的两个身影，从摄影师那里拿过微型摄像机，对准江边的两人，说：“江导一向不走寻常路，太规矩了反而不喜欢，而这个刚刚好。”

事实也如司穹所说，几个月后，当《美食与他》正式在周末黄金档播出的时候，这一幕被江河源授意保留了。

司穹让摄影组的先回酒店，他靠在桥边的石柱上等时未，等了一会儿，突然想到什么又折回火锅店里，店里已经不似刚才那般狼藉，帮工们里里外外收拾了一些，掌勺的大厨们围着一个桌子而坐，津津有味地说着什么，见司穹进来，问他干什么。

司穹走到之前他们吃饭的那个桌子，桌子上已经被收拾干净了，而时未给他买的那一罐王老吉已经不见了踪影，他找寻无果，便问：“请问你们看见桌上的王老吉了吗？”

大家面面相觑，过了一会儿总算有一个帮工说话了：“看见了，收拾桌子的时候收拾走了。”

司穹又问：“收到哪儿去了？”那一罐王老吉没开封，应该不会扔。

果然，帮工指了指柜台后面一整排的王老吉，说：“喏，放那上面去了。”

这一排至少二十罐王老吉，每一罐都长得一模一样，司穹无从下手，面露难色。

“从左边数，第六罐。”面前突然出现一只白皙的手，指着立柜上的第六罐王老吉说道。

司穹顺着手看上去，时未嘴角含笑，一副志在必得的样子。

司穹知道她嗅觉惊人，但是还是忍不住想问她：“你是怎么知道的？”

时未吸了吸鼻子，笑道：“闻出来的，那上面有你的味道。”

梨子恰巧经过，这句话便飘进了她的耳朵，她打趣道：“你们俩这是在秀恩爱吗？”

司穹假装不懂，错开眼，咳嗽了一声。

时未是听懂了，但是还一本正经地解释：“梨子，这不是秀恩爱，我只是在阐述事实。”

梨子哈哈直笑，觉得今晚也好像不是那么糟糕。

送时未和司穹出门的时候，梨子叫住时未，问她：“我会重新组建一个乐队，但是还没有想好取什么名字，你可以帮我想一个吗？”

时未看了看司穹，乌黑的眼珠子一转有了想法：“Hot Pot怎么样？”

陈灯的手伤得不严重，因为是烫伤，所以处理起来麻烦一些，双手裹了纱布，连五个手指头都看不到了。

季同开车送她回了酒店，发现司穹还没有回来，打电话没接。

陈灯见季同一脸不高兴，本来想问一问司穹的情况，话到嘴边又咽了回去。

季同绅士地将她送回房间，然后转身乘电梯上楼了，一到房间，季同便立马打开了电脑，要求和圣尔斯医院那边视频通话。

视频电话很快接通，画面上首先出现了一个金发碧眼的女人，这人便是司念的主治医生兼心理疏导师Jones。

“季先生，希望你和司先生尽快回来一趟，Candice最近情绪很不稳定，今天又将自己的手腕割伤了。”

季同呼吸一滞，双手下意识地握紧，他压制着心中的情绪，尽量让自己看上去平静，沉声问：“念念呢？让她通话。”

“Candice！Candice！”

Jones轻声地叫了几声，藏在被窝里的人一动不动，季同只能通过冷冰的电脑屏幕，看到被窝里鼓起来的小小的一团。

他心疼得厉害，嗓子也难受，过了好一会儿，他才说：“Jones，你带着护士先出去，我想和念念单独说说话。”

Jones想了想，说：“好的，季先生，但是尽量说一些开心的事，不要刺激到Candice。”

Jones带着护士依次离开，季同张了张嘴，半晌才叫出那两个字：“司念。”

被窝里的人动了动，却没有露出脸来，季同知道，她不想见到他。

季同伸手，慢慢地靠近电脑屏幕，照着电脑上的画面轻轻地抚摸，好像这般可以给远在英国的她一点安慰似的。

季同温柔地叫她：“念念，我是季同啊，你不想我吗？

“还是你已经讨厌我了，怪我把你哥哥从你身边弄走了？

“可是念念啊，我不想看着司穹成为第二个司念啊。你折磨了他十年，还不够吗？”

司念依旧没有动静，季同知道她没有睡着，每年的这段时间，她总会整宿整宿地睡不着，脾气会变得暴躁，性格会变得扭曲，还会间歇性地自残。

季同是真的怕了，怕一个小疏忽，司念就不在了，所以过去的十年，他动用了所有的人际关系，找最好的医生、最好的医院、最好的看护，所有的一切，都是最好的，不求其他，他只希望这些可以保护好他最珍视的最好的司念。

季同说了很久，其中一些话每一年他都会重复一次，不厌其烦地说给司念听，希望有一天她可以变回那个热情而灿烂的小太阳。

说到最后，Jones已经进来提醒他该结束了，季同才说："念念，不要再伤害自己了，过几天我就回来陪你，好吗？"

直到电脑屏幕彻底暗下来，司念也没有和他说一句话，季同心里一阵一阵地疼，面前的烟抽了一支又一支，很快整个烟灰缸里都是烟头了。

司穹回来的时候，一打开门，扑面而来的烟味，屋里也没有开灯，只是沙发那里闪着火星子。

"季同，你劝我戒烟，自己呢？"他将灯全部打开，季同一时间没适应，眼睛眯着，过了一会儿才慢慢缓过来。

司穹已经来到他的面前，问："和圣尔斯医院通过话了？"

"嗯。"

"Jones怎么说？"

"让我们尽快回去一趟。"

短暂的沉默，司穹又问："念念呢，她怎么样了？"

季同红着眼，终于抬起头来看司穹，他的声音沙哑着，一开口全是烟味，他说："司穹，我该怎么办？念念该怎么办？你该怎么办？"

一室沉默，这个问题注定得不到任何回应。

季同一夜未眠，在客厅的沙发上抽了一整夜的烟，天色微亮的时候，便乘坐最早的一班飞机离开了。

司穹几乎也是彻夜未眠，季同的话在他脑海中久久挥之不去，一闭上眼，满身是血，脸色苍白的司念便一遍一遍地在梦里叫他。

他强撑着，撑到了天亮便去浴室洗漱，换了一身干净的衣裳，出去跑步了。

时间尚早，沿江道上没多少人，司穹跑了一路，见得最多的是环卫工人，他们已经开始为了一个城市的整洁而忙碌了。

沿江道跑完，已经是大汗淋漓，当人专注于一件事情之后，便不会再去胡思乱想，司穹的思绪又恢复了往日的清明。

司念是他心中的一根刺，拔不得，碰不得，如今她又这般开始闹，不管不顾地伤害自己，不过是想给他提个醒，那个日子又快到了，每年的那个日子，她总是会搅得他不得安宁，她闹得越厉害，他越是痛苦，他越是痛苦，她就闹得越是厉害，仿佛他的痛苦可以取悦她。

司穹转身跑进了一条小路，青石小路，看上去有些年头了，再向上走，抬头全是阶梯，小路两边都是建筑，建筑被石墙围在里面，也不高，最高不过五六层楼。

雾津地势奇特，一阶一阶地往上走，若是站在下边抬头看，那一层层摞得老高了。

司穹减缓速度，一边小步爬阶梯，一边想：比起自己，司念更想看到的是季同。每一次他的出现只会令她情绪更加不稳定，而季同不一样，季同对于司念好似一味良药，有安神的作用。

过去的那些年，她和季同很好，她爱听季同给她讲故事，也会吃季同给她买的东西，喜欢对着季同笑，喜欢和季同一起在圣尔斯的公园里晒太阳。她会挽着季同，甜甜地叫他季哥哥；而对司穹，她总是恶语相向，冷冰冰的，从来只会冷嘲热讽地叫他的名字。

所以，昨晚季同问他是否要一起离开的时候，他选择了留下来，这是他唯一可以为司念做的，就是不出现在她的面前，不再刺激她。

突然前面传来一阵嬉笑打闹声打断了他的思绪，然后便有苍老浑厚的声音响起：“慢着点，看路！看路！”

语气间有无奈，但更多的是宠溺。

是一个人慈祥的老人，年龄大了，背有点驼，走路拖着步子，一步一步慢悠悠的，他转身去收拾矮桌上吃完的面碗，余光瞟见司穹，笑着问他：“吃面啊？”

都说雾津城里藏着宝，越是不起眼越是好。

这个小面店算不上一个店，是在两栋居民楼之间的空隙处搭起来的棚子，上面扯着红白蓝三色的塑料棚，能遮风，也能避雨，老人就在这里面忙活，一会儿进一会儿出，每次手里总揣着点东西出来。

司穹就坐在外面的塑料椅子上等，老大爷掀开烧得滚烫的大锅，扯着面在手里掂了掂重量，然后手打着螺旋，将面转进锅中沸腾的热水中，然后一边打着佐料，一边和司穹唠嗑，他乐呵呵地说："小伙子，外地人吧，我们地道雾津人吃面非红不吃，非辣不点，这喜欢点清汤的也就你们了。"

司穹微笑着点头，问老大爷："您这地方挺偏僻，平时生意好吗？"

老大爷将切碎的蒜末用刀平着碾成泥，放到碗里，冲上点冷水搅拌成蒜水，舀了一小勺出来放到面碗中，又加入捣碎的酥花生粒，才说："哪儿谈什么生意啊，我也就卖个念想罢了，早上给上学的孩子们煮碗面，晚上给下班回来的年轻人做点夜宵。这来来往往大家熟了，都愿意来我这儿吃碗面。等面的时候便像这般和我说说话，是高兴的事儿呢，我就陪着笑；是烦恼事儿呢，大家见我年长，也愿意听我说上一言半句的。"

煮面也是有讲究的，面下水，一定下开水，在翻滚的开水中滚上一滚，两三分钟之后打捞起来，沥干净了水，掂成团放进碗里，然后再将事先熬制好的带丝汤趁着热气浇灌在上头，做好了这些，老大爷一边替司穹打包，一边总结说道："这不就是过日子嘛，来来往往，日复一日，总比一个人成天窝在家里强。"

司穹点的两份清汤小面已经打包好了，他问老大爷多少钱，老大爷擦了擦手，摆头："钱就不收你的了，这面就当我请你吃，以后去了别的地儿，若是有人问起咱雾津市的面，你说上一句好话就是了。"

末了老大爷还开玩笑："那啥，吃人嘴短，小伙子可要记住了。"

司穹笑了笑，礼貌地说了一声谢谢便准备按原路返回，刚走了几步，老大爷追了出来，问他："小伙子，你住金鼎酒店是不？"

老大爷一副全都看透了的表情，手往前一指，说："走那条路，这么穿出去近。"

司穹顺着老大爷所指的方向看去，是一条分出来的小路，真是小路，很窄，只够一个人走，刚走了几步，身后的老大爷又说话了。

“小伙子，这面趁热吃才好吃啊！”

或许是今日的阳光刚刚好，或许是遇到的人刚刚好，现在他思绪一片清明，回头朝热情的老大爷笑了笑，不自觉地加快了脚步，却又忍不住地想：以时未的味觉和嗅觉，她会不会吃出来这面出锅的时间呢?

司穹万万没有想到老大爷口中的近，会如此“近”，直接就把他给送到了酒店六楼的厨房里，原来那条小路直接连着酒店的后厨房。

厨师们抡着大勺，眼神不善地看着这个外来的闯入者，司穹不好意思地笑笑，赶紧提着面离开了这个地方。

司穹来敲门的时候，时未正在被窝里睡得迷糊，很不幸，她感冒了。

陈灯已经和节目组的大部队去酒店一楼的餐厅吃早饭了，她因为感冒没什么胃口也就没去，这会儿有人敲门，她只当是陈灯出门忘记带房卡了。

谁知道迷迷糊糊地开门了，门外站着的是司穹，时未一时间没有回过神儿来，盯着司穹看了许久，那眼神才聚了焦，傻乎乎地叫他：“司穹？”

时未眼里的司穹鲜少穿得这么休闲，见着他的时候，总是穿着精致的西装，整个人看起来规矩又严肃，所以，她看了好久，才确定面前的人是司穹，而不是她因为感冒而出现的幻觉。

时未感冒的症状十分明显，浓浓的鼻音和红红的眼眶，司穹问她：“吃药了吗?”

时未摇头，整个人看上去有点呆。

司穹将手里的面给她，让她先进屋：“先去把早饭吃了。”

时未见他要走，下意识地去拉他：“你去哪儿？”

这样子像个小孩儿，其实时未一生病便会变得十分依赖人，这一点，林正义相当有发言权。想当初，他们一起到大戈壁滩做研究，那儿光秃秃的，走上几天也瞧不见几个人，时未中途受了凉，又是吐又是高烧不退，林正义这个做师兄的便像一个母亲一样照顾着她，其间她烧得迷糊，拉着他的手死活不放，一个劲儿地叫妈妈，林正义感动啊，活了三十好几了，终于听见有人叫他妈了，当即母爱的光辉开始泛滥，不分日夜地守在时未身边，用他自己的话说，这都可以参加感动全国十大人物的评选了。

她滚烫的手握住他冰凉的手，司穹愣了一下，转身用手贴她的额头。

凉凉的东西突然贴上来，时未只觉得很舒服，也没多想，便贴上去蹭了蹭："真舒服。"

司穹轻叹："这孩子烧得不轻啊。"

安顿好了时未，司穹回房间洗了澡，又换回了整齐利落的西装，他打开冰箱想弄一些冰水，看见了放在最外面的王老吉。

昨天晚上，他们拿回了这一罐王老吉，在回酒店的路上，时未问他为什么要折回去找它，不过就是一罐王老吉而已，他要是想喝吩咐她再买就是了。

他那时候是怎么回答的，他说不能浪费了。

是不能浪费了，更加不能浪费的是它背后代表着的某人的心意。

司穹出门的时候，余光又瞟见桌子上的面，现在估计已经糊成一团了，老大爷说要趁热吃，现在看来，这面注定是吃不了了。

司穹去了附近的医院，将时未的症状给医生描述了一番，医生开了一大袋子药，来找时未的时候，是陈灯给开的门。

陈灯看见他颇有些意外，但更多是惊喜："司先生？"

司穹应了一声，问："时未怎么样了？"

陈灯这才反应过来司穹是来找时未的，便说："时未姐在屋里睡懒觉呢，我今天早上叫她吃饭她还不起来呢。"

司穹闻言眼神闪了闪，只是问："我现在方便进来吗？"

陈灯自然是求之不得的，连忙让开路："司先生请进。"

司穹目光在屋子里扫了一圈，然后问："时未的房间是在左边对吗？"

陈灯点头说是，又问司穹渴不渴，需不需要喝水，司穹拒绝了，径直往时末的房间走，走了几步，突然又停下来，也没有转身，然后就这般背对着她叫陈灯的名字："陈灯，时末生病了，你不知道吗？"

陈灯坐在客厅的沙发上等，等司穹从时末的房间里出来。

她一直以为，司穹和他的外表看起来这么好相处，只要她这一路表现得积极一点，乖顺一点，或许她和司穹的关系就会有所不一样，但是今天她发现自己错了。

刚才他质问她的语气，不带一丝情感，冰冷得让她害怕。当初，在兰溪市的时候，她得了季同的联系方式，打听到了司穹入住的酒店，找上门的时候，司穹也曾经这般质问过她。

那天，他就站在门内，在她说了一大通请求的话之后，季同依旧劝她离开，而一直沉默不语的他突然开口问她，他说："陈灯，我需要一个可以说服我的理由。"

她哪还有什么理由，所有她能编出口的理由都已经说完了，可是他依旧无动于衷，那时候她才看清楚，温柔儒雅外表下的他，心肠有多冷，又有多硬，他的温柔和善意从来都是有条件的。

就在无计可施，季同再次下达驱逐令的时候，她突然就想到了时末，那个他钦点的时末。虽然心中有数千万的不甘心，但是她还是想赌一把，或许时末对于司穹就是不一样的。所以，最后她像一只摇尾乞怜的丧家犬般扒着那扇快被季同关上的门，朝着司穹的背影喊："有，还有一个理由，时末。"

季同的迟疑和司穹的沉默，好像给了她一丝希望，而这个希望又多么令她难堪，她陈灯什么时候需要一个不起眼的丫头来作为谈判的筹码了啊！

她压着心中所有的不甘解释道："我打听过了，节目组出外景的人全是男人，时末一个人到时候肯定不方便，但是，如果有我就不一样，我们可以相互照应。"

他不曾转头看她，静默了半晌，才冷冷地说了一句："记住你今天的话。"

两个身影在陈灯面前重叠，司穹已经从时末房间出来了。

陈灯立刻站了起来，面对司穹，她紧张、局促，手不自觉地想抓紧，却发现双手缠了纱布动弹不得，她试探性地开口，张了好几次也未果。

司穹正在倒水，将热水从一个杯子倒入另一个杯子，如此反复，热水变成温水，他又折回时未的房间。

陈灯不敢靠得太近，就站在门外看，看到司穹细心地将药配好，因为药太多，一口吃不下，又将药分了几次给她，待她吃完药，他又温柔地将被子给她盖好，出来时小心地带上门。

有羡慕、有嫉妒、有不甘，陈灯不想承认。

等到司穹出来，她继续跟在他后面，看着他走到门口，才开口叫他："司先生，对不起。"

司穹手下的动作不停，开门，出去，就在陈灯以为司穹下一秒就会关门离开的时候，他扶着门把，说话了。

"陈灯，仅此一次，下不为例。"

这话说得当真没留一点情面，陈灯觉得委屈，很想冲上去质问司穹，问他一句为什么，可是最后，那心中的一点点冲动还是输给了胆怯，问了又怎么样呢，问了或许她唯一存在的理由都会被他剥夺，这就是司穹，这才是Alston。

他就好像在山间行走的风，在天上飘着的云，遥不可及，却想触碰，任你怎么不顾一切地追逐，他终究不会为谁而停留。

司穹出门后去找了江河源，昨晚的事，他还欠江河源一个交代。

江河源房间里有不少人，整个节目组的人差不多都在，江河源正在召集大家开会，制订下一站的初步目标。

见司穹进来，江河源抬手示意他先坐，然后朝着众人总结陈述道："今天要讲的差不多就是这些，因为我们选择不走大道，而是从南山绕过去，所以，负责安全和场控的下去准备一下，今天下午六点以前写出两套方案给我，剩下的人也积极点，器材该检查的检查，物资该补给的补给，我们这是说走就走的旅行，途中指不定出什么意外，多一手准备，有备无患啊。”

最后，江河源一拍手：“散会。”

屋里的人一哄而散，刚才还挤满人的屋子一下子就空了，江河源起身给司穹倒了杯水，然后自己也接了一大杯喝掉，刚才不停地讲了差不多两个小时，他这会儿口渴得厉害。

解了渴，浑身都舒服了，江河源坐到司穹对面，说：“季同都已经告诉我了。”

其实江河源和司穹不算很熟，倒是和季同相识得早。

五年前，《美食与他》拍了一期国外特辑，节目组最后一站去了英国，当时他和场地负责人都看上了一座庄园，庄园大气典雅，非常适合节目的拍摄取景，然后他们便联系上了季同，因为同为中国人的缘故，所以江河源见到季同尤为亲切，相谈甚欢，然后便结下了深厚的友谊。

至于那庄园的主人，节目拍摄期间从未露面，只是偶尔他和季同聊起，季同会说上几句，都是点到为止，不会深谈。

“江导，昨晚的拍摄我很抱歉。”季同做事从来都是滴水不漏，他要离开，肯定会把所有的事情安排妥当，但是昨晚的事情，他总归是欠江河源一个道歉的。

江河源闻言无所谓地笑了笑，然后把昨晚摄影组交过来的视频打开给他看，一边播放，江河源一边指着屏幕说：“你看啊，这个火锅店选得非常有特色，老板娘很上镜，季同和老板娘互动这里也很有趣，还有最后你拍摄的那个背影，后期整体剪一下，还是很有看头的。”

江河源又说：“不过，中间有些地方还需要补拍一下，食物的环节也还欠缺一点，这样吧，待会儿吃过午饭，你和我，再带上一个摄影，我们再出去看看。”

司穹突然想到那个卖面的老大爷，建议道：“我知道有一个地方不错，下午可以过去看看。”

江河源自然是相信司穹的眼光的，点头说好，然后准备关电脑的时候，突然想到什么，笑了起来，点开了另外一个文档，拉着司穹一起看：“司穹，你选的这个助理有点厉害啊。”

司穹淡淡地笑，他选的人自然有过人之处的。

江河源点开一个视频文件，将电脑屏幕推到司穹面前，说：“这个时未以前混少林寺的吧，这个后空翻干净利落，比现在好多武术替身还翻得漂亮。”

后空翻?

司穹有些疑惑地看向电脑屏幕，只见屏幕里，肥硕的男人高高地举起长凳朝时未砸下去的时候，时未灵活地躲开，然后又以迅雷不及掩耳之势，踩着长凳一个三百六十度的后空翻落到了男人身后，然后掂着手里的漏勺眼看就要砸下去了……

后面的内容, 司穹自然知道, 那时候他及时赶到, 制止了时未下面的行为。

江河源饶有兴趣地看着司穹, 说:“看不出来这小姑娘有一手啊, 那架势一看就是练过的, 这帮地痞流氓也够倒霉的, 遇到谁不好, 偏偏撞上一个练家子。”

灵感在江河源的大脑里使劲儿蹦跶，想法一个接着一个往外冒，他又说：“司穹，你说要不要把这段也剪进去，然后给时未弄一个个人特辑，这姑娘长得标致，又会武功，到时候播出来肯定有看头。”

“看头有我一个还不够吗？”司穹语气淡淡，却让人不可忽视。

江河源一时没反应过来，下意识地“啊”了一声。

司穹将电脑关上，推回江河源面前，认真地说：“江导，这一段就不要剪进去了，时未是我选择的助理，而不是节目的卖点。”

江河源是个明白人，司穹的话说到这个份上了，理应他该就此打住，但是他还是舍不得就这样放弃了，便想再争取一下，于是以一种劝慰的口气说道：“司穹，我听说那姑娘不是缺钱吗？到时候播出了，她肯定出名，有了名气钱的问题就解决了啊。”

闻言，司穹慢慢站了起来，眼神明灭不定，脸上的表情更淡了。他个子高，如今这么站着，身上散发着凛冽的气质，说话不带温度：“江导，时未是我的人，而我的人从不缺钱。”说完，不再停留，径直往门外走，走了几步又停了下来，转身对江河源说，“江导，你的想法很好，但是不要用在她身上。我先走了，下午再来找你。”

江河源本也不是一个斤斤计较的人，他能和季同成为朋友，自然是值得结交的，既然司穹的话已经说到了这个份上，再强求下去倒是显得他自己不对了。

放弃这个想法虽然可惜了，但是他也看得开，强扭的瓜不甜，一切顺其自然吧。

下午司穹准时来找他，上午不愉快的交谈，两人都没有再提。

江河源没瞧见司穹护着的小助理，打趣地问他：“你的人呢？”

司穹的表情云淡风轻：“病了。”

“病了啊。”江河源还是非常识趣的，又说，“那要不你就别去了，我重新找个人？”

“江导，你要不要考虑换一档节目？”司穹突然问。

“啊？”江河源不明所以，问，“为什么啊？”

这个节目他做得好好的，不管是口碑还是收视率都是业内领先，为什么要突然换节目？

只听见司穹又说了：“现在看来，《非诚勿扰》十分适合你。”

江河源笑着，摆了摆手，佯装谦虚地说：“仔细一想，我的节目也不怎么适合你了。”

司穹挑挑眉，等待下文。

江河源又说：“瞅瞅你这护犊子的劲儿，你应该带着时未参加《爸爸去哪儿》啊。”

Chapter 03 牌技了得的他

再次出发前，时未用手机提前做了些功课：南山，位于嘉临江南岸，北起铜锣峡，南至金竹沟，包括汪山、黄山、袁山、蒋山、岱山、老君山、文峰山等数十座山峰，平均海拔四百余米，其中最高峰海拔六百多米，是雾津市最高的一座山。

在市区里隔江遥看，峰峦叠嶂，沿江列峙，林木联袂，郁郁苍苍，恰似一道拱卫雾津的绿色屏障。山中植物种类繁多，加上又有著名的观景台，所以南山已经成为雾津之行必去的旅游景点。

此刻，车队停在山脚的加油站加油，时未就这么抬头往山上看，才发现一点不假。而且现在时间早，山林有雾，白色的雾像仙女的缎带，环绕半山，美得不像话。

“时未姐，外面冷，你快点进来吧。”陈灯的手还没有拆纱布，行动多有不便，所以她一直待在车里。

“好。”其实时未也不敢在外面待太久，她的感冒才刚刚好了一点，这会儿鼻子还不怎么通畅呢，她下来也就是透透风，因为出发前，听江河源讲他们今天要一鼓作气翻山往拉尔市去。

时未一进车里，裹了凉意进来，陈灯打了一个寒战，将搭在腿上的小被子给时未："时未姐，这个小被子给你，你的症状可别再加重了。"

时未总觉得在她生病期间发生了什么她不知道的事情，自从她感冒之后，陈灯对她是越来越关心了。

见时未看她，陈灯又说："如今季同走了，司先生的两个助理，一个受伤，一个感冒，他还要反过来照顾我们，怪不好意思的，所以，我们要快点好起来，才不会成为司先生的累赘啊。"

时未觉得陈灯的话蛮有道理的，司穹让她做他的舌头，可是如今这个舌头感冒了，连酱油和醋都分不出来了，倒还麻烦他经常照顾她，可不就是累赘吗！

为了不成为司穹的累赘，时未打开温水杯喝了几大口热水，然后裹紧了陈灯给她的小被子。

两辆车都加满了油，车队慢慢朝着山里进发。

时未早上喝了药，此刻有点打瞌睡，司穹瞧见了，将垫在身后的靠枕递给她。

放到平时，时未估计还要和司穹客气一番，不过如今她觉得感冒要快点好，以后再好好回报司穹就行了。

陈灯默默地看着，觉得时未未免太理所当然了一点，她难道不知道司穹腰疼吗？她稍微往里面挪了挪，用身体将靠枕挤出来，开口说："司先生，我这里……"

"嘘，她睡了。"

剩下的话，陈灯没有说完，她本来想说"我这里有靠枕，你腰疼你拿去垫着吧"，可就是这么短短的一句话，他也没有让她说完。

上山的路是盘山路，一圈一圈的，时未躺着躺着眼看就要往外面滑了，原本闭目养神的司穹不知道什么时候睁开了眼，及时地坐了过去，轻轻地接住时未滑出来的半个头，放到了自己的腿上，然后把刚才给她的靠枕垫到了自己身后。

对面的陈灯似乎睡得不好，动了动，身子侧着，将脸全部埋到车座里了。

车队缓慢前行，行至大约半山腰的时候，下起了雨，夏天的雨来得凶猛，雨滴又大，噼里啪啦地打在车顶上，时未被吵醒了。

她不知道自己枕在司穹腿上，迷糊中以为自己睡的还是靠枕呢，手便没有丝毫顾忌地就摸了上去。

这一摸，两个人都惊醒了。

特别是时未，吓得她一咕噜地便想站起来，奈何忘记自己在车里，“嘭”的一声，头撞到车顶，把对面的陈灯都震醒了。

开车的摄影师也好心地转过头来问：“怎么了，出什么事了吗？”

时未抱着头规规矩矩地坐着，眼泪汪汪，脸红得跟小苹果似的。

司穹也挺尴尬的。

陈灯眨了眨眼，看着时未这个样子，只当是感冒加重了，便说道：“司先生，你看时未姐是不是又发烧了啊，她的脸好红，而且难受得都快哭了。”

时未委屈，但是时未不说。她脸红是因为难为情，哭了是被疼哭的，她又没有练过金钟罩，脑壳再硬，也硬不过车顶啊。

这事儿不好解释，司穹也只能顺着陈灯的话说：“时未，你发烧了吗？需要吃药吗？”

时未更委屈了，她想说她没发烧，也不需要吃药，可是这些话说不出口，又不敢看司穹，只能傻乎乎地点头。

状况外的陈灯现在格外积极，见时未这般，只当她是烧得厉害，连忙说：“司先生，你再把药给时未姐吃一点吧。”

毕竟是药，司穹想了想早上时未吃得早，这会儿算起来也差不多四个小时了，便问她：“吃吗？”

时未点头：“吃。”

这雨来得快，去得也快，雨过之后，车窗外的风景看起来别有一番滋味，可是走着走着，车的前盖突然发出“砰”的一声，然后便开始冒白烟了。

摄影师连忙刹车将车停了下来，前面的车见状也停了下来，不一会儿江河源就跑了过来。

“怎么了？”江河源问道。

摄影师开着车前盖检查，最后下结论说道：“有点棘手，不好弄，只能打电话让人拖车了。”

江河源让人去打电话，他则去找司穹商量：“司穹，车子用不了了，你们坐我们的车走吧，剩下的人，走上去就行。”

司穹看了看车里，时未还低着头不敢看他。

前面面包车上的摄影师们已经下了车，也在观望，等待江河源的安排。

司穹目光收回来，又落到正前方那团毛茸茸的头顶上，微不可察地笑了笑，然后转过头对江河源说：“也没多远了，时未感冒还没好，多呼吸一下新鲜空气也挺好的，坐了这么久的车，我也想活动活动。”他看陈灯正往外瞧，又说，“你们车上还有一个空座位吧？让陈灯跟你们坐车走，她手受伤了，让她走路不方便。”

江河源似乎早就料到司穹会是这个答案，笑眯眯的，点头说好，然后走到车边，对着陈灯一招手：“陈灯，走了，坐哥的车去。”

陈灯问：“那司先生和时未姐呢？”

“走路啊。”江河源说，“你没听到司穹说，他想活动活动吗？”

“况且。”江河源示意陈灯快点下来，等到陈灯下车了，才小声说，“司穹让你坐车，你还有什么不情愿的？”

她只想和司穹一起慢慢走路好吗？陈灯在心里嘀咕。但是最近她总是惹得司穹不开心，又不敢多说什么，过去和司穹说了一声“我先走了”，便跟着江河源的大部队先行离开了。

司穹走到车边，倚在车门上看她，话语间有点无奈：“时未，你要躲到什么时候？”

刚下了雨，路面有些滑，靠着边上常年没人走的地方还有青苔，但是这大公路上，他们总不能走公路中间吧，摆明着找死，所以只能沿着公路边上慢慢走，边上青苔多，又不好走，走着走着，两个人便手挽着手了。

弃车走的时候，司穹没带什么东西，带了她的药和他的手杖，如今药她一只手提着，手杖司穹拿着，拄着手杖走，还防滑。

两人默契地没说话，专心致志地看脚下，一步一步走得小心，走了大概十几分钟，路慢慢平了，青苔也少了，想来也是快到山顶了。

南山山顶有观景台，观景台旁边是有一些饭店的，所以这一带经常有人活动。

时未动了动手，作势要从司穹的臂弯里抽出来，刚抽到一半，司穹说话了："你干吗？"

时未："这路好走了，我可以自己走。"

"嗯。"司穹点头，但是下一秒他又说，"但是我现在非常累，需要你搀着我。"

"好。"

两人的姿势从手挽手一起走，变成了时未扶着司穹慢慢走，拐了一个弯之后，前面突然传来"哎哟"一声，好像是有人摔倒了。

司穹和时未对视了一眼，加快了脚步。

前面不远处有一口山泉，泉水是从山顶流下来的，很清澈甘甜，外面是人工修筑的围栏，将井口围了起来，此刻一个老太太正半躺在泉水井口，身边是打翻的水桶。

时未和司穹赶紧上前查看，时未蹲下来将老太太扶了起来，问她："老奶奶，您摔哪儿了？"

老太太喘了几口气，等到气息平稳了一些才说："没摔着，就是起身的时候，眼睛花了，然后踩漏了，崴了脚。"

司穹将水桶扶起来，也半蹲下来查看老太太的伤势："脚踝肿了，看来是崴了一下没错。"

没伤到其他地方就好，时未问老太太："老奶奶，您家在哪儿啊，我们送您回去。"

老太太抬手往前一指，说："不远，就是前面的幺店子。"

司穹将手杖交给时未，吩咐她："将她扶到我背上来。"

"司穹，要不我背吧。"因为她自认为司穹比自己要弱，怎么说她也可以扛着纯净水一口气上五楼。

司穹压根没管她，走到老太太面前，才说："时未，我是男人。"

时未本来还有一肚子话，但是，为了不伤害某人身为男人的自尊心，她决定闭嘴。

时未将老太太扶到司穹背上，老太太又说："姑娘，能不能麻烦你一下。"

"什么事，您说。"

"那两桶水店里等着急用，你能不能帮我提回去啊。"毕竟是个小姑娘，看上去也细皮嫩肉的，老太太说完又觉得自己的提议有点过了，连忙说，"算了算了，你一个小姑娘怎么提得动。"

这句话倒是刺激到了时未，她二话不说，两个水桶往井里一放一收，水就灌满了，然后就地取材，将两个水桶挂到司穹的手杖两端，麻溜地起身，吆喝着："走咧。"

司穹："……时未，你走慢点。"

没一会儿，就到了老太太口中的幺店子。

这幺店子，是句土话，意思是路边小店，放在以前，就是指专门为过往游人提供临时住宿的小店。

而这位老太太口中的幺店子可不是什么小店，平地而起，两层的小白楼，外围修筑的白色围墙，墙头倒插着一块一块的菜色碎玻璃，没什么大而华丽的招牌，只是在外面的大门口随意地挂着一块木头板子，板子上用油漆写着"幺店子"三个大红字，红字下面是蓝色小字，写着招牌菜——泉水鸡。

这南山上的泉水鸡，说起来也是挺出名的，因为地处雾津市有名的旅游景点，这泉水鸡的名气多是游客给传出去的，一传十，十传百，名气也就渐渐大了。慕名而来的人挺多的，但是这幺店子的夫妇俩都上了年纪，精力有限，每天最多供应二十份泉水鸡，多了，便不做了，任你出多高的价钱，老两口的这个规矩也没坏过。

这样一来，游客的兴趣非但半分未减，相反，为了能吃上这一口泉水鸡，很多人提前大半个月就要打电话来预订了。

司穹背着老太太走到幺店子门口，才发觉门前停着的面包车眼熟，仔细一看，可不就是节目组那一辆黑色面包车吗？但是推开大门，进到院子里，除了几张桌子和一群散步的鸡鸭，压根儿没瞧见人。

时未先将水桶轻轻放下，然后帮着司穹扶着老太太慢慢地坐到院子里的太师椅上，四处打量了一番，才说："老奶奶，您等我一下，我进去叫人。"

老太太摆摆手，拉住时未的手，缓缓说道："不用了，屋里应该没人。"又指了指一旁的长凳，对司穹和时未说，"你们小两口先在这儿坐一会儿，等一下我老头子就回来了，他应该是带着先来的那些人去观景台了。"

时未连忙摇头，解释道："老奶奶，您误会了，我们不是那种关系。"她看向司穹，示意他也向老太太解释一下。

司穹嘴角噙着笑，没说话，有些话不说还好，越说可能越说不清楚。

老太太捂着嘴呵呵笑，打趣道："老婆子我看人一向准，就算你们现在不是那种关系，总有一天也会是那种关系的。"

时未红着脸，司穹又是一副坐看好戏的样子，她实在是待不下去，"噌"的一下站起来，说："我去观景台看看江导他们什么时候回来。"她闷着头走了，身后传来司穹淡淡的笑声，还有他和老太太的对话声。

"小姑娘这是害羞了？"

"嗯，她脸皮薄。"

时未还没有走出院子的正大门，远远地就听见江河源那魔性的笑声，她只能硬着头皮回去坐着。

司穹看见她回来，无声地笑了。

不一会儿，摄制组的人就来了，走在最前面的是江河源和一个六十多岁的老爷子。老爷子头发已经白了，一根一根都是银白色。

老太太满眼都是笑意，对时未说：“小姑娘，看见没，那就是我家老头子。”说完，她叫了一声，老爷子便朝着这边而来。

老爷子本来眉眼之间都是笑意，走近了，看见了老太太的脚，脸色一下子垮了下来，拉起老太太的手，语气却满是关心：“淑娴，你这是怎么弄的？”

“不小心崴到了，没事儿，院子里都是人呢，别让人看笑话了。”

“谁敢笑话！”老爷子中气十足地说道。

江河源过来找司穹，顺便接了一句：“是是是，老爷子的地盘，您说一，我们不敢说二啊。”说着便拉着司穹走了。

老爷子朝着江河源的背影嘀嘀咕咕半天，然后过来扶老太太，说：“走，淑娴，进屋里去躺着，我给你上药。”

见状，时未连忙上去帮忙：“我来帮您。”

“啪”的一声，老爷子打开了时未的手，说道：“自己的媳妇自己来。”

时未：“……”她好像被嫌弃了。

老太太佯装生气地对老爷子说道：“你说话就说话，干吗对人家小姑娘动手，今天要不是碰见这小姑娘了，我可就死在外面了。”

这个死字刺激到了老爷子，他朝着地面连呸三声，才严肃地说：“你胡说些什么呢，走走走，先进去把药涂了。”

扶着老太太走了几步，老爷子突然转头叫时未：“傻站着干吗，进来帮忙啊。”

屋里收拾得井井有条，趁着老爷子去拿药的工夫，老太太指着墙上挂的全家福，说：“你看，那是我大儿子和小闺女。”

这张全家福时未进来就看见了，不是新照的，应该有十多年了，照片里老爷子的头发还没有白，老太太也风华正茂，他们的一双儿女，也不过十来岁的样子，模样清秀，女儿长得像爸爸，小小年纪就板着一张严肃脸，儿子长得像母亲，笑起来眼睛弯弯像月牙。

老爷子拿着一瓶红花油出来，坐到床边将老太太的脚小心翼翼地抬起来放到自己腿上，然后倒了几滴红花油在手里慢慢揉搓，低着头说：“还提他们干吗，一个一个的都是白眼狼，养大了就不认人了，一年到头也没见回来多陪陪你。”

老太太依旧笑着：“胡说什么呢，孩子们工作忙，在外面工作压力大。”

“呵呵。”老爷子干笑一声，又滴了几滴红花油继续揉，“淑娴啊，你这是自欺欺人。”他一边轻轻揉着一边说：“儿子不回来，还不是他那个媳妇儿，嫌弃我们这儿交通不便，又是深山老林，不愿意在这儿待呗。就连春节也待不到初三就要撺掇着老大走，真当我老了耳背眼瞎看不见也听不见了啊。”

“还有咱们那姑娘，都说养个姑娘贴心，我怎么也没有瞧见她贴心了，跟着别人不清不楚跑到北边去，知道你担心她，一年到头也不往家里打个电话。”

“你说这些干吗啊。”老太太将脸转到里面，无声地擦眼泪。

时未觉得这个时候应该留给老人家独处，便端着脸盆，随便找了个理由：“我去换一盆热水。”

出来的时候，时未低着头没看路，又走得快，一头撞到司穹。他闷哼一声，连退了好几步，刚好被路过的江河源从后面扶了一把。

江河源看了看两人，说道：“干吗呢，玩碰碰车吗？”

走了一个季同，又来一个江河源，司穹整理了一下衣服，余光瞟过江河源的头发，淡淡地说：“江导，头发油了。”

江河源的外表其实非常有艺术气息，蓄着小胡子，留着长发。长发平时是扎起来的，从耳朵两边往后抓一把，绾成丸子头，不过季同说，这更像武士头。

见司穹这么说，江河源故意将头往他面前蹭，还恶心地说：“是啊是啊，这头发可油了，把这油刮下来都可以炒一盘莜麦菜了。”

司穹：“……”

时未：“……”

江河源见两人吃瘪的表情，目的达到，呵呵一笑，又将目光放到了时未手里的脸盆上：“时未，盆借我用一用，洗个头。”说完，他直接上手，将盆占为己有，还冠冕堂皇地找理由，说，“盆里的水我替你倒了。”

时未：“……江导，这盆……”

奈何江河源动作快，端着盆生怕有人跟他抢似的，一溜烟儿就不见了，时末剩下的半句话他也没有听见：“……这盆，是洗脚用的。”

时末看着空空如也的手，问司穹：“司穹，我要不要过去提醒一下江导啊。”

司穹笑着伸手揉了揉时末的头：“不用，你做得很好。”说完，示意时末跟他上楼。

时末一边走，一边问：“今晚我们是住这儿了吗？”

“嗯，我们的车最快也要明天才能修好，所以今晚先住在这里。”说完，他们已经上到二楼，司穹指着面前的房间，又说，“我住这一间，你和陈灯住旁边。”

时末点头，随口说道：“隔得挺近。”

司穹低头开门，时末嘟嘟囔囔的声音小，可是他一字一句听得清楚，门开了，他先走进去，然后指了指床边，说：“坐。”

“哦。”时末乖乖地坐下，抬着头看他，等待他的吩咐。

只见他拿出她的感冒药，每一种药按照服用说明配好，又倒好温度刚好的水，一并送到她面前：“吃药。”

“嗯。”时末乖乖吃完，继续看他。

司穹转身放下杯子，又打开行李箱，取出笔记本电脑，插上电，连上网，递给时末，说：“李教授想和你视频通话。”

原来他叫她上来就是为了这事儿，时末接过电脑，司穹的电脑桌面和他人一样干净整洁，桌面上没有任何文件，都是系统自带的图标，她找到小企鹅的图标，点开快速地输入自己的账号密码。

李忍是没有企鹅号的，所以时末直接找到列表中的林正义，发起了通话，嘟嘟嘟响了三声，那边林正义就接受了，画面上出现了林正义圆乎乎的脑袋，他对着话筒喂喂喂了几声，然后凑近屏幕看，突然说：“小师妹，你们两个这样子端端正正坐着，跟拍结婚照似的。”

因为屋子不大，狭小的空间里摆放了一张老式的木板床，一张四角方桌，唯一能坐人的地方只有这张床。

而且司穹这人，不管是走路还是坐下，身板都挺得笔直。时未和他待久了，也受他的影响，坐下的时候下意识地抬头挺胸收腹，坐得端端正正的，跟小学生上课似的。

哪像以前，她在世研所整天跟着林正义混，动不动就“林正义躺”、“林正义瘫”、“林正义缩”，被李忍看见了，少不了一顿说教——做人啊，要坐有坐相，站有站相。

此刻，对着电脑屏幕，林正义尽情地释放着自我，着实是没什么坐相可言，加上头上还顶着一款非诚勿扰的黑色眼罩，时未觉得他这样子挺搞笑的。

可是吧，都怪这木板床不争气，时未明明只是轻轻地笑，肩膀还没有跟着笑声起伏呢，这床倒是先“吱吱呀呀”地叫了起来。

那边林正义不知道又上哪儿弄了一个苹果啃上了，听到这边的声音，也好奇地问：“小师妹，你们在床上干啥啊？弄这么大动静。”

司穹看她，嘴角弯了弯，一副撇清自己嫌疑的表情：“……不是我。”

时未：“……”

还能干啥，隔着屏幕你不是看得一清二楚吗？时未简直想穿过电脑屏幕直接上前撂翻这个不着调的大师兄，明明都快四十岁的人了，怎么说话还这么不着调，况且她和司穹在车里发生的那一出，她到现在还有那么一点尴尬呢。

不过，很快时未就开始了还击，她对着屏幕一方的林正义道：“师兄，你是不是该考虑考虑终身大事了？”她掰着手指算了算，砸吧砸吧嘴，感慨道，“师兄，过了今年冬天，你就步入不惑之年了啊。”

不能问女人的有三个问题：年龄、体重、胸围。同样，不能问林正义的问题也有三个：年龄、对象、身高。

如今时未这三言两语就问了其中两个，林正义隔着屏幕都感受到了来自小师妹的恶意。

只是人越是有不能言说的痛，自己越是不由自主地在意，他将目光投到了司穹身上。司穹坐着都比小师妹高出差不多两个头，站起来岂不是比他还高出一个头？这样在心中一对比，林正义又是一阵心痛，他看似随意地朝着司穹提问：“司穹是吧，今年多大了？”俨然一副长辈的模样。

司穹如实回答道：“刚过而立之年。”

司穹觉得季同喜欢结交的人，性格和说话方式都差不多，江河源是这样，林正义也是这样。刚刚看到时未和林正义相处，他觉得挺好的，坐在旁边的他听着他们一来一往的对话，嘴角也忍不住弯了又弯。他的目光略过时未的侧脸，落到了屏幕上林正义放大的圆脸上。

时未抬了抬眼，这是要和她刚刚说的不惑之年遥相呼应吗？

林正义想在嘴上占便宜，然而一丁点便宜没有占到，他依旧不甘心，但没有想到更好的方式，只好就着之前的话题，撇撇嘴道：“想当初，我爸像你这么大的时候，我都可以到处打酱油了。”

司穹也不恼，反而老老实实地答道：“长幼有序，师兄不急，我自然也不急。”

林正义一口老血，差点喷到屏幕上，这天是没办法聊下去了，他坐在椅子上一转，朝着外面扯着嗓子吼：“师父，小师妹找你。”

林正义的嗓门大，穿透力强，隔壁的李忍就算耳朵背也听到了，不一会儿就戴着老花眼镜出现了。

林正义狗腿地让出了自己的宝座，奈何李忍不领情，看了看椅子，上面又是毛巾又是外套的，直接嫌弃道：“把你小师妹的椅子搬过来，我不坐你这狗窝。”

林正义觉得委屈，哭笑不得地说道：“……师父，你怎么骂人啊。”

李忍想和时未视频通话无非就是想看看自己这个小徒弟过得好不好，虽然基本上每天晚上八点司穹都会风雨无阻地准点给他打电话说上几句，但是没瞅着人，李忍始终还是不放心。

所以，昨晚司穹告诉他时未感冒了的时候，李忍便提出希望找个时间和自己的小徒弟视频一下，司穹问他什么时候方便，李忍说越快越好，却没有想到司穹今天就给安排了。

不知道是不是心理原因，李忍推了推老花眼镜，使劲儿凑到屏幕前，跟在显微镜下看她一样，时未被看得怪不自在的。她刚想说上两句，便听到李忍浑厚的声音慢慢传来：“小未啊，师父看着你怎么瘦了啊？”

在听到李忍这句话的时候，时未很没出息地红了眼眶，眼泪在眼睛里打转儿，像在眼睛里塞了几颗珍珠。

司穹听到时未吸了吸鼻子，自然也看到她眼眶里蓄起的眼泪，不过，当着长辈的面他也不好做什么，只是在李忍看不见的地方，轻轻地拍了拍时未的背，似乎在安慰她。

然后司穹便十分抱歉地对着李忍说道：“教授，是我没有照顾好她。”

时未觉得自己矫情了，她是因为李忍如父亲般的关心，自个儿把自个儿感动哭了，听到司穹的话，她觉得不能让李忍担心，应该好好解释一下。

时未道：“师父，你放心，我很好，司先生也把我照顾得很好，倒是我，途中给司先生添了不少麻烦。”

司穹把自家的小徒弟照顾得很好，李忍自然是相信的，而且他也相信司穹的为人，所以他也没多说什么。加上最近8・11项目启动，李忍手里有很多事情要忙，所以，这一场视频通话也没有持续多久，他最后嘱咐了一句“出门在外要好好照顾自己”便离开了。

林正义的脸又重新回到视频里，他瞅了瞅，然后嘀咕道：“我怎么看小师妹这脸长得越来越有质感了啊？”

时未：“……师兄，我听见了。”

林正义也不怕时未听见，哈哈笑了两声，又说：“小师妹，长胖了啊，师父刚才那是看花眼了。”

时未：“……”

林正义还想损上远在千里之外的小师妹几句，不料耳朵突然被一股大力从后面扯起，疼得他直叫唤，在这世研所，敢这么对他的，林正义用脚指头想也知道是谁。

“师父，师父，轻点啊。”

“轻点？你不是说我老眼昏花吗？”

“没有啊，你听错了。”

李忍哼哼两声：“小兔崽子，走，跟我写报告去。”

视频里的林正义宣布阵亡，时未关闭了视频通话，将电脑还给司穹，然后一脸哀怨地问他：“司穹，我真的长胖了吗？”

果然，诚如时未这种大大咧咧的女孩子，也是在意自己的体重的。

司穹也是个实诚人，一边将电脑关上，放到桌子上，一边如实回答：“脸好像比以前圆了。”

时未：“……”

所以，师兄并没有欺骗她。

江河源上来叫人的时候，刚好看见时未一张沮丧脸，等到时未慢悠悠地下去了，他才对站在房间里换衣服的司穹说：“怎么啦？吵架了？”

小情侣喜欢吵吵闹闹江河源表示见怪不怪，其实说起来是吵架，那都是在向他们这些单身人士变相地秀恩爱，所以江河源在内心深处并不同情司穹，反而在问出这句话的时候有点幸灾乐祸的意味。

司穹眼皮都没有抬一下，虽然他不大喜欢一个大男人参观他换衣服，但是从床边走过去关门实在太麻烦，而且显得多此一举，反正和江河源比起来，他觉得吃亏的应该不是自己。

吃亏的的确不是司穹。

江河源在看到司穹有八块腹肌的那一刻，受到了一万点伤害，那是一个男人对另一个男人的伤害，就像是悄无声息地在他脑门上狠狠一击，他的双手下意识地摸了摸自己的腰。

江河源仍在暗自忧伤，司穹已经换好衣服出来了，路过他时，不咸不淡地说了两个字：“没有。”

没有，什么没有?

江河源追上去，问：“什么没有啊? ”

“没有吵架。”

哦，原来是在回答这个问题啊。隔了这么久，他差点都忘了自己刚刚问了什么。江河源跟随着司穹的脚步走到院子里，看着远处坐在小板凳上一脸忧伤的时末，他突然想到了一种可能性。

孤男寡女，共处一室……所以，他刚刚上去，是不是……得知真相的江大导演赶紧躲到角落，快速地拿出手机给季同发了一条短信：哥们，撞破别人的好事怎么办?

季同几乎是秒回，但他只发了一个问号。

江大导演继续解释：我似乎是打断了司穹和时末的好事。

过了好一会儿，久到院子里都有人在四处找导演了，他才收到季同的回复，很简短，一股司穹的作风扑面而来，他说：“自求多福。”

如果再给江河源一个选择的机会，他肯定会选择随便指派一个人上去，只要不是他自己就好。

顶着巨大的压力，江河源出现在了众人的面前。

老太太怕大家无聊，拿了瓜子花生出来，还顺带捎了两副扑克牌供大家消遣。

陈灯本来想嗑瓜子的，可是看了看自己包裹得像木乃伊的手，放弃了，她还是乖乖地选择看大家玩扑克牌去了。

有人看见江河源，朝他招手，也作势要主动让位：“江导，斗地主，来一盘? ”

江河源摆摆手，扭头寻找着司穹，发现司穹正在另外一张桌子上和大家玩牌，而时末，坐在小板凳上，瓜子壳已经嗑了一地。

自作孽，不可活，江河源决定好好弥补一下这两人，眼珠子转了转，心里打好了主意，便上前端走时末的五香瓜子，说：“时末，走，打牌去。”

时末兴趣快快，她还沉浸在自己长胖的忧伤中无法自拔。

江河源不知道，只当时末忧伤难过都是自己造的孽，便说：“你想不想和我联手，打得司穹落花流水？”

时末终于舍得抬了抬眼皮，脸上的表情似乎是不相信他的牌技。

江河源嗤之以鼻，真是的，他不和小孩儿计较，转而亮出自己的手，在时末面前晃了晃，得意地说：“知道江湖上以前是怎么称呼哥这只手的吗？”

时末摇头表示不知道，其实是不想知道，而且，她干吗要对一个男人的右手感兴趣。

江河源笑了笑，直接给出了一个自认为很响亮的称号：“神之右手。”

时末：“所以呢？”

“所以啊，时末，我的牌技可不是吹出来的，你记忆力好，和我联手，司穹肯定不是我们的对手。”

时末捋了捋头发，认真地思考。江河源的提议也不是不行，虽然她对打牌不感兴趣，但是他对于打败司穹还是很感兴趣的，况且，这人刚刚还一本正经地说她长胖了，简直不能忍。

想到这里，时末答应得很爽快：“好，不过赢的钱五五分。”

江河源一拍大腿：“成交。”

江河源领着时末气势汹汹地出现在司穹跟前。这边刚好一局结束，中途还有一个临时上厕所去了，现在是三缺一，江河源直接上去又赶走一个，然后和时末面对面坐下。

司穹饶有兴致地挑眉看了看两人，然后开始洗牌。

不得不说，司穹有一双好看的手，骨节分明，好似白玉，洗起牌来手指翻动，似乎能搅动这牌桌上的风云，看起来非常赏心悦目，时末本来是抱着小小的打击报复的心思上来的，这会儿也看入神了。

司穹洗好牌，轻轻地往桌上一放，然后微微侧着脸，对时末说：“你和他换换位置。”

语气轻缓，却透露着一股强势和不容拒绝。

时末和江河源对视了一眼，没动，然后问：“为什么啊？”

江河源也看着司穹：“对啊，为什么要换？”

司穹看了一眼时未，目光流转，最后落到他对面的人身上，然后淡淡地说：“牌技太差，运气也差，我们已经输了很久了。”

司穹这话听上去有几分委屈，可是他对面坐着的人更委屈。那人在心里大倒苦水，身体却乖乖地站起来，和时未换了位置。

玩的是扑克牌的升级游戏，两两为一家，所以，时未现在坐在司穹的对面，他们就成了牌桌上的一家了。

江河源不服，说出了心中的顾虑：“这样不就拖累我了吗？”

司穹淡淡一笑，看着江河源，慢悠悠地说道：“江导，你不是号称神之右手吗？所以，一个人也能所向披靡。”

这他都知道？江河源只以为是季同告诉他的，丝毫没有想到是自己刚才说话太大声了。

既然司穹执意要换，他何不就来个将计就计？这样想了想，江河源觉得其实也不错。他连忙投给时未一个安抚的表情，好像在说：没关系，你就去当间谍。

时未瞬间就接收到了江河源传递来的信息，也回了个放心的表情。

司穹看着眉来眼去的两人，再次开口：“既然重新换人了，那么就从头开始吧。”

升级游戏，从头开始就意味双方从扑克牌点数2开始，第一轮不分谁是庄家和对家，就看谁的运气好，先拿到点数是2的牌，先在牌桌上亮出来的一家即为庄家，亮出来的点数2和其花色作为这一轮的主花色牌，每人摸完十二张牌后，剩下六张底牌，由庄家自己上手翻牌。

第一轮，由神之右手的江河源率先翻牌，红心2，所以，这一轮红心2作为主花色牌。一轮下来，江河源险胜，就连刚才被司穹嫌弃的那个人也得意地扬了扬头。

司穹但笑不语，不紧不慢地将牌推到时未面前：“你洗牌。”

“哦。”时未刚才有心放水，明明可以得分的地方，故意丢分，所以才导致后面江河源连连得胜，而他们败北。

第二轮开始，江河源作为庄家先起牌，这一次，升级打庄家的点数3了。一来二去，在时未连续放水中，江河源直接打到了点数5。

打升级，一个分数一个坎，5点、10点、K点作为分数牌，打起来更为谨慎，一不小心就会接连丢分，总的来说，分数牌对庄家很不利。

因为接二连三地赢了司穹，江河源自信心爆棚，每每摸到点牌就翻，这一次也不例外，可是等他翻到底牌的时候，他蒙了。

全是分数牌，主色牌只有一个二点，最小，相当于没有。

江河源很苦恼，眼神往时未那边瞟了瞟，时未压根儿没看他，因为她也很苦恼，摸了一手烂牌。

司穹静默不语，看着江河源淡笑道："江导，该出牌了。"

自己抓的牌，就算跪着也要打完，江河源眼睛一闭，赌了，就赌红心A在对门手中。

好巧不巧，江河源的下家就是司穹，好看的手指夹着一张红心A慢慢放下，司穹说："江导，承让了。"

江河源轻敌的后果就是被狠虐，拿下十分的司穹乘胜追击，一连拿出了三张A牌，江河源痛心疾首啊，他的手里全是分牌，这五分十分地送出去，不一会儿双方就平局了。

江河源咬牙，对着时未咳嗽了几声，时未眨眨眼，表示无能为力，她手里一张花牌都没有，根本出不上力，所以间谍计划只能暂时搁浅了。

只是这一搁浅，就彻底搁浅了。

接下来的数局，直到司穹和时未一步登顶到达A点，江河源这只神之右手还在五点这个怪圈里没有爬起来。

最后，说好做间谍的时未看情况不对，临时倒戈，配合着司穹的脚步将江河源打得落花流水，两人一唱一和赚得盆满钵满。

江河源很是气愤，从此拒绝和司穹玩牌。

司穹淡淡一笑，将赢来的钱推到时未面前让她数一数，然后他开始慢悠悠地清理桌上的牌。

陈灯手不方便，参与不了，全程在旁边观战，看得那是一个惊险刺激。她一边看着时未数钱一边崇拜着司穹说：“司先生，想不到你牌技这么厉害，我原本以为像你这样的人不会玩牌呢？”

听到陈灯的话，时未在心里嘀咕：嗯，不仅牌技好，而且还会抽烟呢，虽然戒了……可是……刚刚她数到多少来着?

时未气结，数钱的时候果然不能分心，只能重来。

陈灯又开始说了：“司先生，你这么厉害，等我的手好了，可不可以教教我啊？”

司穹将牌一张一张整整齐齐地叠好，然后放进牌盒，这才说：“可能不行。”

陈灯忙问：“为什么啊？”

时未粉嫩嫩的耳朵动了动，继续低头数钱，然后等着听司穹的回答，想着如果他要教陈灯，那她到时候也顺便学一学，毕竟以后可以去赢正义师兄的钱，反正她这个师兄人傻钱多。

司穹说：“因为……我只打算传给我的孩子。”

陈灯：“……”

时未眨了眨眼，期期艾艾地开口：“……那、那干女儿行吗？”

陈灯：“……”对啊，她怎么没有想到。

司穹觉得又好气又好笑，过了好一会儿才说：“时未，我没你这么大的干女儿。”他顿了顿，看着时未又说，“我也不想做便宜爹。”

时未颇为认真地点点头，表示自己知道了，然后低着头继续数这数来数去都没有数清楚的钱。

陈灯也在旁边看着，好奇地问她：“时未姐，你数了这么久，怎么还没有数好啊？你和司先生到底赢了江导多少钱啊？”

时未佯装镇定，说：“你不要催我，我马上就数好了。”

司穹从他的位置上站了起来，一下子时未就感觉自己被笼罩在了一片阴影里。司穹微微弯腰，双手撑在牌桌上，躬下身，看着低头数钱的时未，轻声问她："时未，总共两千二百五十八，你还没有数清楚吗？"

时未觉得委屈，抬头直视刚刚又鄙视了自己的司穹："我马上就数清楚了。"真的，要不是他和陈灯在旁边说话分散她的注意力，她早就数清楚了。

司穹淡淡一笑，从她手中抽走一半，然后直起身来，说："剩下的，奖励你买糖吃。"

时未看着手里的钱有些发呆。

陈灯默默地坐过去，看了一眼时未手中的钱，千把块还是有的，她瘪了瘪嘴，说："时未姐，这么点钱你数这么久，难不成你数学不好？"

时未："……"

是的，陈灯一语道破真相了，就算她曾经被李忍称为语言天才，可是她是数学白痴啊。

时未瞅了瞅自己手里的钱，又分出一半，塞到陈灯的胳膊下夹着。

陈灯不明所以，问她："你干什么啊，时未姐？"

时未神神秘秘的，左右瞧了瞧，然后小声说："看不出来吗？我在贿赂你。"

陈灯："贿赂我？"

时未："你千万不要告诉别人我数学不好。"

吃饭的时候，江河源缺席了。

时未自告奋勇地上楼去叫他，最后灰头土脸地下来了。

司穹穿着一件白衬衫和黑长裤正在帮忙上菜，忙碌间看见从二楼下来的时未，便走过去问她："怎么了？"

时未瞅了瞅司穹，又吸了吸鼻子，她现在感冒好多了，鼻子很通畅，也不堵了，吸进来的全都是司穹身上淡淡的清香和柴米油盐酱醋茶的味道。

她又低下头去，小声说："江导说我是叛徒。"

其实，时未觉得江河源这般骂她也是合情合理的，明明说好一起虐司穹，结果，她见钱眼开，临时倒戈，配合着司穹将他虐了个底朝天，不仅掏空了他的人，还掏空了他的钱包。

所以江河源蜷缩在床上，一边流着眼泪一边指着门口骂她是叛徒的时候，时未直直地站着，拉耸着脑袋认真听着，也没敢吭声。

等到江河源痛痛快快地骂完了，泄了心中输钱又输面的愤，她才默不作声地离开。

司穹轻笑，目光落在她毛茸茸的头顶上，反问她："你本来就和我是对家，帮着我打赢了牌是天经地义的，所以这个叛徒怎么算？"

时未觉得自己被司穹三言两语绕到了一个出不来的死循环里，怎么回答都是错，难不成要告诉他：嘿，我其实是江河源派过来的卧底。

可惜是一个最后叛变了的卧底。

厨房里，老爷子又在吆喝，想来是有一道菜做好了。司穹见时未一脸为难，也就不打算为难她了，反正她和江河源那点小心思他一早就知道，至于江河源口中说时未临时倒戈，只能怪他自己太傻，光知道时未记忆力好，却不知道这是一个算术不好的孩子，至于时未的牌技……司穹不做评价。

司穹转身去厨房，临走时对她说："先去洗手，准备吃饭。"

"哦。"时未点了点走，慢悠悠地走了几步，又突然停下来，转身往厨房里瞧，刚才司穹的口吻怎么好像真把她当作女儿啊？

吃完午饭，各自回屋休息，为明天一早出发养精蓄锐。

上楼的时候，时未特意绕到走廊的另一头，准备再去找一找江河源，手刚放到门上准备敲下去，就听到里面断断续续传出奇怪的声音。

"抢地主。"

"不加倍。"

"王炸！"

"快点啊，等得花儿都谢了。"

……

算了。时未摇摇头，这个道歉还是先欠着吧。

下午，时未是被鸡叫声和江河源的尖叫声吓醒的，她猛地直起身，身下的床板“嘎吱嘎吱”直响。

她看了看时间，慢慢地爬起来出门看，楼下的院子里，江河源正在和一只老母鸡斗智斗勇。

周围站着一圈人，笑得直不起腰的陈灯、看热闹的摄影组大哥们、一脸嫌弃恨不得亲自上场的老爷子，还有一脸笑意的司穹。

司穹似乎有所察觉，他突然抬起头向二楼看来。时未揉了揉眼睛，朝他笑了笑，然后也下去了。

老太太的脚上午擦了药，脚踝处裹上了纱布，此刻正坐在轮椅上。老爷子推着轮椅，看着场上的江河源说：“他到底会不会杀鸡啊？”

老太太笑得慈祥：“小伙子想帮忙，你就随他去呗。”

“可是……”老爷子欲言又止，最后叹了一口气，只能干着急。

时未路过两人身旁，笑着问候了一句，然后走到司穹身边，问他：“怎么回事啊？江导这是在干吗？”

司穹双手插在裤兜里，整个人笔直又修长，他说：“老奶奶晚上要做泉水鸡，江导自告奋勇帮忙杀鸡。”

上午老太太去山泉井打水就是用来做泉水鸡的，可是下了雨路滑，不小心摔倒了，做泉水鸡的事情才耽搁了，休息了一下午，老太太觉得身体已经无碍了，便说晚上做泉水鸡给大家吃。

时未点点头，又看向院子里上蹿下跳的江河源，非常诚实地问道：“确定不是帮倒忙？”

瞧瞧那一院子的鸡毛，翻倒的凳子和受到惊吓躲到桌子底下的大白鹅……那场景简直惨不忍睹。

陈灯在一旁表示赞同：“江导这是想杀鸡泄愤吧。”

然而想杀鸡泄愤的江河源还是没有成功抓住一大肥鸡。

最后还是老爷子看不下了，他撸起袖子上去，一把就抓住了鸡的脖子。

为了抓鸡弄得一身脏的江河源，上楼换衣服路过时未和司穹身旁的时候，突然停下来拍了拍两人的肩，然后笑眯眯地走了。

时未："江导这是原谅我了？"

司穹："可能只是想蹭掉身上的鸡毛。"

院子里除了不能动手的陈灯被老爷子勒令在旁边待着，剩下的人全部被叫去干活了。摄影组的大哥们负责生火、刷锅；时未和司穹负责清洗香菇和嫩竹笋；老爷子杀鸡拔毛一气呵成，老太太则在一旁调配需要的用料。

这南山上的泉水鸡之所以出名，最独到之处在于"泉水"两个字，要做好这一道菜，必不可少的就是从南山山顶上流下来的天然无污染的泉水。

泉水要提前四五个小时打好，装进特制的净化桶里静置上三小时，待到泉水中的杂质全部被过滤掉，只剩下清澈纯净甘甜的泉水。然后将泉水舀上三大瓢放进锅中加入生姜煮沸，这时候再把处理干净的鸡放进窝里煮，煮到水面飘起油花儿，鸡皮微微开裂即可。

再将整只鸡捞出来放到凉的泉水中浸泡二十分钟左右，这一道工序主要是为了让泉水的清香甘甜融入鸡肉里。只有经过了这一步，才是名副其实的泉水鸡。

老太太拿出浸泡好的鸡，放在菜板上，掏出鸡肚子里面的生姜，将整只鸡切成了小块，再把小块的鸡放入料酒腌制一下，然后开始热锅。

锅里放泉水，加入葱、姜、蒜、干辣椒、干花椒，还有泡姜、泡辣椒和早已经洗好的嫩竹笋与鸡腿菇。这些看似没有章法，一股脑儿地全部整到锅里炖，其实当中却又大学问，只有把握好量和火候，才能烧出好鸡。

熬制大约十来分钟，放入切碎的鸡块，搅拌均匀，盖上锅盖焖上半个小时，香喷喷黄灿灿的泉水鸡就做好了。

浓厚的醇香鸡肉裹着山泉的点点甘甜，入口轻轻吮上一小口，汤汁在口腔中溢出，起初只觉得好吃，后劲儿上来了，才惊觉麻与辣。

江河源化悲愤为食欲，横扫整个餐桌，根本停不下。

吃完晚饭，外面已经暮色四合了，陈灯提议去观景台看夜景，随即大家附和，老太太笑着摆手，说自己不方便就不和年轻人凑热闹了。

老爷子将碗一搁，颇有一家之主的风范，他看着老太太，说："什么年轻人，你也不老啊，走，我推你去，今天这个热闹啊我们凑定了。"

南山上的观景台可以俯视整个雾津市。

夜幕下的雾津市，灯火辉煌，如蛇走龙游，好不漂亮。

有人感慨："哇，真是小香港啊。"

江河源的头发在风中凌乱，他感慨："真美啊。"

是很美，万家灯火，家家户户都是一段声色往事。

时末不禁想到了火锅店的老板娘梨子，她不知道梨子的选择到底是正确还是错误，她无权做任何评价，只是希望，这个曾经大喊梦想未死的姑娘有一天可以真的实现她的梦想。

"时末，你的梦想是什么？"司穹突然问她。

时末一愣，清亮的眸子睨着他，心想：司穹会读心术吗？

司穹也看她，敛着眉眼，微微偏着头，似乎在等她的答案。

时末想了想，认真地回答道："赚钱。"

赚好多好多钱，世研所差什么买什么，然后高价挖墙脚，重新将世研所发展成为研究院的最强部门！

时末只是想一想就觉得好激动，握了握拳，怕司穹没有听清楚，又重复了一遍："赚大钱。"

司穹表示了自己的支持："不错，有理想。"

"司穹就很有钱啊。"江河源不知道什么时候凑了过来插嘴道。

司穹一计记眼神杀向江河源，好像在说：怎么哪儿都有你！

江河源选择无视，继续和时末说："时末，真的，江哥不骗你，司穹很有钱。"

时未不明所以，反问：“所以呢？司穹有钱和我有什么关系？”反正时未是从不会向别人伸手借钱的，司穹就更不行了。

江河源暗道时未真是个傻姑娘，他话都说到门口了，非要他继续把门给踢开她才明白。他凑上去，小声说：“傻啊你，嫁给司穹，钱不就是你的了吗？”

司穹的眼神继续杀向江河源，好像在说：江导，我可都听得清清楚楚！

江河源耸耸肩，表情写着无所谓：听见了又怎么样？你难道不是这么想的？

只有时未在认真思考江河源这个无厘头的提议，她正色道：“江导，我已经决定不结婚了。”

他本来只是随口一说，难不成还挖出了猛料？江河源连忙追问：“为什么？不结婚你要干吗？去峨眉山继续深造？”

毕竟时未那后空翻惊为天人啊！

“不。”时未摇着头，表情决绝，眼神炙热，她说，“我要像师父一样，为祖国献出自己的青春！”

好家伙！江河源心中给时未点了一个赞，然后绕到司穹身边，真真切切地对司穹咬耳朵：“心疼你，要守活寡了。”

司穹：“……”

一行人打打闹闹地回到院子，看时间还早，老太太主动邀请大家进屋看电视。

今天周六，各大卫视都在播放综艺节目，老太太随便选了一档访谈节目，节目里，女主持人正在采访一对夫妻。

恰好，江河源上了厕所回来，一坐下就指着电视机里的夫妻说道：“这两人我认识啊，国际超模木棠棠和她的馆长老公。”

陈灯看着电视，十分八卦地说：“江导，你说的人家电视上都说了啊，你干脆说点大家都不知道的呗！”

江河源此人，四十多岁，保养得当，看起来不过三十出头，却是娱乐圈的老人了。他出生在演艺世家，从小就对表演耳濡目染，却励志要做一名导演。

早些年，他由父亲带着，偶尔会在剧组里客串个什么士兵甲，抑或是宫女乙，空闲了就端个小板凳坐到导演身边。

江河源崭露头角的那一年，正是他和另外一名导演策划了一场歌唱选秀，也就是那时候，他认识了才十几岁的韩绪，也就是刚刚他口中的“馆长”。

如今这么一回想，江河源也是诸多感慨，便挑了一件曾经轰动娱乐圈的大事开始娓娓道来。

他说：“你们不知道吧，虽然这两口子看上去郎才女貌，但是要说起他们来，那简直就是娱乐圈的两朵奇葩，世界级的两股泥石流啊。想当初这韩馆长求婚成功，我在背后可没少出力哦。”

江河源说到关键处停了下来，佯装喝水，其实就等着有人往下问。

时未很给他面子，双手托腮听得仔细，江河源刚一停顿，她便接着问：“真的吗？江导怎么出力的啊？”其实这事儿时未还真是有所耳闻的，那时候她才上大学，周围都是年轻的女孩子，她们口中可没少谈到这场轰轰烈烈的求婚。

江河源微微一笑，将杯子里的水一饮而尽，继而说道：“这你们就不知道了吧？其实，早年间这个韩馆长不是也混娱乐圈吗？带他的那个经纪人和我关系特别好，所以韩馆长找他帮忙的时候，他便找到了我。也就是一个电话的事儿，我这人平时好交点朋友，一通电话过去，大家也都乐意做个顺水人情，什么消息该放出来，什么消息不该放出来，他们可比我清楚，不然你们以为为什么第二天整个兰溪市的报道全是他求婚的消息啊。这可都是我的功劳，严格算起来，我也算是做了一桩美事。”

江河源一说到自己的光辉事迹，便停不下来，后来一直说到节目结束，大家准备散场了他还意犹未尽，死乞白赖地拉着司穹不让他走，说要和他好好把酒言欢，说叨说叨过去。

司穹无情地将江河源的魔爪从自己身上弄下去，临走的时候，拍了拍他的肩，劝诫到：“江导，不要学习年轻人总是熬夜，你这身子吃不消。”

江河源觉得司穹这是在讽刺他老：“你什么意思啊？你是在拐着弯说我老

了吗？”

司穹但笑不语，不再理会他，便迈步走了，刚走到楼梯口，就听到走在前面的陈灯问时未：“时未姐，你觉得刚刚的韩馆长帅吗？”

时未立马回答：“帅。”

陈灯拍手附和：“就是，就是，只可惜已经结婚了，不过他妻子也挺漂亮的，但是人家都说他妻子是花瓶。”

时未不关心娱乐圈的事情，所以不做评价。

走了几步，陈灯又问：“时未姐，你觉得是韩馆长帅，还是司先生帅啊？”

司穹脚步一顿，呼吸也轻了许多。

这个问题时未没有立即回答，而是想了想才说：“韩馆长帅。”

“啊？”陈灯很是吃惊，她以为时未一定会毫不犹豫地说司穹比较帅呢，所以她又道，“你就不怕司先生听见吗？虽然那个韩馆长也帅，但是仔细想一想，我还是觉得司先生更帅。”

那个韩馆长，一看就不容易抓得住的，还是司穹看上去更加温柔和平易近人，虽然大多数时候，司穹对她都很疏离，且冷冰冰的。

时未不置可否，只说自己的看法：“其实，两个人本质上是不同的。对于你说的韩馆长，因为不了解，所以我只能从表面上判断，很显然，他有一个很好的相貌，所以我说他帅。但是司穹不一样，我们现在一路结伴，一起生活，他的样子还有他的味道都深深地存在于我的脑海里，所以，我并不想只用外貌来评价他。”

陈灯听完，有些迟疑，但还是问出了口：“时未姐，你该不会是喜欢上司先生了吧？”

原本刚要迈开步子的司穹再次停了下来，呼吸也比刚才更轻缓了。

时未微微皱眉，随即否认，十分严肃地说道：“陈灯，你以后不要开这种玩笑，我只当司穹是我的长辈。”

可不是长辈吗？严格算起来，司穹可是比她整整大了八岁啊。况且，他和师父一起下棋的时候，她可是亲耳听见师父和他称兄道弟，说不准这次为期三个月的节目录制完成后，再次回到世研所，她还得叫司穹一声师叔呢。

陈灯闭嘴不再多问，跟着时未回屋去了。

司穹站在楼梯间灯光照不到的阴影里，隐隐约约还可以听见两个姑娘讨论着今晚要早点睡一个美容觉，一直等到上面响起了关门声，他才慢慢从阴影里走出来。

长辈？他也就虚长了她这么几岁，尚且还在青年时期，真有她说的这么老吗？司穹无奈地笑了，这还真是头一次被人这么无情地嫌老啊。

他正准备回房间，突然一只手伸到了他的肩膀上，轻轻一拍，随即轻飘飘的声音从他身后传来。

“司穹，偷听人家说话可不光彩啊？”

司穹面无表情地将江河源放在自己肩上的手推开，也不看身后装神弄鬼的他，只是往前走。

走了几步，他想起要说的话，又停了下来，转过身，看着江河源说：“江导，你还是回屋数一数今天输了多少钱吧。”

江河源再次被司穹戳到痛处，一口气憋了好久才吐出来：“……司穹，算你狠。”

可惜，这句话司穹没听见，回应江河源的只有关门声。

第二天一早，司穹的车便被送了过来，大部队也在收拾行李，检查器械，准备随时出发。

老太太也是一早起来为大家做了早饭。

吃饭间，时未想到了昨晚无意间听到几位摄影大哥的话，才知道他们原来私底下进行了拍摄，没有告知老太太和老爷子。她想了一整晚，觉得这样不好，所以，她还是打算将此事告诉老太太和老爷子。

时未放下白粥，正色道：“奶奶，爷爷，有件事情我想向你们坦白。”

吃早饭的众人也停下来，朝她看过来，除了司穹，大家都是一脸茫然。

时未说：“其实，昨天一整天，我们进行了秘密拍摄，没有提前告知你们，真的十分对不起，我想了想，还是觉得告诉你们比较好，就算你们要求我们删除，也没关系。”

憋了一晚上，总算是说出口了，时未看向老太太和她旁边的老爷子时，长舒了一口气。

老两口并没有时未想象中的反应，两人的表情都很自然。老爷子已经不看她了，继续招呼大家吃早饭了，老太太笑了笑，夹了一个馒头给她：“好孩子，你男朋友早就已经告诉我们了。”

正在喝粥的陈灯呛得不行，脸都憋红了，等到缓过来了，才惊讶地问老太太：“奶奶，你说什么呢，司先生是时未姐的男朋友？”

司穹不说话，继续喝粥。

时未也不想再辩解，反正昨晚已经和陈灯说清楚了。

老太太也打马虎眼儿：“嘿嘿，我胡说的，吃饭吃饭。”

吃完早饭，大家告别了这个只待了一天一夜的地方，正式踏上前往拉尔市的道路。

陈灯照旧和时未司穹一个车，只是这负责开车的人变成了江河源。

陈灯趴在座位后背椅上和江河源说话：“江导，让你来给我们当司机可真是不好意思。”

江河源从后视镜里看了陈灯一眼，满脸堆笑，也没瞧出不好意思来，但是人家好歹还来关心他一声。瞧瞧坐在那边一动不动的两个人，他这么一个大导演亲自过来给他们开车，怎么说也得慰问一下吧。

江河源假装咳嗽了几声。

陈灯倒是关心他，主动问他：“江导，嗓子不舒服吗？要不要喝水？”

江河源摇头，说：“陈灯，你坐到前面来。”

“干吗？”

“这一路到拉尔市怎么说也得两三天，到前面和我说话啊，不然这一路多无聊。”江河源说。

陪聊？陈灯觉得陪季同聊天好歹可以探听一些司穹的情报，和江河源有什么可聊的？所以，陈灯直接拒绝，给出的理由是：“江导，我和你没什么共同话题。”

嘿？这一个两个的怎么都和他作对？

“为什么？你想聊什么我都可以啊？”

陈灯无情地道破事实：“江导，你还不明白吗？我们之间有代沟啊。”

江河源一脸气愤地将车停到一旁，下车了。

陈灯从车窗探出头叫他：“江导，你干什么去啊？”

江河源头也不回：“给季同打电话，让他自己回来开车，这个吃力不讨好的司机我不干了！”

陈灯缩回车里来，问时未：“时未姐，怎么办？”

时未转向司穹：“司穹，怎么办啊？”

这没人开车走不了啊。

司穹不甚在意，说：“不急，江导会自己回来的。”

果然，司穹话音刚落，刚才还走得决绝的江河源又回来了。

陈灯对司穹崇拜得五体投地：“司先生，你还会算命啊？”

时未也一脸好奇：“司穹，你怎么知道江导还会回来的啊？”

司穹指了指车，说：“我们的车舒服，他舍不得。”

时未了然，是了，比起前面那样拥挤的小面包车，司穹这车，简直就是五星级的嘛。

Chapter 04

情愫萌动的他

拉尔市位于雾津市的西北方，绕南山走，得途经连云、施喀、白茶三个地方，然后一路北上，快一点两天半就可以到达，如果遇上下雨或者其他突发状况，可能会需要三到四天。

车队盘山而行，周围的景色由大山环抱树林，渐渐地，变成了田园亲吻平地，再一路往前，终于到了此行的第一个站点，位于城乡结合部的一个小镇。

小镇不大，适逢赶集，人挺多的，三四米宽的街道菜贩子汹涌，随便用一块布划分自己的地界，上面摆满了各种各样的商品，两边小贩争相吆喝，一时间，好不热闹。

江河源还没停好车，这吃饭的地方，他倒是已经看好了，一下车，便大手一挥，带领着大家过去了。

镇子本来就小，吃饭的店也大不到哪儿去，江河源让老板添了几个凳子，大家挤一挤，也就在一桌坐下了。

江河源拿起菜单看，从头到尾浏览了一遍之后，突然抬头，对着司穹不怀好意地笑道："司穹，昨天赢了钱，要不今天你请客吧？"

大家一听有人请客，眼睛放光，都看着司穹。

司穹不甚在意，点点头，顺便将桌上所有的空杯子都倒上了水，说："好，我请客。"

江河源一听，乐了，照着菜单上最贵的开始点，那架势，就好似指点江山一般。

时未接过司穹递过来的水杯喝水，朝他笑了笑，表示感谢。然后她看着对面一脸兴奋的江河源，忍不住好心好意提醒道："江导，虽然是司穹请客，可是严格算起来，是你买单啊。"

傻江导啊，还以为赚了大便宜呢！

司穹适时地补充了一句："没错，这钱的确是昨天从江导那里赢来的。"

江河源欲哭无泪，这可都是他的血汗钱啊！

不过，这并不能阻挡江河源想要吃吃喝喝的心，一顿饭下来，数他吃得最开心了

吃完午饭，时未陪着陈灯去镇上的诊所换药，司穹他们也四处转转，看看有没有需要补给的东西，于是兵分两路，各自进行。

到了镇上唯一的小诊所，病人不多。医生拆开纱布查看陈灯的伤势，随口问："怎么手掌心烫伤了啊？"

陈灯挠了挠头，说："吃火锅的时候按到锅上了。"

医生重新给陈灯上了药，掌心清清凉凉的，她觉得有些痒，刚想去挠，医生就说话了："小姑娘挺厉害啊，我做医生十几年了，头一次听说吃火锅被锅烫了，看你这架势，是准备一锅端吗？"

陈灯："医生，你快点呗，我们赶时间呢！"

这一次换药之后，便不用缠上厚厚的纱布了。医生拿了一块小纱布给陈灯贴上，然后又开了一些涂抹的药，嘱咐了一些注意事项，便让陈灯去付钱了。

陈灯换药期间，时未在外面接电话，是家里打过来的，电话通着，那边一直不停地在说，时未不用听，也知道他们给她打电话说来说去也离不开一个"钱"字。

她目光落在街上正在和小贩讨价还价的人身上，从头到脚地慢慢打量，然

后在心底猜测此人的职业和家庭状况，直到陈灯招呼她，她才缓过神来，眼神慢慢聚焦。

她对着陈灯点点头，然后对着电话不咸不淡地说了一句："先挂了，有事。"

结果，她话音刚落，那边倒是"啪"的一声先她一步挂了电话，那句"小没良心的"却仍旧清清楚楚地传到了她的耳朵里。

时未苦笑，这电话每个月一通，真是比她的大姨妈还准啊。

两人从诊所里面出来，陈灯呼了呼气说："时未姐，这医生存心想笑话我。"

时未笑了笑，往前走："嗯，看出来了。"

陈灯跟上来，举着手看了又看，开心道："不过，我的手终于可以动了，你都不知道，这几天裹得像个木乃伊，可憋死我了！"说完，她见时未似乎有心事，说话欲望不大，也就闭嘴不说了。

两人走到分叉口，时未突然停下来，说："陈灯，你先过去和江导他们会合，我还有点事情要处理。"

"哎……"陈灯正想说和她一起，时未却转眼就消失在了人群中。

陈灯嘟嘟嘴，转身找江河源去了。

回到车队，大家都到齐了，陈灯和大家打了招呼，坐进车里，才发现车里只有江河源，他正瘫在驾驶座休息。

陈灯直接坐到了副驾驶座，用贴着纱布的手在江河源面前晃了晃，江河源便皱着眉头睁开眼了。

"把你这臭乎乎的爪子拿开点。"江河源开了车窗透气。

陈灯瘪嘴，故意将手又晃了晃，说："怎么只有你一个人啊？司先生呢？"

"司穹啊？"江河源神秘兮兮地笑着，看着陈灯说，"买东西去了呗。"

"买什么啊？"陈灯好奇。

"嘿，你说买什么啊？男人也得买点必需品不是？"

陈灯恍然大悟，似乎发现了什么不得了的事情。

这个镇子实在太小，时未几乎找了一圈，竟然只看到一个中国邮政，而又遇上周日，营业厅压根儿没开门，还不支持ATM转账。

时未一边往回走，一边给林正义打电话。

电话很快接通，林正义正在吃饭，她还可以听见他喝汤的咕噜声。

“小师妹，怎么了？这才几天不见啊，就想师兄了？”

时未没什么心情和林正义胡扯，直接说明找他的缘由：“师兄，等会儿吃完饭你帮我给一个账号打三千块钱。”

林正义随口问道：“打给谁啊？”

时未顿了顿，轻声说：“我舅妈。”

“又是你舅妈？”林正义是见过时未这个极品舅妈的，印象并不好，简直糟糕透了，“小师妹，你这舅妈上辈子一定是被大蒜熏死的吸血鬼！”

林正义这比喻倒是十分的贴切，时未眼前立马就出现了舅妈编撰各种理由找她要钱的样子，她不知道要怎么给林正义解释自己家的复杂情况，最后只得对他说：“师兄，拜托你了，钱等我到了有银行的地方就转账还你。”

“钱都不是问题，小师妹，我只是替你感到不值得。”林正义义愤填膺地说，“你一个月工资多少我不知道吗？每个月还要给你舅妈这么多，你喝西北风啊？”

“况且，现在你也是大姑娘了，也得为自己的将来打算打算吧？你不要看师兄平时没什么正经样子，可是师兄现在有车有房，吃穿不愁，你呢，房子还没有吧，真打算让自己一辈子住出租屋啊？”

这些，时未何尝不懂？她静静地听着，最后说：“师兄，我知道你是为我考虑，为我着想，可是刚才舅妈打电话说舅舅开车的时候出车祸了，伤到了骨头，现在在住院，需要用钱，我可以不管我舅妈，但是我只有一个舅舅了，所以……”

“所以你才给钱是吧？”林正义接过话，又说，“本来这是你的家务事，我一个外人在这儿瞎掺和这么多不好，但是你仔细想一想吧，你舅妈那里就是一个无底洞，就算你念及你舅舅，可是你也得考虑考虑自己啊。”

时未知道林正义这是关心她，她其实愿意听的，只是目前的状况不好解决，她说：“我知道，所以我现在不是出来赚钱了吗？”

这是她和司穹聊天时无意间知道的，她这样跟着他出来，每个月都有补贴的，而且还不是小数，所以，私底下时未偶尔淘气了，也会叫上司穹一声“老板”。

这事儿吧，林正义当初和季同说过，本来他这个小师妹缺钱，他这个当师兄的能帮尽量帮衬着，但是直接给时未，她肯定不会要，所以，私底下他和季同商量，通过这种方式帮一帮她。

如今时未说到这件事，林正义不好多说，说多了怕自己露馅，故作镇静地转移话题：“你刚刚说你在哪儿啊？”

时未被擦肩而过的人撞了一下，她也不甚在意，继续往前走，然后说：“我也不知道现在在哪儿，应该快到连云了吧。”

“嗯，连云的米线好吃。”林正义自言自语道。

“……所以，需要给你邮寄一碗米线吗？”

林正义哈哈笑道：“还是小师妹懂我。”

然而，这一碗米线，注定是吃不上了。

在快到达连云市的时候，江河源接到消息说前往连云市的高速公路有一段因为大雨，发生了山体滑坡。于是，江河源临时决定，绕过连云市，改走省道，直接去下一站施喀。

江河源一边开车，一边拿着对讲机安排道：“注意了，同志们，经组织讨论决定，今晚我们要露宿野外了。”语气中颇有几分兴奋。

时未全程不参与，不反对，专心看着车窗外，手里不停地写写画画。

陈灯拆了纱布，好像天性也被释放了，一路上和江河源从科比退役讲到了刘备三顾茅庐，不仅如此，四大名著他俩一个也没有放过。

这会儿江河源命令下达了，陈灯高兴地在一旁拍手附和：“耶，终于可以露宿野外了。”

只是她手上贴着纱布，又因为带伤，所以，打起拍子来，显得滑稽又可爱。本来江河源挺讨厌这药味的，但是看着陈灯这么配合，他得意地甩了甩自己的丸子头。

所以，这两人到底是有多想睡在这荒山野岭？时未停下手中的动作，瞟了一眼坐在对面的司穹，他不知道从哪儿搞到一份杂志，从上车开始便一直在翻阅。而且时未发现他看得十分慢，一刻钟过去了，那页也没有翻过。

看样子，司穹也在想事情。这车上，恐怕只有前面两人心中无事一片明亮。时未轻叹一口气，继续看向车窗外，她需要做点事情，让自己的脑子忙碌起来，才不会胡思乱想。

司穹一直静静地坐在那里，时未只是偶尔瞅一瞅他。有时候，两人的目光会对上，但都是一笑而过，又开始做自己的事情了。

记录，写实记录，这是时未一路上都在做的事情。

李忍常说，学习语言光是照本宣科是不行的，必须要深入到语言环境中细细体会，所以，时未便用本子将这一路的所见所闻记下来，等到节目录制结束，她打算就这一次的外出体验，写一份报告出来。

车队大概又行驶了一个多小时，江河源吩咐大家停下来，找空旷的地方安营扎寨。

因为录制外景这种突发状况很多，必须要做好随时随地露宿在外的准备，所以帐篷、睡袋、头灯、防潮垫等户外用品一应俱全。而且这一次跟着江河源出来的所有人，野外生存能力都非常强。

江河源亲自分配任务，陈灯手受伤了，坐着看他们忙活就行；其他人，搭帐篷的一组，做饭的一组，找干树枝的两组。

很显然，司穹和时未被分配到了一组。

等着两人走远了，江河源立刻兴奋得手舞足蹈起来，觉得自己简直不要太聪明了，变着法子给他们制造了二人世界。

远在大不列颠的季同，刚刚从医院出来，正回家准备洗个澡，带一些换洗衣物，还没走到停车场，江河源的短信就来了。

——季同，我又做了一件好事哦。

——什么好事?

——帮你家的司穹和时末制造了独处时间，月黑风高，孤男寡女，不发生点什么都对不起我的良苦用心了。

季同笑了笑。

——江导，你可以考虑转行了。

——？？？？

——红娘很适合你。

——哼，来自英国单身狗的嫉妒！

季同拿着手机久久没有回复，他转身仰头看向远处灯光透亮的医院，很久很久以前，他就不再是单身了，他有他的念念，他唯一的未婚妻。

因为是夏天，天黑得晚，虽然这会儿天上挂着月亮了，但是脚下的路看得清清楚楚。

时末和司穹一路无话，只是沿着公路走走停停，走了十来分钟，捡了几根干树枝，可是要生火做食物，却是远远不够的。

两人又沿着公路走了一段路，司穹突然停下来，指着公路边的一条小路说："我们还是从这里下去到林子里看看吧，这么走下去，也捡不到足够的干树枝。"

"嗯，我也这么觉得。"时末应着，便看见司穹长腿随意一跨，便翻过了公路上的护栏。

司穹站在外面，正准备朝时末伸手，只见她摩拳擦掌地退后了几步，然后朝着他说："司穹，你让开一点，我要过来了。"

下一秒，她三两步助跑，如脚下生风，单手撑着铁护栏往上一跃，小巧的身体像一只飞翔的雏鹰一般，轻轻巧巧地落在了司穹面前。

司穹目瞪口呆。

这一刻，司穹才彻彻底底相信，时未真的是练过的！

时未在他面前拍了拍手上的灰尘，仰头笑道："走吧。"

林子很深，这一段人迹罕至，树木长势很好，非常原生态。时未像一个小战士一般，冲锋在前。尽管司穹腿长，可是，前面的人脚下跟踩了风火轮似的，任凭他怎么努力，最后还是跟不上，落后一大截。

司穹微微喘气，一边加快步子，一边忍住叫她的冲动。

又往深处走了好一会儿，那该死的男人的自尊心终于败了，司穹朝着前面的时未喊："时未，你慢一点。"

慢一点，等一等他。

作为一个男人，说出这句话，他真的有点别扭。

可惜时未跑得太快，等她听到司穹这句话的时候，已经收不住势了。她还未来得及回应，意外发生了。

南方多湿地，像这种草已经快有人高的草丛里，藏着一些泥沼一点也不稀奇。

而且越往深处走，人迹罕至的地方，泥沼越多，一不小心就会陷入黑乎乎又黏稠的泥沼里。

时未两只脚都踩了进去，只要她一动，身体便往下陷。所以她不敢动了，只能等着司穹赶过来救她。

司穹是眼睁睁地看着面前的小姑娘一下子就消失了，他的心脏骤然紧缩，眼前闪过断断续续的画面，那是他不敢面对的一直逃避的过去，心底有一个声音一直在说："司穹，快点，快点，不能再有人从你面前消失了。"

他加快脚步，踉踉跄跄地跑了过去。

还好，时未还在，她正委屈地仰着头看他，见到他，她的眸子亮了又亮，最后，她轻轻地喊他的名字。

“司穹……”

紧缩的心脏，便是在她软软地叫他名字的那一刻放松了下来，他的世界似乎也一下子安定了下来。

天色已经暗下来了，司穹用强光手电照着，查看了一下泥沼周围的情况：后天形成的沼泽，也不大，好在周围是安全的陆地，不然要救人就麻烦了。

司穹关掉手电，借着月光低头看着时未，问她：“你是要我抱你起来，还是拖你出来？”

月光太温柔，便容易蛊惑人心。

时未想也没有想，几乎是下意识地道：“要抱。”然后，略显羞涩地举起了双手。

司穹莞尔，伸手将时未从泥沼中间往边缘处拉了拉，又将强光手电递给她拿着，然后微微躬下腰，坚实的臂膀从她的腋下穿过，微微一用力，便将人抱在了怀里。

“抱住我。”他说。

“嗯。”时未照做，双手钩住他的脖子。

两人隔得太近，时未几乎都不敢呼吸。

司穹一只手往下，环抱住时未的腿，以半公主抱的姿势，将人像拔萝卜一般从黑乎乎的泥沼里面拔了出来。

小腿上全是黑乎乎的泥，和上面白皙的皮肤一对比，泾渭分明。

时未单手环抱住司穹的脖子，打开手电往泥沼里面照了照，难过地说：“我的鞋壮烈牺牲了。”

司穹抱着她往回走：“是英勇就义。”

这对话一来一往显得十分默契，两人对视一眼，都没有忍住，笑了。

司穹笑得很淡，却很真实，这是时未第一次见司穹这般笑，月光下，他的侧脸在她的眼里无尽温柔。

时未只觉得心中异样，一种前所未有的感觉像海浪一般，一波一波地向她缓缓袭来，那感觉不太强烈，却又让人无法忽视，就好像，她每次回家，路过附近的那个公园，被那只大白猫用爪子在掌心轻轻地挠了一下。

痒痒的，却暖暖的，软软的。

这时，司穹突然转过头来看她，她猝不及防，下意识地就移开了视线，不敢看他。

好在司穹并没有发现她的异样，淡淡地看了她一眼，便移开了目光，继续看着前方的路，抱着她慢慢前行。

“时末。”他叫她，声音很轻，轻到连风都可以盖过他的声音，“还记得我在雾津告诉过你的话吗？”

“什么话？”她问。

“保护好自己。”无论什么情况下，都要保护好自己，更不要像今天一样，毫无征兆地突然在他的面前消失，他会害怕，这困扰了他十年的梦魇会再次找上他，所以，恳求你保护好自己。

后面的这些话，司穹没有说出来，但是在他的心里，他已经说了千千万万遍。

到了夜晚，山里降温快，这个时候一件短袖已经不能御寒了，时末裸露在外面的皮肤，泛起鸡皮疙瘩，可是她却一点也不觉得冷，因为，贴着她身体的，是一颗正在跳动的、鲜活的心脏。

时末轻轻地说：“嗯，我会好好保护好自己。”

这一刻，他和她的心脏隔得很近，慢慢地跳成了相同的频率。

迎着月光走，前面出现银闪闪的一处，是长年累月蓄起来的一洼水。司穹将时末轻轻放下来，拿过她手里的强光手电四处照了照，确定了周围是安全的，才转身对时末说：“先去洗洗。”

时末此刻是又安静，又听话，司穹叫她做什么，她就乖乖地照做，这会儿司穹让她去洗一洗她的泥腿，她也二话没说，直接过去捧着水就开始哗啦哗啦地洗，司穹站在她旁边不到一米处，打着手电给她照着。

时未的双腿，又白又细又长，堪堪这么站着，像两根白玉竹子，这会儿小腿上的黑泥洗得差不多了，因为被她揉搓，肉显出淡淡的粉色，和脚上那十个脚指头遥相呼应，她的脚指头长得圆，那圆圆的趾尖，也透着粉色。

司穹移开目光，盯着远处的山头，连绵起伏，就跟……

“啊——”几乎是划破长空的一声尖叫，司穹还未缓过神来。面前的人伴随着她的惊叫，已经扑进了他的怀里。

司穹深呼吸，轻轻拍着时未的背，将人从自己怀里拉开了一些。

司穹看着她，低头问：“发生什么事了？”

时未双手捂着脸，还在往他怀里躲，显然是被吓到了。

司穹轻拍着她的背安慰她，腾出一只手拿着手电四处看了看，只见那水坑边上的草丛中，趴着一只拳头大小的癞蛤蟆，长相……奇丑无比。

原来是被这个家伙吓到了。

司穹轻笑，轻轻将人从自己怀里拉出来，又将她的手从脸上拉下来，迫使她看着自己。

“时未，看着我。”他的目光紧紧锁住她，“不用害怕，你可以将它当作是青蛙的一种，它躲在那里，只是为了捕捉虫子。”

时未眨了眨眼睛，心里还害怕着，所以抓着司穹的手没放开，她认真道：“它不是青蛙，它比青蛙丑。”

癞蛤蟆仿佛在说：“长得丑怪我咯？”

好好地躲在草丛里静静捕捉猎物，却被无知的人类嫌弃长得丑，癞蛤蟆表示不服！

时未还是害怕，她从小就怕癞蛤蟆，拉着司穹要走，她不想继续待在有癞蛤蟆的地方。

司穹无奈地摇了摇头，目光从她脚上划过，问她：“你光脚怎么走？”

她低头看自己洗得干干净净的脚，有些局促地动了动：“踩着草走。”

司穹好心提醒她：“草丛里说不定还隐藏着千千万万的癞蛤蟆，你确定要光脚走？万一你踩到一只怎么办？”

时未委屈得不行，小声说：“司穹，你不要吓我。”

他看着她的脸，心情是说不出的愉悦：“我这是好心提醒你。”

她抬起头来看他，眼里藏着一丝无助，问：“那怎么回去啊？”

司穹给了她两个选择：“一、我背你回去；二、我抱你回去。”

时未低头咬唇，表情纠结，这两个选择，根本没办法选嘛。

然而司穹已经帮她做了决定。他背对着她，慢慢蹲下：“自己上来。”

时未还在纠结，但身后的癞蛤蟆似乎早已经不耐烦了，这会儿开始发出“咕咕咕”的奇怪叫声，她头皮一麻，果断地选择了司穹。

“……那我上来了。”说完，时未走上去，慢慢伸出手钩住了他的脖子，将自己送上了他宽厚的背。

薄薄的衣料，阻隔不了两具年轻身体的体温，和因为身体构造不同产生的异样。

时未还想调整一下自己的姿势，可是下一秒，她只觉得自己的身体突然悬空，司穹已经站了起来。

“别乱动。”末了，他又补充一句，“乖乖趴着就行。”

他背着她一步一步走得很慢：“时未，把手电筒打开。”

“哦。”时未照做，将手电筒打开，为司穹照亮前面的路，而她乖乖地趴着，一点也不敢造次了。

夜，又静，又凉。

司穹只觉得时未的腿太细，好像还没有他的胳膊粗，真不知道这小胳膊小腿的姑娘到底是怎么能揍倒那个壮汉的。

回去的路上，

司穹有些好奇地问：“时未，你学过功夫吗？”

时未趴在他的背上，司穹的背很温暖，散发着淡淡的香，还有他后脑勺的头发，偶尔会扎到她的脸，痒痒的。

“算是吧。”

时末一说话，嘴里呼出的气一股脑儿地喷到了他的耳朵后和脖子里，司穹不动声色地将头偏了偏。可不一会儿，她又靠了过来，多次无果之后，司穹也就认命了。

“以前大学的时候去过一个民族村，那儿的村民能歌善武，不是舞蹈的‘舞’，是武功的‘武’。因为要做毕业研究，所以待得久，我在那里住了小半年吧，那时候认识了一个大哥，武功很好，简直可以用‘十八般武艺，样样精通’来形容。

“那大哥哥是民族村族长的儿子，以后要继承族长之位，所以身手了得。本来，他们的武功是不外传的，但是有一次我在村后面的山林里出了点意外，大哥哥过意不去，便教了我几招功夫防身。”

司穹问：“后空翻也是？”

“对啊，都是一起的，还有一些近身招式，下次有机会，可以展示给你看。”

“嗯。”

远远地，司穹就看到了营地生起的火，大家围着火堆，有说有笑，很热闹，而时末已经趴在他的背上，睡着了。

陈灯正和江河源说着话，余光看见远处有人走来，她叫江河源：“江导，你看那是司先生吗？”

江河源转头看过去，可不就是司穹吗？哼，小样儿，这才多久啊，就将人背在背上了。

陈灯已经站起来走了过去：“司先生，时末姐……”

“她睡着了。”司穹打断她，示意她小声些，然后问她，“你们的帐篷在哪儿？”

陈灯随手一指：“那边。”

司穹迈步走，轻声说：“带我过去。”

帐篷是双人帐篷，陈灯帮忙将帐篷打开，司穹矮着身子进去，将背上的人小心翼翼地放到睡垫上，然后找了小毯子给她盖上，才慢慢退出来。

陈灯递给他纸巾："司先生，你擦擦汗。"

"谢谢。"司穹接过纸巾擦了擦，然后对陈灯说，"你先回去吧。"

"那你呢？"陈灯追问。

"换衣服。"司穹已经越过她，走了几步，又停下来问她，"我的帐篷？"

陈灯指了指隔壁的另外一个双人帐篷，解释道："江导说要节约，所以，今晚你们睡一个帐篷。"

司穹点点头，走到帐篷前，打开的那一瞬间他才明白，什么节约，都是借口，江河源就是懒得再搭一顶而已。

司穹从散落的军绿色旅行包和衣服中找到了自己的包，打开取了一件干净的棉质长袖T恤，衣服脱到一半，他便听到拉链"刺啦"一声，下一秒，江河源的头就伸了进来。

司穹面无表情，下达驱逐令："出去。"

江河源置若罔闻，只是笑嘻嘻地说道："司穹，过了今晚，我也算是被你睡过的人之一了。"

司穹："……"

时末是被一阵食物的香气勾醒的，循着味道而去，大家正在煮蔬菜牛肉汤。

蔬菜是压缩蔬菜，抽干了水分，但是营养还在；牛肉是风干的牛肉干，不用煮也可以生吃，江河源为了汤里有肉的鲜味，便掰了几块牛肉干扔到锅里一块儿煮。

时末揉揉眼，很自觉地走到司穹旁边的空位上坐下。他穿着一件淡蓝色的长袖，坐在火堆边，整个人显得温暖又好看，她不禁有些看呆了。

原本感受到这视线的司穹还不甚在意，拿着树枝偶尔挑一挑火，后来这道视线实在太过灼热，他找了个理由，起身离开。

时未仰头目送他离开，她本来有话想对司穹说的，可是这会儿在火堆边太暖和，她实在舍不得挪动一步。

过了一会儿，司穹回来了，手里拿了果肉罐头。他随手递给江河源："给大家分分。"目光一转，看到时未正捧着牛肉菜汤喝，估计刚刚被烫了一下，现在正吐着舌头，她距离火堆近，小脸被烤得通红通红的。

司穹嘴角勾了勾，自己动手也舀了一碗牛肉蔬菜汤。一碗热汤下肚，配上司穹送过来的果肉罐头，一顿饭吃得很是满足。

江河源好玩，就这么一会儿就坐不住了，提议大家来玩真心话大冒险。可能是因为在野外这样特别的环境，大家热情高涨，都赞同江河源的提议。

江河源笑嘻嘻地转头看向一直没有说话司穹，问："司穹，你来不来？"

司穹淡淡一笑："可以。"

江河源的目光又转到时未身上："你呢？"

猝不及防被江河源点名，时未下意识地点头，答应道："好。"

真心话大冒险，大家都不陌生，江河源随意扯了几句，便拿起刚才装果肉的玻璃瓶："这深山老林条件简陋，就用这瓶子凑合着用了。"

有人开玩笑道："随便啊，只要江导不耍赖就行。"

"去去去。"江河源辩解道，"我是这种人吗？"

"是啊。"出乎意料，大家异口同声，回答得特别整齐，跟早就约定好似的。

江河源搬起石头砸了自己的脚，索性转身将瓶子硬塞到司穹手里，自己一屁股坐回去，说："既然你们都怀疑我的人品，那就让司穹来转好了。"

江河源看向司穹，做了一个请的手势，说："司先生，请吧。"

迎着众人的期待目光，司穹也不好推辞，拿着瓶子在地上随意一转，谁知最后瓶口不偏不倚地指向了江河源。

江河源："……我？"惊讶过后，他选择了真心话，

可不就是你吗？跟组的几个摄影师摩拳擦掌，一副跃跃欲试的模样。

此刻的江河源像一头任人宰割的小羊羔，就等着谁先站出来宰他了。最后，还是那一双贴了纱布的手战胜了众人，率先向江河源发难。

陈灯清了清嗓子，问他："请问江导啊，你是喜欢男人还是喜欢女人？"

问题一出，众人跟着起哄，陈灯有些得意地看着江河源，余光又往司穹那边瞟了瞟。

"必须是女人啊。"江河源回答得当机立断，"笔直笔直的，一点不弯！"

众人又是一阵哄笑。

意料之外，又在情理之中的回答，陈灯瘪瘪嘴，不甘心白白浪费了一个机会："能不能重新再来一次？"

江河源不说话，只是淡淡地看着她。

司穹继续转动瓶子，时未微微前倾，屏住呼吸死死地盯着它。

瓶子随着司穹的动作急速旋转，最后慢慢停下来，指向了摄影组年纪最大的一个大哥，大哥问什么答什么，之后几次，也都是这样。

江河源大叫无趣，他要亲自来转瓶子。转之前，他对着司穹不怀好意地笑了笑，笑完了，又盯着时未笑，时未被他笑得心里没底，往旁边靠了靠，问："江导这是要公报私仇？"

司穹轻声回答："有可能。"

不过，最后江河源偷鸡不成蚀把米，把自己又给搭进去了。

陈灯抢着要提问，江河源不让，非要让司穹来问。

时未咂巴咂巴嘴，觉得江导这脑子简直就是在逆生长，让司穹问，还不如让陈灯问呢？

哪知道下一秒，她又被点名了。

"时未，"司穹叫她，"你来。"

"我？"时未觉得是风声太大，自己听错了，可是司穹眼睛看着她，那里面亮晶晶的，分明就写着"认真"二字。

时未接受了这个光荣的任务，思考了一瞬间，问道："江导，你有女朋友吗？"

“哟!”这个问题稍微有了那么一点八卦的味道，大家都等着江河源回答。

江河源说：“当然有。”

“口说无凭。”

江河源脖子一伸，问：“那你要怎样才相信?”

时未黑黑的眼珠子一转，说：“现场连线吧。”

“对对对，打电话，让大伙儿都听听。”大家看热闹不嫌事儿大，纷纷附和，表示赞成时未的意见。

江河源也不是扭扭捏捏的人，掏出手机开始拨号：“得了，我打就是，你们小声点啊。”

电话开了免提，“嘟嘟嘟”三声接通，一个年轻的女声说：“亲爱的，想我了？”

嘶……大家倒吸了一口凉气，这声音真是酥到骨子里去了。

江河源这会儿不好意思，挠挠头，说：“嗯，想你。”

那边又说：“讨厌，想我不回来看我，我看是你的小兄弟想我了……”

“亲爱的，先这样啊，我这边有点忙，挂了。”没等自己女朋友说完，江河源火速挂了电话，这电话再说下去，可就儿童不宜了，况且在场的儿童不少吧？要是教坏了小朋友，他可罪过了。

江河源将手机装回裤兜，问时未：“这样可以了吧？”

时未点头：“可以了，不过……”

“不过什么？”时未这个“不过”，转折得江河源心惊肉跳的。

“不过，江导还有一个弟弟吗？”

“啊？”江河源不明所以，一时间没有反应过来，“没有啊，我家三代单传，我是家里独子。”

“哦。”时未眨了眨眼睛，自言自语道，“那刚刚为什么你女朋友说你的小兄弟想她了？”

时未苦恼，真搞不懂他们这些谈恋爱的，说话没有逻辑!

江河源：“……”

司穹：“……”

众人：“……”

陈灯：“……时未姐，你、你、你、你太不害臊了。”

时未一脸茫然，什么啊，她什么也不知道啊。

气氛突然变得很尴尬，司穹咳嗽了一声，率先站了起来：“时候也不早了，大家早点睡吧，明天一早还要赶路。”

陈灯也觉得这里待不下去了，拉着时未一起站起来：“司先生说得对，我和时未姐都困了，我们先回帐篷睡觉了。”

时未摇头，连忙说：“陈灯，我不困，我还可以玩。”

还玩儿？再玩下去，节操都掉光了。

陈灯哭笑不得，也不管时未，拉着她走：“时未姐，你快来帮我看看，明天我穿哪一件衣服好。”

时未被陈灯拉回帐篷，陈灯脸红得厉害，一直说她不害臊。时未一脸茫然，让陈灯解释。陈灯支支吾吾说了半天，也没说出个所以然，时未倒是懂了。两个人红着脸闹腾了一会儿，陈灯先倒头睡了。

时未也跟着躺下，但是躺了半天也无半分睡意，觉得是之前自己睡久了的缘故。

她轻手轻脚地起身，找了一件外套披着，便出去了。

司穹回来的时候，便看到一个小小的身影在帐篷后面的空地上抱膝坐着，晚风吹着她的头发，在空中缓缓起舞。

司穹顿了顿，还是转身朝她走了过去。

“还不睡？”司穹在她旁边站定，居高临下地看她。

时未偏着头看他，说：“睡不着，顺便出来等你。”

“等我？”司穹想了想，也学着时未的样子坐下，奈何他手脚长，坐下之后不知道怎么放。

时未给他示范：“像这样，伸开一点好。”

司穹学着她的样子，将腿伸开，腿伸得更长更不好坐了。

司穹问她：“你在这里等我？”

“嗯。”时未轻声说，“我有话对你说。”

司穹的目光闪了闪，问她：“什么话？”

“谢谢，”她转过头对着他笑，“谢谢你今天晚上背我回来。”

“不用谢。”说出这话，多少有点生疏，司穹自觉别扭，过了一会儿，说，“进去睡觉吧，外面凉。”

“嗯。”时未点头，“等会儿就睡，我再看一会儿星星。”

她仰着小脑袋：“好久没有见过这么美丽的星空了。”

司穹仰头，夜空中，星河闪烁，美丽至极。

“很美。”

“嗯，很美。”

第二天一早，江河源便挨着每个帐篷叫大家起床，时未本就没怎么睡，江河源一叫，她麻溜地就穿戴整齐爬出帐篷了，陈灯则继续在那里数：“一、二、三，起！”只是连着数了五六次，她依旧没有坐起来。

时未回到车里拿了一瓶矿泉水去漱口，漱到一半儿的时候，身边多了一个人，时未余光瞟了一眼，黑裤白衫，是司穹。

司穹笑着跟她打招呼，笑容真是比清晨的朝阳还耀眼。

江河源刚才老远就瞧见两人在小溪边打情骂俏，这会儿见司穹一个人过来了，他免不了一阵调侃。

“司穹，你家时未呢？”

司穹没吭声，眼皮都没有抬一下，江河源不信邪，故意绕开地上的东西，走到司穹旁边，用肩膀碰了碰他。

“司穹，你给人家小姑娘表白了吗？”

“司穹，我看时末对你没什么意思啊？”

“司穹，要不你和时末结婚吧？就在我们节目里，我来给你当司仪，等到节目播出的时候，绝对是一大收视保证。”

江河源一直在他耳边嗡嗡地说个不停，还全说些有的没的。

司穹忍无可忍：“江导，剩下的你自己慢慢弄吧，我先走了。”说完，直接放下东西就走人了。

走了几步，司穹隐约觉得腰部有些不舒服，本来昨天晚上睡觉的时候就隐隐有些酸胀感，这会儿突然有些疼了。好在疼痛来得突然，去得也快，他在原地站了一会儿，等到不疼了，抬脚往车那边走去。

时末和陈灯，一个坐在车里，一个站在车门口，不知道聊到什么，两人倒是说说笑笑，看见他过来了，时末朝他笑了笑。

司穹心里感觉怪怪的，看着时末那张单纯的笑脸，感叹了一句，真是个傻乎乎的小姑娘。

Chapter 05 甜蜜可口的他

两天后，大家终于到达了此行的第二个城市，拉尔市。

拉尔市位于我国的大西北，气候干燥，天气炎热，不过由于昼夜温差大，这儿产出的水果异常好吃，又加上白日里日照充足，这些水果的卖相也十分好。

拉尔市被拉尔山环抱其中，从外面进去，地形险峻，虽然有公路，但是这么多年，也只修建了这么一条直通进去的公路。

拉尔市也是著名的文艺旅游胜地，每年慕名而来的文艺青年很多。七八月是这儿的旅游旺季，现在不过六月中旬，车队一路走过来，不仅能看见的人越来越少，就连进拉尔市的车到了最后都只剩下他们孤零零地在311公路上缓缓前进。

晚上七点，一行人到了预订的酒店。

说是酒店也不对，其实就是一栋二层楼高的民宿。民宿的名字有意思，叫三点水，屋子不大却带着露天阳台和后花园。民宿的老板，看上去三十多岁，身强体壮，满身都是肌肉，左臂上还有一个青色的文身，文着一串英文，像是人名。

不过，这个看上去强壮的老板，却有一个娇小可人的名字叫小冰，小冰一点也不冰，为人热情好客，是个自来熟。这才没多久，就已经和江河源发展成勾肩搭背的好兄弟了。

因为节目组事先联系，民宿的老板早已经将房间安排好了。整个二楼，差不多被节目组的人包了，在陈灯的要求下，陈灯和时未如愿地住进了这间民宿唯一的小套间。

大家都在二楼收拾行李，小冰就在一楼的花园里站着，双手叉腰，气沉丹田，面朝上，大喊："朋友们，下来开饭了！"声音洪亮，穿透力十足。

不一会儿就有人在回应了，陈灯也打开房门应了一声，然后转身问时未："时未姐，你收拾完了吗？"

时未有些走神，陈灯叫她，愣了一会儿才说："还没有，要不你先下去吧。"

刚才进门的时候，陈灯看见老板前台的柜子上躺了一只肥肥的中华田园猫，她忍不住想下去逗一逗，想了想，说道："那我就先下去，你快点下来啊。"说完哼着不着调的小曲儿，踏着小碎步"噔噔噔"地就下楼去了。

然后时未隐约听到门外有开门声，紧接着，江河源的声音就响起了："陈灯，下去吃饭这么积极啊？"

"江导，我是赶着去逗猫。"

"逗什么？"

"猫啊。"

两人的声音渐渐淡了，直到听不到了，时未才起身将门合上，关到一半，手顿了顿，又将门打开，然后转身回屋拿了本子，又出去了。

时未去敲门的时候，司穹正躺在床上。敲门声响了很久，他才略微艰难地起身给她开了门。

很明显是睡过了，平时一丝不苟的司穹，这会儿头发毛毛的，还有一撮儿调皮地往上冲着，而且他脸色苍白，看上去好像生病了一样。

时未拿着本子的手一紧，连忙问他："司穹，你不舒服吗？"

司穹将门打开让她进来说，然后自己回到沙发坐着，顺手拿了一个靠垫垫到腰后面。

时未走到他身边坐下，关切地问：“怎么了？”

司穹淡淡地开口：“腰疼。”

“怎么会腰疼呢？”时未这句话刚问出口，她瞬间便想到了两天前在泥沼地他又是抱她，又是背她，莫不是那个时候伤到的腰?

时未问：“司穹，是不是因为那天你从泥沼地将我背回来，所以伤到腰了？”

“不关你的事。”司穹轻笑，安慰她说，“应该是那天晚上睡觉的时候受了寒气。”

这是个老毛病了，前些年他不只是腰，很多关节一旦受寒就整夜整夜地疼，疼得无法入睡，实在是睡不着了，他也就不强迫自己睡了，便去教堂里坐一整晚。

“那你等我一会儿。”话音刚落，时未已经快速起身离开了。

司穹看着落在地上的小本子，忍着疼动了动，捡了起来。

这个本子他见过，从兰溪市出来，她便一直带在身上，途中会拿出来写写画画，记录着些什么。他只是拿着看了一会儿封面，封面上写了一个日期，日期右下角写了小小的两个字：时未。

很秀气的字，会让人联想到本子的主人应该是一个秀气的姑娘。

不一会儿门口传来声音，是时未回来了，她手里拿了三四个玻璃杯，和一瓶老白干。

这是要找他喝酒?

司穹正不解，时未将东西往桌上一放，站到他跟前，指挥他：“趴下，把衣服撩起来。”

司穹的眼角跳了跳，他微微仰头看她：“时未，我是正经人。”

“我知道啊，我也是正经人。”时未又问他，“有打火机吗？”

司穹随手一指：“卫生间好像有一个。”

时未去卫生间，找到打火机又回来将酒倒入一个杯子里，然后拿过本子撕下一张纸，点燃了放到酒杯里面，酒里面的酒精很快被点燃，闪出蓝色的火焰。

司穹问她：“你想喝烧酒？”

时未略微嫌弃地看了司穹一眼，说：“拔火罐，没见过？”

拔火罐……这个司穹当然是见过的，现在技术发达，这门老祖宗传下来的手艺早就已经用机器替代了，哪儿还见过这么原始的拔火罐啊。

时未准备好这些东西，看见司穹还维持着刚才的坐姿，她又说了：“司穹，不要害羞，赶紧趴下，把衣服撩起来。”

司穹倒不是害羞，他只是担心时未不小心烧着他：“真来？”

“真的。”时未点头，表情认真又严肃，仿佛接下来要进行十分重要的事情，她说，“司穹，你不是腰疼吗？既然你说是寒气入体了，那拔火罐这个方法是最管用，也是最简单的。”

“好，那就麻烦你了。”司穹说完，面朝下，慢慢躺在沙发上，然后撩衣服的时候看了一眼大开的门，他叫时未，“把门关一下。”

“影响不好”这后半句话，他没说出来。

时未刚才还是信心满满的，可是当她拿着玻璃杯做成的火罐，看着司穹比她还白皙的皮肤时，她稍微迟疑了一下下，没有一鼓作气的后果就是司穹被烫到了。

他闷哼一声，照顾着不要给时未造成心理负担，只是问她：“可以了吗？”

“马上就好。”

这个没有将空气烧干净，自然是没有吸在皮肤上，所以，时未将玻璃杯的四壁重新抹上酒，然后用燃烧的纸往里面烧，一鼓作气重新扣到了司穹的背上。

司穹只觉得背上一阵温热，然后就感受到了皮肤被一股力道吸上去了。

时未来了手感，一连给司穹腰上盖了三个，三个玻璃杯呈现三足鼎立的状态，里面可以看见被吸起来泛红的肉。

时未想到了什么，突然俯下身，侧着脸，有些调皮地问他："司穹，要不我给你在背上弄个奥运五环？"

时未的想法，自然没能如愿以偿。司穹客气地将她请出房间，关门的时候，自顾自地摇着头苦笑。

吃完晚饭，小冰拿出东道主的架势，邀请大家去夜市玩，准确来说，是邀请大家去他的酒吧玩。

晚上九点，拉尔市的夜市正式开市。

夜市靠着西北的商业区，中间隔了批发市场一条街。白天空荡荡的，跟无人区似的，但是一到了每天晚上九点，位于街市头的大钟一敲响，人们便涌入夜市，拉尔市也迎来了一天中最热闹的时刻。

一般来逛夜市的都是外地慕名而来的旅客。本地人一般不来逛，来这儿的本地人，不是开酒吧的，就是沿街摆一个小摊卖东西的，小冰就是其中之一。

这连着在荒郊野岭走了好几天，面对的不是高山就是大树，这会儿终于进城了，大家都蠢蠢欲动，想出去感受一下久违的大都市，打头阵的就是陈灯，江河源也十分赞同。

过了会儿，有人想起了今天没有下来吃饭的司穹。大家面面相觑，都走了，留司穹一个人不大好吧。

不知道是谁带的头，大家纷纷将目光投向了还在喝汤的时未身上。

时未放下碗，十分讲究地擦了嘴，认真地说道："江导，夜市我就不去了。"

"这就对了嘛。"江河源似乎就等着时未这句话，"时未啊，照顾司穹这个艰巨而光荣的任务就交给你了啊。"

时未点头，又问不远处正在捣鼓吉他的小冰："冰哥，能借你的厨房用一用吗？”

小冰豪气地一挥手：“随便用。”

陈灯刚才还兴趣高涨，罗列了一圈想要玩的东西，这会儿大家招呼着要出门了，却有些踌躇不定了。她扭捏了半天，终于跑过去和江河源说：“江导，那、那我也不去了，我留下来和时未姐一起照顾司先生。”

江河源正在对着镜头整理自己的武士头，闻言看了陈灯一眼，将自己的头发梳得服服帖帖的，才说：“陈灯，没事儿就少当电灯泡。”

“啊？江导，你这话是什么意思？”陈灯明知故问。

江河源与她擦肩而过，突然停下来拍了拍陈灯的肩膀，语重心长地说：“看不出来吗？人家时未留下，司穹心里是乐意的，而你？”他摇摇头，“何苦自作多情。”

江河源走远了，陈灯还愣在原地，听到江河源悠悠地操着京剧的腔调，吟唱道：“天涯何处无芳草，何必单恋高岭花啊。”

小冰家的厨房，在小花园最里面的那一间，朝西开了一面窗。时未进去的时候，几只小鸟正在吃窗台上面的米粒，看见时未进来，好像也并不害怕，一会儿原地踱着步，一会儿又低头啄白米粒。

时未倒是怕自己惊扰到了这些小东西，她轻手轻脚地进来，在屋里找了点蔬菜，然后又轻手轻脚地去到了小花园里洗。

等到她洗好了再回到厨房，窗台上的小家伙们已经飞走了。

时未将生菜的菜叶切成了菜丝，一缕一缕的，跟那翡翠色的缎带似的。

将切好的菜丝装盘放一边，然后将刚才拿出来解冻的一整只鸡腿放入开水中煮熟。

趁着这个间隙，时未又将洗好的胡萝卜切了胡萝卜丝，然后和翡翠色的生菜丝放到一起，红的绿的各占一半，甚是好看。

大概又过了半个小时，鸡腿已经煮熟了，时未用漏勺捞起来，然后放到盛满凉水的碗里冷却，等到鸡腿冷下来了，先将鸡皮剥掉，然后把鸡肉撕成和胡萝卜丝大小差不多的鸡丝。

一切原料准备就绪了，时未开始熬白粥，熬到粥体开始微微浓稠了，再将撕好了的鸡丝放到粥里面一起熬，最后放入生菜和胡萝卜丝，一边搅拌一边熬着，等上几分钟。

白色的粥裹着淡黄色的鸡丝，中间夹着绿色红色的蔬菜，看起来让人食欲大增。

时未非常满意，她端着粥上楼去，先轻轻敲了下门，听到门内有声音应了一声，她才开门进去。

司穹还维持着面朝下，屁股朝上，俯趴在沙发上的姿势。

时未慢慢进门，反手将门带上，走过去将粥放在了沙发旁的小木桌上，然后绕到司穹面前，蹲下身问他："好些了吗？"

"嗯，已经不疼了。所以，可不可以先把火罐给我取下来？"时未凑近看了看，皮肤上已经渗出血滴，被杯子吸上来的肉已经红得不行了，看上去拔罐的效果不错，这些杯子是可以取下来了。

取火罐不能硬取，也要讲究一个手法，先用手在火罐周围轻轻按压，然后慢慢拔下，时未的手接触到司穹皮肤的那一刻，他的身体颤了颤，心里说不出的异样，他微微侧着头去看她，只能看到她的一个侧脸。

其实时未的长相，并不是那种第一眼看去就惊艳四方的相貌，而是细水长流，越看越觉得舒畅的样貌，就好像我们看惯了潮起潮落，日出日落，可是，有一天，我们还是会被这些司空见惯的景色再一次惊艳。

一年多以前，他和她在便利店初遇，那一天正逢元宵佳节，便利店鲜少有人，她和他，都是孤身一人，触景难免生情，更何况独自在异乡的他。

她邀请他吃元宵，气氛使然，抑或是那时候时未的笑太过温暖，他便答应了。

虽然那时候，他已经没有了味觉，可是那一晚他仿佛吃出了元宵的味道，以至于，之后的一年，原本吃什么都食之无味，却唯独想念那一碗元宵。

拔了火罐，司穹整理好衣服坐了起来，时未将粥给他，强调说：“我做的。”

司穹挑眉，问她：“你亲手做的？”

“嗯。”时未解释道，“你不是说没什么胃口吗？所以我借用冰哥的厨房给你熬了粥。”

时未看着司穹吃了一口，有些迫不及待地问他：“怎么样，好吃吗？”其实这是她第二次做这个粥，味道的把握她还不怎么确定，不过，刚才出锅的时候，她尝了一口，感觉还不错。

司穹微微一笑，似乎在笑她傻：“时未，我没有味觉。”他看着她，又说，“卖相还不错，至于味道，抱歉，我无法告诉你，所以，请你告诉我。你答应了的，成为我的舌头。”

时未别过脸，目光落到小木桌上的一本杂志上，慢慢地说：“其实，这粥是小时候我妈妈常常做给我吃的，对于我来说，它的味道是温暖，是淡淡的肥皂香，是……”她的目光闪了又闪，顿了一会儿，才说，“是回忆的味道。”

说完，时未突然就笑了。她想起以前也做给林正义吃过，她也这么对他说，林正义说她矫情，什么回忆的味道，不就是胡萝卜和生菜的味道吗？

可是司穹不是林正义，听完，他点点头，脸上带着淡淡的笑，然后便安静地吃粥。

时未没有打扰他，双手托腮在旁边看着。一直以来，不管是吃火锅，还是在郊外喝大锅汤，司穹的吃相都很赏心悦目，他总是吃得慢悠悠的，却不会给人故作姿态的感觉，仿佛他天生便是如此。

突然想到了一年多以前，那天兰溪下起了雪，他突然推门而入，携裹着风与雪。那时候，他好像生着病，拿了一卷卫生纸和紫菜包，然后走到收银台错将避孕套当成了口香糖。

那时候，他穿着厚厚的黑色大衣，戴着黑色毛线帽和口罩，把自己裹得很严实，只露了一只眼睛。最初时未以为他是深夜出来晃荡的变态，后来他走近了，时未闻到了他身上浓浓的消毒水味和隐隐透出的一丝甜味。

他拿着避孕套问她有没有清新薄荷味，那时候他有重重的鼻音，声音又冷又硬。

时未只觉得不可思议，好心提醒他，这个牌子的避孕套没有清新薄荷味，只有出厂设置的原味。

可是他却非清新薄荷味不要，两人就味道争论了很久，她又给他推荐了很多其他味道，比如柠檬香型、草莓香型、香橙香型……最后，两人才发现是闹了误会。

当时时未哭笑不得，突然觉得司穹异常可爱。所以，她才决定邀请他一起吃元宵，毕竟，一个人吃元宵怎么都觉得太可怜了。

那一天，正月十五，象征团圆的节日，终于有一个人愿意陪她吃一碗元宵了。

"时未。"

司穹清冷的声音，令她恍然回神，她看着他已经将粥吃完，便问："吃饱了吗？还要吗？厨房还有。"

他笑着轻轻摇了摇头，问她："刚刚在想什么？"

"想你。"时未想也没想，脱口而出。

这句话三百六度无死角地在司穹耳边环绕，他感觉自己有那么一瞬间灵魂出窍了，过了好一会儿才渐渐找回自己的声音。

"你刚刚说什么？"

他直视着她的眼睛，试图从这双眼睛中发现点什么。

时未根本没有意识到自己刚才脱口而出的那两个字对司穹造成的震撼有多大。她略显无辜地眨了眨眼，然后说道："想关于你的事情。"

看吧，有时候说话太简洁，那后果，无异于车祸现场。

那感觉就好像坐过山车，一会儿上天一会儿坠地，前一秒，你还停留在原地，下一秒它就把你送上了最高点，再下一秒，你刚感到害怕，准备放声大喊了，过山车又“嗖”的一下，无情坠底，整个过程不过几十秒，或者更短。

司穹心里五味杂陈，刚刚的感觉是害怕夹着庆幸还有一丝不知所措，可是现在，他觉得是自己太过自作多情了，人家那话根本没有那个意思。

“时未，江导他们呢？”司穹转移话题，“是出去了吗？你要是无聊，你也出去和他们一起玩吧。”言下之意是“你要是没事儿就赶快走吧”，只不过他说得很委婉。

可是时未压根儿没听懂他的言下之意，直截了当地说：“不行，我走了，你怎么办？”

是啊，该怎么办，你不走，他更加不知道该怎么办了。

司穹有些烦躁，这些年他的情绪很少波动，那些不堪回首的深夜，早就将他的心变得麻木，直到遇到时未，这个从来不会隐藏自己的女孩，她对他说的话，每一句都是那么的温暖，温暖到他不想放手，不想离开。

他突然起身，对她说：“可以陪我出去喝一杯吗？”

时未放下手中的杂志，抬头看他，问：“喝酒？现在？那你的腰……”

“嗯，现在，喝酒止痛。”

语气强硬，不容拒绝。

考虑到司穹的腰伤，两人并没有出去喝酒，而是选择了后面的那个花园。

司穹在楼上换衣服，时未在店里找了一会儿没看到有什么酒，便去门口的超市了。不知道司穹喜欢喝哪一种酒，时未便将货架上长得好看的酒都拿了一瓶。

时未买了酒回来，司穹已经下楼了，此刻正站在院子里打电话。

时未朝他点了点头，从他身边经过的时候，又闻到了他身上的淡淡的香味。

趁着司穹打电话的时候，时未去厨房找酒杯，看到有花生米，她便酥了一盘花生米。

等她从厨房出来，司穹已经开了一瓶酒，在那儿自顾自地喝起来了。

时未走过去将花生米放到他面前，说：“司穹，不能光喝酒的，要吃下酒菜。”

司穹看着她轻轻笑了一下，举起酒杯问她：“来一杯吗？”目光停留在面前的花生米上，刚刚喝酒的时候，就觉得缺了点什么。

火候和时间都掌握得很好，酥出来的花生米金黄焦脆，她总是让他感到意外和温暖。

时未摇头，果断地拒绝了，她的酒品简直可以用惨不忍睹来形容。林正义曾说，因为她力气大，喝醉了没人能招架得住，所以不管她想干什么，他们都只能放任她为所欲为。

司穹不再相劝，不喝也好，两个人总得留下一个清醒的，特别是他还执意买醉。

那只中华田园猫不知道从哪儿冒出来的，在桌子底下钻来钻去，一会儿蹭一蹭司穹的裤脚，一会儿又跳上板凳蜷缩到时未的腿旁。

时未一边逗猫，一边轻轻地笑。

她问司穹：“你知道吗，其实我听得懂很多语言，不仅仅局限于人类的语言。”

她又说：“比如现在我手里的这只猫，你是不是只听到它‘呼哧呼哧’地在呼吸？”

司穹放下酒杯敛着眉眼看她，示意她继续。

这只猫的毛很顺，应该是小冰经常打理，时未顺着纹路轻轻地抚摸，说：“你闭上眼，仔细去听，其实不是猫在呼吸，而是在说它很舒服。”

时未抬头用眼神示意司穹靠近一点，她演示给他看：“你看，这样轻轻挠它的肚子，它就很舒服。”

司穹淡淡地看着她，她垂着眉眼，整个人跟她腿上的猫一样温顺，让人忍不住想伸手摸一摸。

他的手缓缓抬起，伸至一半，猝不及防地，她霍然抬头，两人之间隔了不过一个拳头的距离。

时末下意识地屏住呼吸，睁着眼睛看他，一双黑眼珠在灯光下莹莹发亮。

司穹的手顿了顿，并没有收回，而是准确无误地落到了她的头顶，他轻轻抚摸，问她："那你懂我吗？"

问出口的那一瞬间，司穹思绪清明了，便也后悔了，这些话，不该和她说的。

"算了。"他突然抽身离去，又坐回自己的位置上，"刚刚的话，你就当我酒后胡言吧。"说完，又端起酒杯喝了一口，看似随意地扔了几颗花生米到嘴里。

时末身上的猫动了动，好像是不满意司穹刚才的行为，朝着他"喵"了一声，便从时末的腿上跳下来，跑了。

时末将刚才垂下来的头发，轻轻地捋到耳后，然后看着司穹的侧脸，看了好一会儿，才缓缓说道："司穹，我看不懂，也听不懂你心里的声音，但是我知道你很悲伤。"她指了指自己心脏的位置，"这里可以感受到你的悲伤。"

从便利店的第一次相遇，他内心汹涌的悲伤，透过那双深邃的眼眸，她看得一清二楚。那时候他站在货架前的身影太孤独了，所以，她才会注意到他。

后来地铁站相遇，他几乎像换了一个人，那天下着大雨，掩盖了所有的气味，导致她没有认出他。

不过，缘分这东西很奇怪，不管怎么阴差阳错，该遇上的还是遇上了。

虽然那天下着雨，但他好像沐浴在阳光之下，整个人都在发光，那光太温暖，所以她再次为他驻足。

这一路上同行，她才慢慢明白，那些悲伤并不是不在了，而是被他极力隐藏起来了。

那些悲伤会再次出现，就像刚才，在那通电话里。

他的悲伤在无限蔓延，从拉尔远至大不列颠。

时未多少能猜到一些，他的悲伤与他消失的那十年有关。

就像刚才他接的那个电话，从他偶尔回复的只言片语中，不难猜出是英国那边打过来的，准确来说，是季同打过来的，说了什么她不知道，但是季同说的内容，或者和这个内容有关的那个人，可以随时牵动司穹的神经。

是亲人，还是恋人？

后者的可能性极小，就算季同和司穹的关系再怎么好，他也不会大方到让其他男人去照顾自己的女人。

所以，是他的亲人？

时未看着他，隐隐有些心疼，他绚烂的曾经早已经被陈灯说了无数遍，可是他的现在，她似乎从来不曾真正了解。

对于刚才的话，司穹轻笑，不否认，也不承认，只是一杯接着一杯喝着酒。

时未刚想制止他，她的电话却响了。她拿出来看了一眼来电显示，是家里打来的。

她愣了愣，家里不是才给她打过电话？

压下心中的疑惑，时未对他说："司穹，我出去接个电话。"

司穹只是抬眼看了看她，便又继续喝酒了。

电话是家里面打过来的，现在舅舅在医院，这通电话只能来自她的舅妈了。

林正义说她舅妈是吸血鬼，其实时未只觉得她也是个被生活所迫的可怜人。不能说她的舅妈一直对她不好，以前还是挺好的，虽然大家都说她是看上了时未妈妈留下来的赔偿款。可是如人饮水冷暖自知，没有血缘这层关系，她的舅妈待她还算不错了，只是后来她有了自己的孩子，身为母亲，时未也从来没有怨恨过她的私心。

所以，上了高中时未就寄宿在学校，开始自己四处打零工赚取生活费，每周回家一次，后来上了大学回家的次数便以年为单位计算了。虽然舅舅每次在电话里都叫她多回家，可是舅妈私底下已经明示过时未，家里面住不下她了。

他们现在住的房子，是时未外婆留下来的。因为时未妈妈出嫁时外婆给了丰厚的嫁妆，所以，这一套房产自然就给了舅舅。但是随着舅舅的孩子长大，和父母一间房，总归是不方便的。所以时未大学毕业后，便彻底从那个家里搬了出来。

“舅妈。”电话接通，时未低低地叫了一声。

舅妈和她打电话从来不超过一分钟，每一次都是直接切入主题：“小未啊，上次你打过来的钱已经用完了，你也知道，你舅舅在医院躺着，每天都要花钱，所以下次能不能多打一些啊。”

“要多少？”时未问。

“不多，大概一万吧。”舅妈客气地笑了笑，似乎怕时未拒绝，又说道，“你也知道，这伤筋动骨一百天，我们家就指望你舅舅挣钱了，如今他腿又一时半会儿好不了，总得吃点好的补一补是吧。而且你舅舅最近还经常念叨，说你也不来看他，你瞧瞧你舅舅多关心你啊。”

时未有些为难，不是不想给，而是……

时未说：“舅妈，我现在没有什么钱，可不可以先……”

“没钱？”电话那头的声音陡然拔高，客气已经全然不在，剩下的全是嘲讽，“时未，你怎么可能没钱？你要是不想给，就直说，还拐着弯对长辈撒谎，这可就不对了。”

她尖酸地继续说：“你舅舅也就是傻，替别人养什么孩子，养大了也是个白眼狼啊，说翻脸就翻脸，不就是拿点钱吗，瞧瞧你都说些什么话啊？”

时未心里不好受：“舅妈，我是我妈的女儿，我妈是舅舅的妹妹，不是别人，而且我也没有撒谎，我一时半会儿真的拿不出一万块钱。”

“你还嘴硬了是吧。”舅妈尖锐的声音异常刺耳，她咄咄逼人，“时末，我已经去过你们研究所了，他们都说你傍上了大款，现在在外面逍遥快活呢！”

“舅妈！”时未只觉得心凉，她重重地呼了一口气，转身看了一眼又别过头来，她只想快点结束电话，“钱我会想办法给你打过去的，今天这些话，我就当没听过。”说完，便立马掐了电话。

她真的害怕从舅妈嘴里再听到什么难堪的话，说她怎样她从来不在乎，可是，司穹根本不是那样的人！

猫“喵”的一声，从花台后面蹿了出来，围着她的小腿使劲儿蹭，像在安慰她似的。

时未紧紧地捏着手里的电话，倏地又放开，重重地叹了一口气，才蹲下身将猫抱起来，揉了揉它的脑袋，转身回去。

桌子上的酒已经被喝掉了一半，空瓶子整整齐齐地在桌上排列着，司穹却不见了踪影。

“司穹？”时未轻轻地叫了一声，没有人回应。

时未过去坐下，目光往桌上一扫，随便拿了一瓶酒便打开，直接抱着酒瓶子就喝，那样子像个老酒鬼。

白酒入肚，酒味辛辣，辣得时未直吐舌头，眼泪也跟着呛了出来，立刻就原形毕露了。

怀里的猫扬起毛茸茸的脑袋看她，时未笑了笑，朝着猫的脑袋不管不顾地就亲了下去：“大黄猫，今晚我们不醉不归！”说完抱起酒瓶子又是一阵猛灌。

司穹也好久不曾这般喝酒了，虽然喝起来索然无味，但胃里如翻江倒海般，难受极了。他忍不住跑到洗手间一阵呕吐。

他再回到花园，便瞧见桌上有个人，不是时未还能是谁呢？她面朝下，趴在桌子上一动不动。而那只大黄猫则高高在上地坐在她后颈窝的地方，和他两眼相对，那眼神，似乎在说：畏惧我吧，愚蠢的人类。

司穹当然不会幼稚到和一只肥猫计较，他慢慢地走过去，拎小鸡崽儿似的把它从时未身上拎了起来。

他的目光落到了时未还抓着的酒瓶子上，这瓶酒，是所有酒里面酒精度最高的酒，他刻意将它放着没有喝，没想到一个上厕所的工夫，就被时未给喝了。

司穹拿起来摇了摇，时未喝了有小半瓶。

“时未？”司穹轻轻地叫她，连续叫了几声没有反应，他又将手放到了时未的肩上轻轻地摇了摇。

趴在桌上的人“嘤咛”一声，依旧没有动静。

司穹在她身边坐下，然后凑近了一点，继续叫她：“时未，你醒一醒。”

“哪里来的磨人的小妖精，放开那个唐僧，让我来！！！”

刚刚还趴着不动的时未，突然胡乱地叫嚣着坐直了起来，看着司穹就坐在自己旁边，便对着他傻傻地笑：“司穹，你取经回来了？来，我们喝酒庆祝一下。”

司穹哭笑不得，原来在她梦里，他是取经的唐僧，所以，前面那句话又是什么意思？

时未这会儿醉醺醺的，说的话没什么逻辑可言，她伸手便要去拿酒，不过酒喝多了，眼神不好，酒没有拿到，倒是把桌上的酒瓶子全部打翻到地上了，“噼里啪啦”地全都掉下去了。

司穹刚想去收拾，就见时未“噌”的一下站起来跳到板凳上，拍手叫好：“好啊好啊，过年了，放鞭炮。”

司穹有点蒙，明明是他喝了这么多酒，但是除了胃难受，整个人的意识却清醒得不得了，偏偏只喝了小半瓶的时未，醉得不行，现在都开始耍酒疯了。

司穹怕她从板凳上掉下来摔着，站起来将她圈在自己的臂弯里，一边安抚着她，一边将她抱了下来。

他尽量控制住她，不让她到处蹦跳，可是他发现，自己根本控制不了她。

她挣脱司穹，满院子地玩后空翻，从东墙头，翻到了西墙头，而司穹只能眼巴巴地在一旁干着急，他根本近不了时未的身。

翻完后空翻，时未又变身成了小猫咪，开始满院子地找自己的同伴，嘴里还念念有词。

“大黄，你为什么要离开我？”

“大黄，我发誓，我这辈子只喜欢你一个猫。”

“大黄，山无陵天地合，才敢与喵绝啊！”

“大黄……”

把自己当成一只猫的时未，开始在角落里钻来钻去，司穹怕她伤到自己，一直在她身后紧紧地跟着。

不一会儿，她突然不再继续到处找猫了，而是跑回楼上的房间从自己的枕头底下抽出一把刀，非要闹着给司穹表演削苹果。

司穹已经被时未折腾得体力透支了，所以他只能顺着她，哄着她，找了好几个苹果给她削，只盼望着她能消停一会儿。

看着时未安安静静地削苹果，司穹终于可以喘一口气了。他先将门反锁关好，防止她跑出去，然后才走到窗边，一边开窗透一透屋里的酒气，一边给林正义打电话。

目的很明确，就两个字：求救。

因为他深刻地意识到自己搞不定时未了。

林正义接到司穹的电话很激动，忙问是不是需要帮忙，语气暧昧。

司穹直接问他：“时未喝醉了，我该怎么办？”

还能怎么办？抱上去，亲上去啊！虽然这个想法在林正义的脑海中一闪而过，但毕竟是自家的师妹，不能让师妹吃亏了。

“啥？”林正义假装惊呼，“你说我家小师妹喝醉了？”

“嗯，喝了大概半瓶酒。”

“什么？半瓶酒！”林正义吓得脸上的面膜都掉了，天知道，他这个小师妹可是一杯倒啊，他心惊胆战地问，“她现在进行到了什么阶段？”

“什么意思？”司穹不解。

“哎哟！”林正义急得不行，说，“就是后空翻，角色扮演，乱窜，削苹果，现在进行到哪儿了？”

司穹看向某人，说：“削苹果。”

“天啊。”林正义急得站起来满屋子来回走，他现在恨不得立马飞奔过去，他拿着电话警告司穹，“现在，你竖起耳朵听好了，我命令你立刻、马上将时未关进卧室，然后自己离开，你绝对绝对不能和我小师妹待在一起。”

“为什么？”司穹疑惑道，“而且，留她一个人我不放心。”

“司穹，留你们两个人在一起我更加不放心。”林正义现在操碎了心，他又说，“赶紧的，趁着她苹果还没有削完，你赶快照我说的做，做完了就马上离开。”

然而，一切都来不及了。

正当司穹准备照着林正义说的做时，刚才还在乖乖削苹果的时未突然站起来晃晃悠悠地朝他走来，她的手里，正握着她的那把刀。

司穹心里咯噔一下，难道这就是林正义所担心的事情？下一步，时未要……耍刀？

时未似乎窥见了司穹心中所想，将手里的刀往空中一扔，随即又准确地握住，然后手腕转动，当着司穹的面就挽了一个漂亮的剑花。

司穹看得那叫一个心惊胆战，那刀在时未手里旋转跳跃，他十分担心时未耍刀把自己的脑袋给削了。

事实证明，司穹的担心是多余的，时未并没有和刀较劲，玩了一会儿，“啪”的一声，毫不留情地就把它丢掉了。

司穹担心刀在地上会割到人，便弯下腰去捡。谁知道下一秒，时未便直接朝他走过来，她的动作比他想象的还要快，他来不及做出反应，屁股上就挨了一巴掌。

司穹惊呆了，刚捡起来的刀“啪嗒”一声又掉地上了。

时末笑嘻嘻地看着他："司穹，你的屁股好有弹性哦。"

司穹简直不敢相信，长这么大，头一次被女孩子打了屁股，而且打完了还用言语羞辱他。

司穹忍了又忍，在心里不停地告诫自己，不要和一个醉酒的人计较，他现在非常后悔，为什么不早一点听林正义的话啊。

然而，事情还没有完。

当司穹决定口头上教训一下某人的时候，她毫无征兆地，突然就向前俯身凑近了他。

近在咫尺的距离，司穹可以清楚地看见她脸上的小绒毛。

她笑着，不由分说地伸手捧住了他的脸。

司穹隐约觉得下面可能会发生点什么，他挣扎着，试图让时末清醒："……时末，你这是干什么，快放开我。"

"不放。"

她眨着眼睛，丝毫没有给他反抗的机会，对准他的唇，便狠狠地吻了下去。

他感觉到自己的身体突然有种酥酥麻麻的感觉，好像全身被电流通过一样。

他终于明白林正义所担心的事情了，因为削苹果之后，不是要刀，而是强吻啊！

生平第一次被女孩子强吻的司穹，脑子突然死机了，就跟优盘被格式化了一样，白茫茫的一片，什么都没有。

忽而有风吹进来，司穹找回了一点点理智，他退后一步，用尽力气将时末推开。

然而，时末并没有打算就这么放过他，所以她发现司穹偏过头不看自己的时候，她生气地将他的头硬生生地掰了过来。

"司穹，你为什么不看我？因为我不好看吗？"

她眼里亮晶晶的，司穹以为她要哭了，于是，只好好言相哄：“没有，你最好看。”

“真的？”她反问。

“嗯，真的。”

然后她便笑了，捧着他的脸，俯身下来，司穹目光避无所避，她的深沟便直接入了他的眼。

“司穹，你真好，我好像很喜欢你了。”说完，她便勾着他的脖子，踮起脚又吻了上去。

司穹的脑袋现在似有火苗在烧，时末吻过来的时候，强行让自己错开。

没有意料之中的吻，她将头埋在了他的肩窝处，闷闷的声音从底下传来，她说：“司穹，你不要欺负我啊，我真的挺喜欢你的。”

司穹心中微动，这是第二次，今晚的第二次，她说她挺喜欢他的。

之后，她便没心没肺地睡过去了，整个人趴在他的身上睡过去了。

司穹动了动，感叹时末终于消停了。他正打算将她抱回床上，楼下便隐约传来人声。

是江河源他们回来了，而且正在往楼上走。

刚刚的一番纠缠，两人都有些衣衫不整，况且时末这副模样，断然是不能被他们看见的。只是现在出去已经来不及了，司穹捡起散落在地上的衣服，将时末抱到了床上，并且迅速反锁了房门。

门外，陈灯扭了一下门把，没打开，奇怪道：“门怎么反锁了？”

随即江河源的声音响起：“一定是时末睡觉怕司穹对她图谋不轨，所以为了安全起见，把门反锁了，不过没关系，你可以去找小冰。”

陈灯“哦”了一声，下楼找小冰去了，不一会儿，门外传来动静，下一秒，门就打开了。

陈灯向小冰道了谢，便开了门进来，看了看小木桌上削好的苹果，拿起来吃了一口，又过来敲时末的门：“时末姐，睡了吗？”

司穹屏住呼吸，好在陈灯敲了一下就走了，然后司穹听到了关门声，想来是陈灯回了自己的卧室。

司穹看着床上睡得沉沉的时未，和衣衫不整的自己，闭上眼低低地笑了。

真是……一言难尽的一夜啊。

次日清晨。

林正义打电话过来的时候，司穹正沿着拉尔湖散步。

“妹夫，早啊。”

“什么事？”林正义开口胡叫，司穹选择无视。

林正义“呵呵”一笑，若有所指地说：“昨晚我可都听见了。”

现在才早上六点，拉尔湖周围已经渐渐有了游客。游客们沿着小路往前走，爬上金顶山，看日出。

司穹在小路旁的长凳上坐下，气息平稳，淡淡地问：“听见了多少？”

林正义又“嘿嘿”一笑，和司穹打马虎眼儿：“没多少。”

“林先生，8·11项目进行得怎么样了？”

司穹话题转换得太快，林正义还没有回过味儿来，下意识就回答：“还行，进行得也顺利，前阶段的任务已经完成得差不多了，等师父那边把文件弄下来，就可以开始下一阶段的工作了。”

司穹又问：“资金还够吗？”

说到这里，林正义才想起了今天一早就给司穹打电话的原因。昨晚下班之前，李忍就让他找个时间和司穹谈一谈下阶段资金投入的事。

林正义想了想措辞，才说：“前期的资金很充足，这里还得谢谢司先生的支持。只是到了后期，可能会艰苦一些，中期市场调查需要出去走访，所以，资金消耗较大……”

司穹轻笑，说：“那么请林先生听好了，我下面要问你的问题，关系到8·11项目中后期的资金投入，如果你回答得好，那当然不成问题，可是如果你回答不好……”

言下之意已经十分明了，林正义正色问：“什么问题？我一定好好回答。”

“昨晚，你听到了多少？”

敌情前面说了一大堆，是在这里挖了一个坑等着他呢！被司穹威胁，林正义只能如实相告：“真没有听到多少，我手机没电自动关机了。”

司穹语气淡淡，却威慑力十足：“具体。”

林正义挠着脑袋想了想，一拍大腿，柔声道：“你最好看。”

司穹突然感觉不太舒服，自己讲过这么恶心的话吗？

林正义继续在那儿说道：“没错，就是这里，不信的话你可以看昨晚的通话时间，我绝对没有骗你。”

“嗯。”司穹说，“请你务必告诉李教授，资金的事情不用担心，我会全权负责的。”

林正义隔着手机鄙视他，过了一会儿，才说：“那啥啊，司穹，公归公，私对私。虽然昨晚我没有目睹全过程，可是前面你吻了我小师妹我可是听得清清楚楚。你都不知道，这可是我小师妹的初吻啊，所以，你必须对她负责哦，不然，哼，让你见识见识师兄的厉害。”

司穹淡淡一笑，承诺道：“你放心，我会的，只是……”

他突然微微停顿，没有继续往下说。

林正义好奇：“只是什么？”

“没什么，只是希望林先生下一次能公平公正一些。”

林正义一脸疑惑地看着已经被挂断的电话。

司穹回到三点水民宿的时候，小冰正在招呼着大家吃早饭。

江河源一手拿着一根油条，一手端一碗豆浆，正倚靠在梁柱上笑眯眯地看着他：“司穹，昨晚没睡好吗？起这么早出去干吗啊？”

司穹只是抬眼看他，好心地指出来：“江导，嘴角都是油。”

江河源：“……”这不是重点好吧。

司穹越过江河源走到桌边，陈灯连忙往旁边挪了挪，让出一个空位：“司先生坐这儿吧。”

江河源站在陈灯身后，冷笑一声，鄙视陈灯这种无事献殷勤的行为。

陈灯满心满眼都是司穹，怎么可能看得到正在对她翻白眼的江河源？她将面前的油条和麻圆推到司穹面前，说：“司先生，这油条和麻圆都是小冰哥一大早起来亲手做的，你看这油条，酥黄脆口，还有一点苹果香，还有麻圆，里面不是空心的，小冰哥往里面灌了现磨的豆粉，一咬满口留香。”

司穹朝陈灯道了一声谢，随意地夹了半截油条开始吃，然后问道：“大家都吃了吗？”

陈灯摇头，用油条指了指楼上，说：“时未姐还没有吃。”

似乎是想到上次的事，陈灯有些小心地看了一眼司穹，怕他误会，又连忙补充道：“我叫过她了，时未姐现在不想吃，等会儿再吃，所以我刚才让小冰哥留了一些，等会儿吃完我就给时未姐送上去。”

“嗯，麻烦了。”司穹垂着眉眼，目光始终不曾落在陈灯身上。

陈灯张了张嘴，终是没有说出口，她低头闷声喝豆浆，偶尔抬头看一看身边的人。

“陈灯！”江河源突然凑到两人中间，朝着陈灯说，“你不是答应要和我一起出外景吗？”

“啊？”陈灯一脸发蒙，抬头看江河源，“江导，我没说要出外景啊？你是不是记错了？”

江河源将豆浆一口气喝完，瞪着眼，严肃地说道：“你这是在质疑我说的话吗？”

陈灯摇头：“不是……可是……”

“没有可是。”江河源打断她，拿出导演应有的架势，说道，“我说是就是，我就是剧组的权威，你只要待在剧组一天，就不能公开质疑权威说的话。”

陈灯一脸茫然："那个，你的意思是在私下可以质疑？"

江河源愣了愣，道："随便啦！"

"快吃，快吃，吃了我们就走，时末的早饭，就让司穹送吧。"江河源催促道。

陈灯想了想，目光移到司穹身上，她小心地问："司先生，你不和我们一起出外景吗？"明明他才是节目的主角。

"当然不了。"江河源目光往他腰上看了看，抢在司穹之前回答，"你不知道吗？他腰伤还没有完全好呢，为了以后节目的质量，先让他好好养伤。"

没等陈灯吃完，江河源就拉着她走了。

虽然陈灯一脸的不情愿，可是能够出镜，又何尝不是一件美事呢？所以她还是去了。

两人没走多久，司穹的手机传来叮的一声，是短信提示音。

江河源发来的：司穹同志，抓住机会，勇敢地上吧。

司穹："……"

早饭之后，司穹将桌上的碗筷收拾了一下，然后去厨房找小冰，小冰正在忙上忙下，看到他，笑着打招呼："早饭还行吧？"

司穹点头，微微一笑，礼貌地说道："很好吃，多谢款待。"

"好吃就行，我最喜欢听别人说我做的东西好吃了。"他得意地说。

锅里"噗噗"冒着热气，小冰揭开锅盖，苹果香扑面而来。

司穹很是好奇，问："你这是？"

小冰拿着筷子戳了戳，试探苹果的软硬程度，然后才说："嘿，你不知道啊，这是昨天晚上陈灯给的，说吃不完浪费了，我想着也是，就放到冰箱冻了一个晚上，打算今天给大家做苹果泥。"

司穹了然，这些苹果都是时末昨天晚上削的！

小冰又指了指一旁的油条，说："看到没，做油条的面，我可是先拿到里面用苹果的蒸气熏了熏的。"

司穹虽然近十年没有碰过厨具，但是有些东西，已深入骨髓，想忘也忘不掉。所以一听小冰这么说，司穹难免职业化地点评道："这个想法很好，传统的油条比较油腻，加入苹果的清香，不仅可以消除油腻感，还可以增加新鲜感。"

小冰大笑，突然想到什么，问："你以前也是挺厉害的厨师吧，我听陈灯说，你在英国很有名。"

司穹微微笑，淡淡地说："都过去了。"

小冰经营民宿，接触的人很多，察言观色他在行，司穹明显很抵触这个话题，虽然他表现得很不在乎，所以小冰还是终止了这个话题。

司穹看了看小冰，说："你先忙吧，我来拿时未的早饭。"

"哦！"小冰一拍脑袋，恍然大悟，转身将热腾腾的早饭递给司穹，说，"瞧我这记性，赶快送上去吧。"

因为天气刚刚好，整个二楼的走廊都沐浴在阳光之中。

司穹在时未的房间门口站定，正准备敲门，房门却豁然从里面被打开了。他微愣，昨晚的一切像电影片段一般在他的脑海中一一闪过。

"司穹？"

时未揉了揉头，心里正后悔呢，昨晚果然不应该喝这么多酒的。早上陈灯来叫她的时候，她只觉得头痛欲裂，所以才迟迟没有起床。

"醒了？"司穹将早餐递给她，"先把早餐吃了吧。"

时未木讷地点点头，侧开身让司穹进来。

房间里的沙发正对着大门，司穹现在站在门口，整个房间一览无遗。昨晚……他们可不就是在这个房间吗？

司穹觉得耳根有些微微发烫，他刚刚踏进去半步，又突然将脚收了回来，说："你好好吃，我就不进去打扰了。"说完，转身就要走。

"司穹。"时未下意识地叫住他，叫完之后才发现原来自己根本不知道要说些什么。

太阳穴的位置又传来一阵一阵的疼痛感，时未按了按太阳穴，脑海中有片段一闪而过，可是太快了，她根本抓不住。她看向面前的人，直觉告诉她那些片段与他有关，便问：“司穹，昨晚我喝醉酒之后是不是对你做了什么？”

她拍了拍自己的头：“这里好疼，一点都记不起来了。”

司穹苦笑，所以他在这里别扭了大半天，而肇事者竟然是什么都不记得了？

时末下楼的时候，小冰站在柜台后面，伸出半颗脑袋热情地朝她招手。

“时末，你过来一下。”小冰递给她一碗汤汁，说，“醒酒的。”

时末双手接过，连忙道谢：“谢谢。”

这喝大了，真是罪过。

小冰洋溢着阳光般灿烂的笑容，从柜台后面走出来与她面对面站着，笑着说：“不用谢我，我也就是出点力，这醒酒汤是司穹做的。”

时末微微一顿，随即目光便在厅堂里扫视了一圈，并没有看到司穹的身影，便随口问道：“司穹去哪儿了？”

小冰想了想，推测着说：“应该是去医院了吧，刚才他向我打听了一下附近的医院。”

时末眸光动了动，抬头问：“他去医院了？他生病了吗？”

小冰摇头，然后说：“这我就不知道了，不过他走的时候好像没有什么异样。”他想了想，建议道，“要不你去医院看看，正好他一个人过去我也不放心。”

时末将醒酒汤一饮而尽，抹了抹嘴，说：“好啊，我也正想出去走走。”

时末准备出门的时候，小冰叫住她，说拉尔的正中午阳光最毒，让她穿着防晒服出去，可是时末的包里除了一些简单的衣服，剩下的就是万能的冲锋衣了。

小冰狐疑地盯着她看，惊讶地道：“姑娘家出门不带裙子，在拉尔市，你是第一个。”

拉尔市，有花有海，各色民居繁多，游客身穿长裙，往那儿随便一站，就是一幅画报。

小冰一边给时末科普拉尔市旅行的必知攻略，一边带着她上楼去，然后不一会儿就找出一条披肩递给她，说："喏，你用这个先将就一下，这是我妹妹的，她现在在学校，不经常回来。"

时未点头道谢："谢了。"

按照小冰给的医院地址和小冰亲手绘制的简易地图，时未没费多大劲儿就找到了医院。

拉尔市中心医院。

她现在在医院一楼大厅，给司穹打电话，响了一会儿，他没有接，挂断之后，不一会儿，他又打回来了。

"时未？"他的口气，似乎很惊讶时未会给他打电话。

时未走到人少的角落，轻声说："是我，司穹，我现在在医院大厅，你在哪儿？"

隔了好一会儿，那边才说："三楼，口腔科。"

时未乘坐电梯，直达三楼，往里走，最里面的那个科室就是口腔科，司穹正在询问着什么问题，对面的老医生点点头，若有所思，然后悉心解答。

时未不想打断他们，便一直在外面站着，等到司穹注意到她，已经是十分钟后了。

司穹微微低头又和老医生说了几句，才起身出来。

"你怎么来了？"他看着她问。

时未用手挠头，眼睛也不看他，飘啊飘的，说："是小冰哥，他怕你一个人出来不安全。"

"哦。"司穹淡淡地应道，目光落在她微微翘起来的头发上，随即又反问她，"可是你这样出来找我，万一走丢了，岂不是更加不安全？"

时未笑了，举起小冰画的临时地图给他看："丢不了，我有这个。"

司穹看了一眼，低头笑了，迈步往一楼大厅走。

时未跟上去，和他并排走，她不过刚刚到他肩膀的位置，她微微歪着脑袋看他，目光不自觉地便落到了他光滑的下巴上，脑海中突然闪过一个画面，太快了，她还来不及反应，缓了一会儿，才问他：“你是来看舌头的？”

“嗯。”

简单的一个字，司穹并未多说。

时未忍不住微微抬头去看他的眼。或许他是不想多说，而且……

时未没有继续问下去，而是突然想到了什么，又说：“司穹，我想请你帮我一个忙。”

司穹停下来，转身看着她，说：“你说。”

江河源那边传来消息已经是在下午两点种了，因为他们打电话回来说最近几天都暂时不回民宿了，要继续深入村里探访。不过，从江河源的语气可以大概听出来，他们应该是发现了很不错的拍摄地。

司穹接到电话后，告诉江河源下午过去，让他把地址发过来，可是江河源似乎不相信他，惊讶地问：“你的腰好了？”

司穹正躺在沙发上，看着映照在面前的鱼缸上面的时未的身影，淡淡地说：“嗯，好了很多。”

江河源答应过季同要好好照顾司穹，所以他也不想勉强他，只是说道：“你自己决定吧，但是千万不要逞强，你要是出了什么事，我可没有办法向季同交代啊。”末了，他又问，“时未也来？”

“当然。”

放着这么好的独处机会不要，江河源摸不透司穹的想法，只是说：“路上小心啊。”

“嗯，知道了。”司穹挂了电话。

“是江导吗？他们现在在哪儿？”等司穹挂了电话，时未才问道。

有了上次的拔火罐的经验，今天在去找司穹的路上，时未特意去沿街的药店买了拔火罐专用的火罐筒子，半机械操作。所以这一次给司穹拔火罐，又快又方便，见效还快，不一会儿司穹的腰上就被时未弄了一个又一个的奥运五环。

司穹说："嗯，他们发现了一个特色村，很适合这次的拍摄主题，他们已经先一步进村了解情况了。"

时未点头，趁着间隙，去找小冰问了前往特色村的最近路线，小冰干脆拿出手机直接打了一个电话联系好了司机，一个小时后到达民宿，直接接他们过去。

时未连忙道谢。

一个小时后，两人准时出发。

司机师傅是当地人，一路上从拉尔市的文化历史，讲到未来的商业发展模式，最后终于将重点落到了此行的目的地上。

司机师傅说这个特色村其实以前叫作臧家村，村里的人都姓臧，听说是古时候一个将军携带妻儿和仆人流亡至此，然后见此地山川俊秀，地势极佳，便长久定居在这里，世世代代地生存下来，现在的臧家村已经是当地的一个大村落了。

但是，臧家村祖上遭受过外来的灾难，村里的人有些排外。虽然这些年整个拉尔市旅游产业发展迅速，臧家村为了迎合这个浪潮，也改成了特色村，但是对外开放的范围有限，还有很多地方，村里人仍旧不准外人去参观。

沿着拉尔湖行驶了十来分钟进入田园路。田园路名副其实，周遭都是一片一片为了旅游开发的花田，景色优美，花卉繁多，姹紫嫣红，还有很多特意过来拍婚纱照的夫妇。时未开着车窗看，笔下不停。

司穹偶尔会将目光落到时未手里的本子上，但很多时候，是她的侧脸，以远远超过他想象的吸引力，吸引着他的目光。

又行驶了四十多分钟，车子终于驶进臧家村的领地，五六公里长的进村公路两旁，挂满了红白蓝三色的绸带，随着山风起舞，好不漂亮。

时未拿手机迅速地记录，末了还感叹了一句："要是有摄像机就好了，这么漂亮的景色，应该用更高的像素定格下来。"

司穹不动声色地拿出微单，递到时未面前："没有摄像机，只有这个。"

时未眼睛亮了亮，惊讶地看着他："你是什么时候带上这个的？"

司穹莞尔一笑："顺手拿的。"其实，他是在手杖和微单之间做了选择，他只是觉得，或许这一路，微单用得上，果不其然，真的就派上用场了。

司穹建议："待会儿让师傅将车停在村口，你可以下去拍。"

时未点头，十分赞同司穹的这个意见："我也是这么想的。"

师傅将他们在村口放下，并且告诉他们需要来接的时候直接给他电话就可以了，然后挥了挥手，绝尘而去。

时未开始拍照，顺着这条进村公路，拍了很多，远景，近景，特写。这些照片作为民族特色研究十分具有参考价值，等到节目录制工作结束，她回到世研所，便可以专门做一个研究了。

时未突然将镜头一转，司穹便入了镜。

他在远处低头接电话，身后是棵笔直的树，和他挺拔的身影相呼应，他的目光越过面前飘飞的绸带，落到远山上，整个侧脸，在下午五六点的阳光下，美得就好似剪影一般。

时未看得呆了，不自觉地手下用力，"咔"的一声，将这个画面定格在了相机里，也定格在了她的记忆中。

以至于很久很久之后，她都不曾忘记：

那一天飘飞的缎带，那一天俊逸的男人，那一天心动的声音。

Chapter 06

择偶标准是——他

村口有人来接应他们，来人是一个二十出头的青年。时未和司穹跟在他后面走，不一会儿就进到了村里。

村里村外景色倒是不一样，村里很多地方尚未开发，保持着原有的形态，时未忍不住多拍了几张。

青年听到快门声音，回过头淡淡地看了时未一眼，并未阻止。

可是时未不再继续拍摄了，她默默地收起微单，凑到司穹身边小声说："我好像干了件错事。"

司穹嘴角一勾，微微侧脸看她："不一定。"顿了顿，又说，"他刚才并没有阻止你，所以这里也不是禁止拍照，况且，一个已经开发的旅游村，禁止拍照说不过去。"

时未点点头："你好像说得很有道理。"

司穹："当然。"

进到村里，入目的便是一棵大洋槐树，树干粗大，目测需要三个成年人才可以抱住，树干上用稻草搓成的绳子系着。树的四周用石头围着，砌出了一个高台，应该是村里人为了保护这棵老洋槐树特意为之。

青年领着他们进了一个院子。院子是一个类似于土楼的圆形院子，房屋均为木质结构，只有两层高。

司穹和时未进来的时候，见江河源正充当着采访者的角色，在采访特色村的村长，院子中央有根刷了漆的木头杆子，杆子上挂了一盏大灯泡，给摄影组拍摄照明用。两人对视一眼，自个儿找了地方坐着。

半个小时后，采访结束，村长吩咐刚才领路的青年给时未和司穹安排了屋子，便离去了。没过多久，青年和那些看热闹的村民也都相继离开了。

江河源和摄影组一起将采访内容整理了一下，整理完后，他看了看时间还不算太晚，便出门去找司穹。

江河源刚走到门口正准备敲门，就听到司穹屋里有个女人的声音，她问："疼不疼，疼的话我就放松一点。"

"好还，再使一点劲儿，我的腰应该可以承受。"

江河源也不是故意偷听的，只是这声音，分明就是时未。孤男寡女，共处一室……江河源捂着嘴偷笑，看来前些天他的努力没有白费，这两人总算是守得云开见月明了啊。

他小心翼翼地转身，大气都不敢出，生怕惊扰到了屋里你侬我侬的两个人。

不一会儿，门打开了，时未抱着她的火罐三件套出来，走到门口，想到了什么，又探回去半个身子，说："司穹，明天再来一次，你的腰应该就可以好了。"

江河源憋着气跑回自个儿屋里了才"嘿嘿嘿"地笑了三声，笑完了赶紧满屋子找充电器，今天忙了一天，忘记了给手机充电，手机一早就没电自动关机了。待到给手机充上了电，开了机，他已经迫不及待地要给季同发短信报喜了。

季同看到这条消息已经是第二天的中午了。

因为司念出了一些状况，一上飞机就开始呕吐不止，他没敢多耽搁，通过机务人员一早就联系好了兰溪市的医院，他们到达机场后，就直奔医院而去了。

所以，等到司念的症状好转，安安静静地睡去了之后，季同才抽空打开手机准备给司穹打一个电话，告诉司穹，他已经带着司念到兰溪市了。

只是一拿出手机便看到江河源发来的短信，季同看向病床上睡颜柔和的司念，想了想，给司穹的这个电话最终没有拨出去。

季同的父母在他小时候因为车祸离世，而季同的爸爸和司穹的爸爸是挚友，加上早年间季同的父亲有恩于司穹一家，所以，季家出事之后，司穹的父母便领养了季同，待他如同自己的儿子一般。

可是，世事难料，最后司家父母也因车祸去世，司念和司穹两兄妹虽然幸运地活了下来，可是心理却都遭受到了不同程度的创伤。

司穹与司念，这两个人于季同而言，一个是至亲，一个是至爱。这些年走过来，他所希望的便是至亲至爱之人都可以幸福。如今，他是真的希望时未是可以让司穹幸福的那一个人，何必让他再生烦忧?

他的念念，有他。

江河源等了许久，最后在对季同不回短信的无尽怨气中沉沉睡去，第二天被闹哄哄的声音吵醒。他收拾利落之后，下楼时，碰见时未和司穹。

江河源对着两人不怀好意地笑了笑，朝着两人挤眉弄眼地说:“恭喜恭喜啊。”

“早生贵子”四个字江河源自然没有说，这话说出来就没有意思了，需要当事人自己去领悟。

时未一头雾水地看向司穹。

司穹摇摇头，表示不懂江河源一大早抽什么风。

院子里已经聚了不少人，陈灯和村里的一个女人被围在中间。女人低着头小声哭泣，陈灯倒是一点不怕被这么大一群大老爷们围着，仰着脖子呵斥周围的男人们，吵得面红耳赤的。

陈灯的情绪有些激动，说话有些吐字不清，但是可以听见一些诸如“不厚道”“是犯法的”此类的语句。

节目组的大部队听到动静倒是行动快，摄影组的大老爷们儿不一会儿就围上去了。虽说输人不能输阵，先给自己人把场子撑起再说，但江河源还是上前按住陈灯，将她往外拉，然而那些人并不让他们往外走。

最后还是村长出面，暂时化解了两拨人的矛盾。但是事情总要说清楚，村长把大家叫到了村里的议事大堂。

方一落座，就有一个男人过来拉被陈灯护在身后的妇女。

陈灯挡在前面，和男人推搡着，双方争执不下："有我陈灯在，你今天别想带走她。"

男人气势汹汹，只是碍于村长和大家伙儿都在，也不敢公开对陈灯动手，只是说："你这个小姑娘太不讲道理，我带走自己老婆还需要你同意吗？"

陈灯轻蔑地反问道："骗来的也算？"

"骗"字明显地刺激到了面前身高体粗的男人，他突然使劲儿推了陈灯一把，作势要把那个妇女给拉过来。

陈灯冷不防被这么一推，一下子没有站稳往后接连退了好几步，最后抓住身旁的江河源站稳了，连忙去看自己护着的妇女，还好那个男人并没有得逞，而是被时未挡下了。

男人本来见时未这么一个小姑娘，还想继续来这么一下的。可是她身边的那个男人，眼神冷厉，他看了看，最后倒是站着没动了，只是给自己争辩："什么骗来的，这是我臧元堂堂正正明媒正娶，拜了五谷神的媳妇。"

他指了指村长，又说："这门亲事还是村长亲自主持的，不信你们问村长，村长德高望重总不会骗你们的。"

陈灯也是一个不吃亏的主，刚才被那个男人推了，她本来是想上前推回去的，可是江河源拉着她，她也只能动动嘴皮子，说："我就不！你让我问我就问，那多没有面子，万一村长和你们串通一气的怎么办？还有……"她摆脱江河源，站到那个男人面前，虽然身高没有优势，可是气势上一点也不输，她说，"怎么的啊？想动手啊，来啊，我陈灯怕你就是猪！"

男人退后几步，生怕陈灯碰瓷一样：“我不打女人。”

陈灯大笑，讽刺道：“那正好了，我喜欢打男人！”

“你！”男人指着陈灯说不出话来，最后气得手指都在哆嗦，“你简直就是无理取闹。”

他转而走到村长面前，说：“村长，你得为我做主，我看这帮人来我们村也不是来旅游的，分明就是有什么目的，为了臧家村的未来，还请村长赶他们出去。”

村长摆了摆手示意大家都坐下，臧元说的话，他也想过，自打臧家村改名特色村开始兴办旅游事业，村里基本每天都会有游客过来参观，特别是旅游旺季的时候，村里来的外人比这里的村民还多，但是都没有出过什么大事，像今天这种双方还起了矛盾冲突的事情更是几乎没有。

所以，村长沉默了一会儿，威严地开口问躲在时未身后的妇女：“元子媳妇，你出来，自己说，今天这事到底怎么回事？”

陈灯打断村长，站出来说：“村长，我也可以说。”说完，她看了一眼臧元，又说，“你也看到了，她胆子这么小，谁知道私下里这个男人有没有虐待威胁过她。”

村长略微一沉吟，看了看臧元媳妇，又看了看陈灯，才说：“好，你先说说看吧。”

臧元不满地叫了一声：“村长。”

村长摆手，示意陈灯可以开始说了。

陈灯说：“我就明着问一句，这个大姐是不是被拐了卖到你们村的？”

之所以这样问，是因为昨天陈灯刚到臧家村的时候，偶遇了正在河边洗衣服的臧元媳妇。见臧元媳妇一边哭一边洗，陈灯感到好奇，便上前询问，不承想惊到了正在洗衣服的臧元媳妇，让她打翻了放在旁边的洗衣盆，洗好的衣服全掉进了河里。

好在河水不深，陈灯跳下去才刚没过膝盖，将衣服捞了回来。她过意不去，便陪着臧元媳妇一起洗，后来通过聊天，无意间发现了这个秘密。

陈灯说完，在场感到吃惊的人不少。江河源恍然大悟，怪不得昨天一下午都没有瞧见陈灯的影儿，原来是暗中去调查了。

江河源扯了扯旁边的时未，小声问她：“万一真的是拐卖来的，你说我们救不救啊？”

时未毫不犹豫地点头：“当然救。”

面对陈灯的提问，在场的没有一个人正面回答。

臧元看都不看陈灯，直接对着村长说：“村长，她胡说。”

村长静默不语。

在场的，村长最年长，说话最有分量，不管真相如何，也不管哪方阵营，都等着村长拿主意。

村长最后还是将目光落到了臧元媳妇身上，沉声问她：“臧元媳妇，你说。”

那妇女见大家都看向她，她几乎是本能地往后面缩了缩身子。

时未拍了拍她的手以示安慰：“没事的，你把真相大胆地说出来，我们都会帮你的。”

陈灯也点头应道：“不错，我们都会帮你的。”她看向坐在议事堂正中间的村长说道，“不仅是我们，我相信村长也会为你主持公道的。”

妇女受到了鼓舞，慢慢从时未身后走出来，但是目光触及了臧元，不由得身子一顿，随即便低下了头。她走到议事堂中间，看了看陈灯和时未，唯唯诺诺地吐出一个字：“是。”

村长问：“是什么？”

臧元怒吼：“臭婆娘，你再胡说八道信不信我抽死你。”

陈灯瞪着眼吼回去：“你要是敢抽她，信不信我同样可以弄死你？”

放狠话，谁不会啊。

江河源也来凑热闹：“那个什么元，家暴也是犯法的啊。”

村长看着臧元媳妇，又问了一遍：“臧元媳妇，你老老实实地告诉大家，到底是怎么回事？”

那妇女咬了咬嘴唇，最后说道：“我、我、我是被拐卖来的。”

说完便不再开口了，低垂着脑袋站在一旁。

村长长叹一声，站起来走到臧元媳妇面前，说：“如果你说的是真的，你放心，我一定会给你一个交代的。”末了，他又看向陈灯，问：“你看这事儿先这样行吗？臧元媳妇先和你们回去，臧元我先带走，有些话，我还需要问一问他。”

陈灯想也没有想，指着臧元媳妇说道：“她，我是一定会带走的，至于臧元，我觉得应该把他交给警察，毕竟，他干的这事儿和人贩子没什么区别。”

村里看热闹的村民终于有人站出来说话了：“怎么能交给警察呢？你这要求太过分了，而且你一个外族人有什么资格对我族事务指手画脚的。”

江河源也觉得好笑，忍不住拉着司穹笑道：“哈哈哈，这都什么年代了，还你族我族的，56个民族56朵金花，管它东南西北呢，我们可不都是一家人吗？”

司穹点点头：“江导说得对。”

时未附和：“我也赞成。”

陈灯轻笑，看着臧家村的村民底气十足，笑道：“看到没？如今是法治社会，一切违反法律的事情都要让警察叔叔出面解决的。”

村长有自己的考虑：“你们说的在理，作为一村之长自然不能徇私枉法，可是如今只有那臧元媳妇一面之词，真相到底是怎么样的，也没有弄明白。所以，我建议，在事情弄清楚之前，臧元还不能交给警察。”

村长已经说到这个份儿上，陈灯本来想着继续反驳，可她转头看向江河源，江河源耸耸肩，摊摊手，指了指司穹。

司穹沉吟片刻，站出来说：“村长说的不无道理，事情没弄清楚之前，就把臧元交给警察确实考虑不周。村长深明大义，公正无私，臧元交给你亲自看着我们也放心，至于最后怎么处理，就等事情真相大白再说，那时候孰是孰非，便可以定论了。”

村长："好，就这样。"

一行人出了议事堂，天色已晚。

臧元被村长带走，陈灯带着那个妇女离开，江河源嚷嚷着肚子饿也先走了。

时未跟着司穹走在最后。

时未说："村长倒是挺护着臧元的。"

司穹漫不经心地问："是吗？"

"当然了。"时未说道，"虽然看上去村长公正严明，表面上偏向我们，其实他是担心逼急了陈灯，最后狗急跳墙，将事情闹大了。这件事，我们真的不报警吗？"

时未走在司穹前面两三步，她说话的时候频频回头，竖起的马尾也随着她的动作而转动。

"当然要报警，但不是现在。"司穹忍不住伸手握住了在他面前上蹿下跳的马尾。

时未不敢动了，也不知道是被司穹突如其来的动作吓到了，还是担心扯疼头皮，她僵着脖子，轻声问："司穹，你干吗？"

司穹微微一愣，随即便放开了，那发丝的顺滑和柔软尚在指尖，似乎还有一点清香，他突然伸手轻轻推着时未往前走："时未，和我去一个地方。"

这个地方，叫作灯火塔，是臧家村进行祭祀大典的地方，位于身后的沉寂山的半山腰上，呈扇状，所以，平日里村民也叫它扇台。

通往灯火塔的路只有一条，这条路由青石一块一块砌成，每一块石头上都有一个名字。村里有一个习俗，为了祈求先祖和五谷神庇佑新出生的婴儿，会在青石上刻上婴儿的名字，名字一旦刻上，便通阴阳，不可更改。所以，这一条路又叫阴阳路。

这条路连接的两端恰好是议事堂和灯火塔。司穹早先来议事堂的时候，便注意到了议事堂后面的这一条路。

阴阳路两边每隔一百米设有一个小小的塔，塔顶系着一块红布，塔里放着一尊小神像，这神像便是村民口中的五谷神。

传闻说，五谷神并不是一个固定形态的神明，相反，他千变万化，可以是春天里润物细无声的雨，也可以是夏日里喋喋不休的蝉，抑或是秋天金灿灿的稻谷，还可以是冬天的雪。不管五谷神幻化成什么，他都世世代代庇佑着臧家村的村民，许他们风调雨顺，赐他们平平安安。

拾级而上，神明塔隐在半米高的草丛里，或有蛙鸣，或有点点萤火绿光。

时未后悔上午出门太匆忙，竟然忘记带相机了。

她一步一步走得快，似乎忘记了身后还跟着一个人，蹦蹦跳跳的像个孩子。不一会儿，马尾辫子松松垮垮，全部耷拉下来。等到她察觉的时候，马尾全部散了，扎头发的橡皮筋也不见了。

时未随手将头发顺了顺，就看见司穹突然停下来，弯腰从石阶上捡起什么东西，然后笑着朝她招手，轻声说："过来。"

时未不明所以，慢慢走近，听见他又说："转过去。"

她照做，然后便察觉到有一双手温柔地掬起她的头发。

时未微愣，霎时间连呼吸都变得轻了许多，等到司穹为她扎好头发，她才转身看着他的眼睛问他："你以前经常给女孩子扎头发吗？"

问出这句话，时未突然觉得有些尴尬，却不料司穹轻轻一笑，她只觉得山风拂面，便听见他说："没有，你是第一个。"

两人并肩走上灯火塔，夜幕之下，整个臧家村灯火通明。

司穹就站在灯火塔的风口，山风吹得他的裤腿刺啦作响，明明此情此景如梦如幻，她却看不见司穹眼里的光。

她就站在他的身后，弦月柔和的光辉将他的身影勾勒得十分孤寂。其实，一直以来他都是孤寂的。

便利店的初遇，地铁站的再识，再到这一路的相伴，她看他笑，看他落寞，看他温柔，也看他自我禁锢。

时未曾经想过，像司穹这样的人，曾经的天之骄子，到底遭遇了什么才会变成今天这副落寞模样。他的朋友，他的亲人，他的过去种种，她所知甚少，想尝试走近他，却一无所获。

换做以前，她会直截了当地问他，毫无顾忌，因为她想知道；如今，她想问，面对他却怎么也问不出口。

因为顾虑太多，她担心自己所求之事是他所忌之事，她害怕自己的一时冲动会对他造成二次伤害。所以，尽管她蠢蠢欲动，早已经按捺不住，可是她却一忍再忍，思虑再三。

曾经她不懂这是什么，直到有一天看见林正义师兄在朋友圈发的一句话：爱上一个人，就是突然有了软肋，也有了铠甲。

那一刻，这句话就像一根刺，在她心上刺了一下，既疼又麻。

山风不知道什么时候停了下来，再也听不见裤管被吹得刺啦作响的声音，只有万物的呼吸声，和她的心声。

——走过去吧。

——上前吧。

——靠近他吧。

一句一句，像是古老而神秘的咒语在蛊惑人心。

她朝着他的背影慢慢靠近，直到双手环上他的腰，亦没有清醒。

她将脸慢慢地轻轻地贴上他的背，眼睛缓缓闭上，对他说：

“司穹，我们每一个人生而自由，而你却用枷锁将自己束缚起来了这么久。

“司穹，走出过去好不好？这个世界值得期待的事情还有很多。

“司穹，没有味觉也没有关系，我可以帮你啊，三个月后我依然愿意继续做你的舌头，所有的酸甜苦辣，我先替你品尝好不好？”

过了许久，司穹的声音才沉沉响起，像远处幽深山谷的低吟。

他说：“我不配。”

灯火塔的事，两人都很默契地没有再次提及。

一连几天，陈灯见时未情绪不佳，问她是不是有什么心事，时未随便找了一个理由糊弄过去。

因为臧元和他媳妇的事，陈灯从那天晚上开始就跟着村长跑来跑去的。但是此事似乎有搁浅的迹象，一直没有进展，陈灯也为此焦躁不安，所以时未怎么说她也没有深究，随便安慰了几句，便又去找江河源商量对策了。

说来也奇怪，自打离开小冰的三点水民宿之后，陈灯和江河源亲近了许多，以前倒是客套，现在经常可以听见两人互侃绰号了。

时未此刻正坐在一楼的院子里，替借宿的主人家择豆芽，等到陈灯走开了，微微一叹气，又是一副心事重重的样子。

从早上七点钟起床后，时未就一直坐在院子里帮忙，这会儿都快十点了，这么一坐，就坐了几个小时，她揉了揉腰站起来，一抬头，却望见站在二楼的司穹。

今天天气很好，一大早阳光普照，他穿了一件白色的T恤，还有一条简单的黑色长裤，头发好像修剪过了。记得那天在灯火塔上，他额前的头发已经有些长了，这会儿这般看着，不仅短了不少，而且整个人看上去更加耀眼了。

目光相触，时未和司穹都没有躲开，司穹甚至还朝她招手微笑。

时未也跟着笑，笑完了低头继续择豆芽，只是耳根有些红了，心里也在感慨：时未啊时未，可得收点心了吧。

以前上大学的时候，时未住在学校寝室，每天晚上回去，总会看到在女生宿舍楼面前缠绵的小情侣，男男女女抱成一团，要么啃来啃去，要么就是撒娇卖萌。

那时候听得最多的就是女生撒娇作势要打男生，说：“人家拿小拳拳捶你胸口，嘤嘤嘤……”

时未起先还挺鄙视的，每每从他们身边经过，这句话便像咒语一般钻进她的耳朵，逼得她抖掉浑身的鸡皮疙瘩。

可是如今，她竟然也破天荒地想用自己的小拳拳捶打司穹的胸口……

时未摇摇头，觉得愧对大学学习过的哲学，她大概需要找个黄道吉日，向林正义师兄请教一下，怎么才能不让自己在爱情中彻底沦陷。

事情发生反转，是在两天后，臧元媳妇吃早饭的时候突然晕倒，送到医院，被诊断出是有了身孕，已经快三个月了。

面对这突然发生的状况，陈灯有些在状况外，似乎一时间还没有从这个消息中缓过神来，只是自言自语地说：“这孩子来得不是时候啊。”

江河源距离陈灯最近，听到了便连忙捂着她的嘴将人拉出病房：“陈灯，胡说什么呢！”

江河源这么一吼，陈灯也缓过神来，意识到自己失态，病房她也不想回了，打算先行离开，却不料，刚走出医院大门口，便接到村长的电话。

村长将大家再一次齐聚在了议事堂。

村长已经搞清楚了事情的来龙去脉，当初臧元媳妇是被人贩子拐卖到了山里没错，但是那是她小时候的事情了，她四岁的时候被人卖到了山里。前几天，她跟臧元吵架，被陈灯撞上，一气之下就随众人去责骂臧元了。所以当陈灯问她是不是被拐卖的时候，她也只说了一半的实话。

而此刻臧元媳妇怀了孩子，也不想再置气了。

所以村长在第一时间得知了这个消息便将大家又叫到了议事堂，说：“本来我已经决定将臧元送到派出所了，谁知竟是这么个原委……”

陈灯闻言，压根儿不相信村长的说法，她气得跺脚：“我早就看出来，什么一村之长，你和臧元就是一伙的，你压根儿就没想过送他去派出所吧，现在她怀孕了，正合你意了，编了个瞎话出来。”

陈灯背过身，不愿再说话，心里憋了一口气，浑身都不爽。

时未上前替陈灯顺气，一边安慰她，一边又对村长说："既然我们大家都不能判定事情的真相到底如何，那就不妨将他交给警察，法律面前人人平等，我想如果臧元如他所说是清白的，那么法律也不会冤枉了他。至于那位大姐，可以找月嫂去照顾，钱的问题，我们会想办法的。"

闻言，村长抬眼看了看时未，思考了一会儿，才叹了一口气，说："说到底，这件事情上我们都是外人，事到如今，不妨听一听臧元媳妇怎么说？"说着，便朝着身边的人说，"去把臧元媳妇接过来。"

从臧家村到村外面的医院也不远，来回不过半小时，臧元看见自己媳妇，眼睛直往她肚子上瞧，连忙问："媳妇，你怀的是男孩还是女孩？"

臧元媳妇有些害羞，摸着肚子小声说："不知道，医生没说。"

时未一直都知道，有些农村重男轻女思想很严重，臧元这一问，又暴露了一个隐患，万一以后生下的是女孩，岂不是日子又不好过了？

这边时未不免担心，那边臧元已经迫不及待了，说："一定是男孩儿，你看你的肚子尖尖的就是生男孩的样子，我臧元家总算有后了。"

陈灯早已经不想多费口舌，只是对着臧元翻白眼。

江河源趁机取笑她："陈灯，眼珠子快翻出来了。"

陈灯不看江河源，只是盯着那边的臧元，恶狠狠地说："正好，翻出来吓死他们。"

江河源嫌弃似的往司穹那边靠，说："陈灯，你太重口味了。"

司穹在江河源靠过来的瞬间移了移身体。

村长让人拿了椅子给臧元媳妇坐，臧元抢先一步将椅子抢了过来给媳妇送过去，又扶着她坐下，好不殷勤。

村长问："臧元媳妇，今天叫你来是想问一问你，真实情况到底是什么样的。"说完，看了看时未一行人，又慢慢地开口说，"是这样的，陈小姐他们希望将臧元送到派出所接受调查，让警察还你一个公道。"

“本来我也认同这个提议，毕竟这件事情受伤害的是你，作为臧家村的村长，我理应秉公处理。但是，如今你又说出了和当初不一样的事情，更何况你还怀了孩子……”

陈灯终于发话了，是对着村长和臧元媳妇说的：“你怀孕期间，我们会找人照顾你，所以，今天就等你一句话，臧元到底怎么处置？”

那妇人摸着肚子，眼角挂着泪，沉默了三四分钟，最后才对着陈灯说：“对不起。”

陈灯冷笑，似乎早就已经料到了结局：“对不起的意思是你原谅臧元了？”

“不是。”她摇摇头，说道，“是我错了，我不该一生气就这样说他，还误导你们。我确实是被人拐卖了，但那是我四岁时候的事情。后来在山里长大，遇上臧元才让我过上了好日子。”

“可笑！”陈灯情绪激动，“那你之前对我的那些哭诉又算什么，我现在坏人也做了，你倒好，直接一句对不起就完了？”

顿了一会儿，陈灯又道：“是不是他们逼你这么说的？”

面对陈灯的质问，臧元媳妇哭着说：“陈小姐，我知道我错了，谢谢你，谢谢你们这些好心人为我出头，但是真的，我只是想气气他，我刚刚说的就是真相。”

“呵呵。”陈灯仍旧一脸的不相信，沉声说道，“本来以为我可以救你出去的，却不想最后是你自己选择留在这个泥潭里。”

陈灯不再多说，留下一句“村长，你看着办吧”便走了。

村长也是十分尴尬。

江河源也叹气，摇摇头走了。

时未和司穹也没有再多留。

出了议事堂，外面的天空飘起了雨，雨不大，却下得密密麻麻，时未穿的是连帽衫，将帽子扣在头上，她已经做好了冲进雨里的准备，却不想突然被人从身后拉了回去。

是司穹。

他将她拉回到了身边，轻声说：“一起打伞走。”

时末见他这么温柔，早先的别扭全抛到九霄云外去了。她从头到尾将司穹打量了一番，一脸好奇地问：“伞呢？”

司穹神秘一笑，将手中的手杖轻轻在地上一点，然后慢慢举起在半空中一抖，像是变魔术一般，手杖瞬间打开，变成了一把伞。

时末惊呆了，直到司穹将她拉进伞里，她才缓过神来，然后问他：“司穹，你还记得我们在地铁站相遇那一次吗？”

“记得。”

“那天也下了雨，比今天这个雨还大。”

“嗯，那时候我没有带伞，被困在地铁站的出站口。”

“所以，你是故意的？”

闻言，司穹一顿，默默地看着时末。

下雨天的山谷空气潮湿得很，两人就这般站在伞下，站在雨里，时末的头发已经被淋湿了，忽然一缕头发掉落，耷拉在脸上。

“时末，那天我以为你会认出我的，可是你没有。”司穹伸手，轻轻地将这缕头发拾起，然后小心翼翼地别到她的耳后。手离开的时候，擦过她的耳郭，她看着他，眼中尽是说不清道不明的情绪。

时末眨眨眼，顺着司穹的话想：“你为了让我记起来，所以才假装没有伞？”

司穹笑了，这么理解也没错，有些原因，不说出来更好，只挑她能想明白的说就好。

他说：“是，但是我们共撑一把伞，从地铁站到电视台门口，你依旧没有认出我。”

他看她，语气似有一些责备和不满：“老实说，当时我挺生气的。”

时未不好意思地挠挠头：“也是，你还认得我，我已经不认识你了，换我我也伤心。”

她看他，眼睛亮晶晶的：“其实这事儿我也一直挺愧疚的，要不我请你吃饭，就当作是补偿？”

司穹挑眉，说：“你知道的，我没有味觉。”

一听，时未也苦恼了。对啊，司穹没有味觉，不管她做得怎么样他也是尝不出来的。

时未又说：“那你想要我怎么样？”

司穹轻笑，扶着时未的肩边走边说：“你这话说得好像我强迫你似的，你问我想要怎样，我还能将你怎样？”

他感慨，说：“如今，怕是我也不能把你怎样了。”

他又停下来看她，笑着说道：“不过，吃饭这个可以保留，等到以后我味觉恢复了，你亲手做吧。”

时未答应得爽快：“好啊，我亲手做，到时候还可以把师兄和同哥也叫上。”

司穹似乎不愿意，看着她说：“叫上他们干吗？你做的我一个就可以吃完。”

时未狡黠地笑，道：“当然要叫上，师兄力气大，让他们两个负责买菜。”

司穹微微一挑眉：“这个想法不错，那我干吗？”

“你啊？”时未看着他，打趣道，“当然是做太上皇，等着享受我们的劳动成果呗。”

两人你一言我一语，如意算盘打得贼好。

林正义在档案室连打了三个喷嚏，面前的文献，都被他吹走了三次。

李忍教授忍无可忍，说：“感冒了就去医院打针，别在我面前装可怜，如今是紧张时期，我是不会批准病假的。”

8·11项目因为司穹，资金充足，所以整个项目进行得非常顺利，世研所本来人就少，大家如今忙里忙外的，可担不起谁生病，再请个病假了。

林正义揉了揉鼻头，哀怨地说道："师父，我这不是感冒，是有人在想我。"

李忍："……"

"说不定就是小师妹在想我了。"林正义如是想，又低头数手指头，"我这掰着指头算了一算，小师妹离开已经一个多月了吧。"

时未离开的时候，门外的花开得艳丽，这会儿，花期都过了许久了。

李忍扶了扶鼻子上的眼镜，将整理好的文献装进标码的文件袋里一一封存，又拿了笔在文件袋上的空白处写了点什么，才说："嗯，找个时间给小未说一说8·11项目的进展，让她在外面也安个心，另外，上次她舅妈过来的事情就不要告诉她了。"

李忍这一生与人为善，打过交道的人也多，什么样的人没见过，所以，一见到时未的舅妈，还未等她开口，李忍就已经把她来世研所的目的猜到八九不离十了。

虽然她说出来的话不好听，李忍终究没有和她翻脸，毕竟此人是自己小徒弟的舅妈，一日为师终身为父，他能帮助时未解决的，也就帮助着做了。

只是，耳听为虚，眼见为实，平时的时未太乖巧，也太独立了，以至于他这个做师父的到如今才知道他这个小徒弟到底是在怎样的环境中成长起来的。

林正义见师父若有所思，大致也猜到李忍担心的事，他认真地道："知道了，师父，我懂，对小师妹，咱们这就是报喜不报忧呗。"

李忍站起来，顺手拿文献敲林正义的头："懂什么懂，快点干活，今天不把这些整理出来，甭想回家。"

"知道了，师父。"林正义抱着头嘟囔，"别打人家头啊，打笨了找不到媳妇怎么办。"

"你啊，什么时候找到了，师父就不打了。"说完，李忍便朝门口走去，走了几步，面前近在咫尺的门却开始旋转晃悠，甚至出现重影。李忍扶着书柜站着，闭眼揉了揉两边的太阳穴，才微微好转，谁知道，刚往门口迈出一步，眼前一黑，还是倒了下去。

林正义只听见“咚”的一声，循声看去，李忍已经晕倒在地。

“师父！”

时未和司穹并排而走，难免身体会有接触。

时未觉得有些不自在，却又不敢老是偷看他，只能佯装淡定地找话题：“我们是不是要准备前往下一个地方了？”

“嗯。”他继续往前走，又淡淡地道，“不过这雨，怕是一时半会儿停不下来了。”

两人不过是从议事堂走回来，雨势却大了，雨滴“噼里啪啦”地打在伞上，又顺着伞一大股一人股地流到地上，溅起来的雨水把司穹的裤管打湿了一大截。她自然也没能幸免，牛仔裤膝盖以下都湿了。

唯一值得庆幸的是，今天她选了一双好鞋子，虽然湿了，但是走起路来没有令人尴尬的响声。

时未突然笑了，那时候在地铁站她以为是初识，却不想两人早就有了渊源。后来这一路的朝夕相伴，不管是雾津市的生病照顾，还是在南山上的相持而走，抑或是前往拉尔市途中，在郊外那意外的一次拥抱……

如此种种，她与他的回忆在不断地增加，而她对他的了解也在渐渐加深。

那天在灯火塔上，她原本有很多想说的话，却因为种种原因，她没有开口，如今，气氛刚刚好，她想对他说出来。

她突然伸手扯住了司穹的衣角，迫使他同她一起停了下来。

司穹侧过身来看她，目光落在她润湿的眼睫毛上，轻声问：“怎么了？”

时未起先低着头，他可以看见她如白玉般的后颈，和下颌到锁骨那一根流畅的线条。这会儿，他同她说话，她便微微向上扬起了头，整个五官在他面前异常清晰。

她无比认真地说：“司穹，我有话想对你说。”

司穹愣了愣，随即又是一笑，手轻抚她的头，温声说：“什么话你说就是，但是时末，你要想清楚，有些问题，我不一定会给你你想要的答案。”

垂在身体两侧的手紧了紧，她的目光紧紧地锁在他的脸上。他知道的，他果然什么都知道，就连她接下来要说的话，他也知道，他这般说，不过是想告诫她，让她知难而退，可是……

时末突然往后退出去了好几步，司穹下意识地伸手去抓，却只是指尖触及了她的衣角。

“时末，回来，外面在下雨。”

雨并不小，就这一会儿的工夫，她的头发已经湿透。

她就这么站得笔直：“司穹，你刚刚不是说什么话我说就是吗？”她透过雨帘看他，“现在，我想说表白的话。”

她目光如炬，声音透过雨帘传来，清越而令人震撼，她说：“以前，师兄总说我眼光太高，才迟迟找不到所爱之人，可是，我选择爱人的标准并不多，只有三个。”

说完这句话，她往前迈了一步，目光似有烈火，势要燃尽他心底所有的荒芜。

她说：“第一个，司穹。”

又往前走近一步，她说：“第二个，司穹。”

她的步子迈得不多也不少，这最后一步走完，她与他恰好一步之遥。

她在他面前站定，他站在伞下，她立于雨中，雨水模糊了她的眼，也模糊了他的脸，她看不清他此刻是什么表情，只是在这伸手可触的距离里，说出了最后一个标准：“第三个，司穹。”

三个标准，都是一个答案——司穹。

时末看着他，目光坚定，不曾移动分毫，此刻她是狼狈不堪的，没什么形象可言，但是她一点都不在乎，她继续对他说：“司穹，现在你我之间只有一步的距离，你愿意向我迈出这最后的一步，让我重新回到伞下吗？”

回到伞下，从此入住他的心上。

可是，他迟迟未动。

过了好一会儿，他才将伞举起，遮在她的头顶，动作温柔得让人不适。

他牵起她的手，将伞握住，从头到尾，他都没有向她迈进一分一毫。

“司穹……”她听见自己的声音有些抖，不知道是害怕，还是因为太冷。

“时末。”他也温柔地叫她，却在将伞交到她手里的那一刻，自己往后退了出去，角色逆转，她在伞下，他在雨中。

他说：“时末，这个问题，我给不了你你想要的答案。伞好好打着，别再淋湿了。回去了煮点姜糖水喝，感冒了不好受。我先走了。”

时末在他转身离去的那一瞬间伸出手，试图抓住他，最后却什么也没有留住。

就算他选择离开，他也温柔得让她不忍。

大雨接连下了三日，今日凌晨的时候，一声巨响将村里所有的人都震醒了过来。

早上八点刚过，村长就在广播里说因为大雨造成了山体滑坡，凌晨的那一声巨响正是山上的巨石落下，砸在了进村的公路上。

江河源已经感冒几天了，现在依旧缩在床上没有起，听到村长的广播之后，他便在节目组的微信群里喊话：

——今天又走不了了，大家回屋继续睡觉吧。

底下一群人附和：

——江导英明。

发布完消息，看到大家积极响应，江河源才又心满意足地睡去。放在床头柜上的手机闪了闪，有电话进来，可是江河源将手机调成了静音模式，这接电话也是要靠缘分的。

季同连续打了三个电话，都是无人接听，他又回到车里坐着，给江河源发短信：说好来接我的，人呢？打电话也不接，你这是在考验我们的友谊吗？

发完了，季同往后靠着，眼前没什么风景可看，就是一块巨大的石头，刚好挡在路中间，他进不去，里面的人也出不来。

中途季同等不到江河源回短信，又给他打了一个电话，结果依旧是无人接听，季同一怒之下把江河源拉进了黑名单。

无可奈何之下，季同只能向司穹求救。

司穹几乎是电话铃声一响就接了电话，季同感动坏了，忙说："司穹，我想死你了。"

司穹："……"

一大早收到来自季同的表白感觉并没有多好，而且最近他处于敏感期，不管做什么，听到什么，总能想到那天雨中，时未与他说的每一句话。

季同本来是想要给司穹一个惊喜的，所以他要过来的消息一直没有给司穹透露零星半点。本来以为江河源经过了这些年的大风大浪，怎么也该成长为一个牢靠的主儿，谁知道他竟然又是半路掉链子。昨天晚上还说得好好的，现在才过了几个小时，江河源就将他忘到了脑后。所以季同毅然决然将江河源拉入了黑名单，不给他点教训，他是不会长记性的。

季同充分表达了自己对司穹的思念之情之后，才开口切入正题："司穹啊，你能不能出来接我一下啊？"

司穹："你回来了？"

"嗯。"季同说，"我已经从英国回来十几天了，没告诉你是因为司念和我一起来的。"

司穹的呼吸顿了顿，过了半晌才问："念念她……她也来了？"

"你不要误会。"季同怪自己话没有说清楚，明知道司穹对于这个妹妹很是敏感，便解释道，"因为Jones医生的好友正好在兰溪市，恰好我也要回来，所以Jones医生建议带着念念一起过来看看，顺便拜访一下那位好友。"

季同最后说："所以念念现在和Jones医生在一起，我是一个人来的。"

司穹那边挺安静的，季同等着司穹说话，过了一会儿，那边又传来窸窸窣窣的声响，然后是开门声和雨声，便听到司穹问他："你在哪儿？"

季同松了一口气，打开了雨刷，才说："村外的岔路口，被巨石给拦住了。"

这个地方司穹是知道的，而且今天一早，村长用广播通知的消息里说的也是这里。他转身下楼，一边去找时未，一边对季同说：“你等我一下。”

因为下雨，院子里没人，大家都坐在房檐下，说说笑笑，见他下来，招待他们的房主倒是客气地打了一声招呼，其他人就跟看不见他似的。

其实这些天，司穹也已经习惯了，自从臧元媳妇那件事之后，村里的人好像对他们都是爱搭不理的。

司穹绕着圆形的房檐走了一圈，并未看见时未的身影。

大约一个小时前，他在屋子里好像听到时未和陈灯在走廊外说话，说是要下来洗衣服。司穹找寻无果，便又转身上二楼，在楼梯转角处，撞见了从上面下来的陈灯，她端了一个盆，盆里塞满了衣服。

陈灯叫住他：“司先生，你有衣服需要洗吗？我正好要去洗衣服，可以帮你一块洗了。”

司穹婉言拒绝，问她：“你看见时未了吗？”

陈灯神色黯然，她刚刚从江河源屋子里出来，本来是去收衣服的，却不想扰了江大导演的美梦，他起床气太大，差点就要翻起来和她过招了，还好他如今是心有余，而力不足，谁叫他是一个病号呢？

陈灯噘嘴，小声嘟囔：“时未时未，你怎么不问问我呢？”

其实，陈灯这几天也过得不好，因为臧元那件事，她受的影响最大，一出门，就能感受到来自臧家村村民四面八方的敌意。她想，如果不是有人告诫过这些村民，恐怕，这些村民早就拿着锄头扫帚赶她出去了，而那个人，陈灯不用想也知道是谁。

“你刚才说什么？”陈灯的小声嘟囔，司穹并未听清楚。

陈灯摇摇头，说道：“没什么。你要找时未姐啊，时未姐生病了，在屋里睡觉。”

“生病了？”司穹微微皱眉，就连他自己也没有发觉，他问陈灯，“什么时候的事？吃药了吗？看过医生了吗？”

问完还是不放心，司穹想要往时末的屋子去，刚走了半步就被陈灯给拉住了：“司先生，你不能去。”

司穹冷冷地转头，声音淡漠：“放开。”

陈灯放开他，却依旧拦着他，她也不是傻子，这些天不管是吃饭还是日常活动，时末和司穹的互动明显没有以前多了。而且时末经常躲着司穹，要说两人间什么也没有发生，她是不会相信的。

陈灯虽然喜欢司穹，但是她特别看不惯两人这个样子，一方面，她觉得既然司穹对时末是特别的，那时末就应该珍惜才对，这可都是她盼星星盼月亮也盼不来的关照；另一方面，爱都是自私的，陈灯每时每刻都想将司穹占为己有，可是他对她的冷漠，她一清二楚，想要走近他，她这辈子恐怕都做不到，所以如今，她倒是希望他开心一些，她就站在他身后，默默注视着也很好。

可是如今呢？两人竟然一声不响就摆出这副决绝的姿态，最开始她觉得是时末不识好歹，后来司穹也是一副你在我就要走的模样，她才明白，原来这个罪魁祸首是司穹。

所以，如今该客气的继续客气，不该客气的陈灯也没打算留情面了。

她挡在司穹面前，说：“司先生，时末姐没生病，你看不出来吗？她只是装病而已！”

“装病？为什么要……”剩下的话卡在喉咙口，并未说完，他却已经明白了。

陈灯点头：“对，就是你想的那样，时末姐装病就是故意躲你，因为她不想见到你。”

陈灯见司穹脸色不好，她硬着头皮继续说：“虽然我不知道你们之间发生了什么，可是时末姐在躲你，你也在躲她，这我还是看得出来的。如今她不想见你，作为一个过来人，我劝你还是不要去见她的好。”

说到这里陈灯难免心中有苦了，想当初她也是厚着脸皮往司穹身边靠的，他从来都是对她拒之千里，所以，刚才那话也不是瞎说，被司穹虐的这些日子，还算是有点经验的。

陈灯看司穹似乎需要独处，便让开路，说道："司先生要是没什么事我就先走了。"

走了三五步，司穹就从后面叫住她了，问她："陈灯，你会开车吗？"

陈灯有些不明所以，抱着洗衣盆点了点头："会啊。"

司穹朝着她走过来，在她面前站定，说："麻烦你陪我去接一个人。"

两人开车上路的时候，雨势稍微小了一点，从村里出来，有大段的路正在翻修，弄掉了以前的水泥，现在下了雨，全部泡成了泥水，陈灯开车从上面经过的时候，泥浆溅起老高，结果刚一走出去，"扑哧扑哧"两声，车就熄火了。

现在车半路出了故障，陈灯也不指望一个连车都不会开的人来帮忙修车，她打了一把伞下车开了引擎盖查看，好在也不是什么大问题，她可以解决。

她又打着伞跑到后备厢，将工具箱拿了下来，然后敲车的后窗，司穹慢慢摇下车窗，问她："车还能走吗？"

"能走。"陈灯扬了扬手里的工具箱，说，"小问题，我可以修好，不过需要你下来帮我撑一会儿伞。"

司穹点头，取了自己的手杖下来，陈灯这是第一次见司穹将手杖变成伞，情不自禁地"哇"了一声。

司穹礼貌地笑笑，过去给陈灯撑伞，陈灯取出工具，弯腰开始修车。

前后不过五六分钟，雨又下大了许多，司穹的裤腿被溅起来的雨水打湿了不少。

陈灯弯腰修车，问题比她想象的要棘手一些，本来以为十多分钟就可以搞定，这一捣鼓，半个小时都快过去了。

中途季同又打了电话来，司穹向他说了一些这边的状况便挂了电话，然后问她："陈灯，你还行吗？"

虽然手上戴着手套，可是也不知道是什么时候蹭上的，陈灯鼻子上有一团油污，她却浑然不知，听到司穹问她，她从引擎盖下探出头，笑着说："还行，就是发动机那里需要接一下线，但是那里地方太窄了，不好弄。"

司穹走近了，弯腰下去看，随口问她：“第一次修车？”

“啊，对啊。”她虽然会一点修车的技能，但是以前车子遇到故障完全不用她出手，自然有人解决。不过，更多时候是直接叫人将车拖到店里去修。

司穹示意她站过来，然后将伞给她打着，他接过她手里的扳手，探头下去看了看：“是挺不好接上的。”然后将扳手放下，卷起自己的衬衣，直接伸手下去接线。

陈灯惊呼一声，连忙把手套递给他：“司先生，手套。”

司穹专心地接线，没有抬头，只是淡淡地说：“不用了。”

都说认真工作的男人很帅，也很容易吸引女孩子的目光。陈灯这会儿撑着伞，就站在司穹旁边，两人的距离很近，她将他的侧颜看得清清楚楚，从额头、眼窝、鼻梁、唇峰、下巴，一直到最后性感的喉结处。

她听见自己的心跳，“咚咚咚”，震得她胸腔都疼了。

不知怎的，记忆突然就回到了十年前，那时候她还小，跟着西塘佟家的人去英国参加一个活动，就是在那个活动上，她邂逅了令她魂牵梦萦了十年之久的少年。

如今，她确信，她面前的这个男人，就是当初那个消失不见的少年。

她情不自禁又小心翼翼，伸手抚上司穹宽厚的背，唤他以前的名字：“Alston。”

陈灯能明显感觉到面前的男人的身体在她唤出那个名字的瞬间僵了一下。她继续说：“司先生，我知道你就是Alston，十年前的那个天才名厨。虽然不知道你为什么变成了现在的司先生，但是你知道的，当初我之所以参加《寻找超感达人》的比赛，完全是因为你，我知道你要寻找一个助理，所以我费尽心思从西塘跑出来，报了名。”

“虽然后来……”陈灯没有继续说下去，因为后来即使获得冠军的人是她，司穹最后还是选择了时未。

她跳开这里，又说道：“我都打听过了，这些年你一直都在英国替你妹妹治病，其实我也认识很多医生的，我也可以帮你的。等治好了你妹妹，你可以重新做回Alston，而不是司穹，那才是你啊，你知道吗，不管你离开了多久，在美食界，都有你的地位。”

陈灯还在畅想着未来：“我身后有西塘，你想要重新复出，只要和我联手，西塘佟家一定会帮助你。”

“陈灯。”司穹沉默了许久，突然出声叫她。

直接用手接线，确实比戴上手套来得快，这才不到五分钟，司穹就将线全部接好了。他站直了身体和她说话，他说：“我不喜欢别人干涉我的私事，陈灯，你刚才说的每一句话都在触及我的底线，仅此一次，下不为例，别在我面前提十年前的事。”

陈灯站到他面前，仰头看他：“你没有否认？你终于肯承认你就是Alston了吗？”

“不需要否认，也不需要承认什么。”他冷漠地说，“你口中的Alston，早在十年前就消失了，你为什么非要执着于此？我是或者不是对你就这么重要吗？”

几乎是想也没有想，陈灯就脱口而出，朝着司穹大声说道：“因为我喜欢你啊。”

司穹的眼睛很黑，每当他用这双眼睛看她的时候，她总会想要退缩。

他开口，将她所说的话全盘否定：“你喜欢的，不过是十年前的Alston而已。”

“不是的，我只是……”陈灯试图狡辩，却又不知道从何说起，默默地盯着他袖口处的油渍。

司穹收敛了所有的情绪，淡淡地对她说：“陈灯，适可而止吧，我们的关系仅限于这次节目录制，再过半个月，我们不会再有任何交集。”

雨势再次变大，司穹先一步走开，跟她擦肩而过，没有回头，透出的那股子冷漠让陈灯害怕。

他背对着她上车，语气就如这雨一样冰冷：“走吧，季同已经等得够久了。”

一路上再无话，十分钟之后他们到达了巨石落在的公路岔口。

这雨时而大时而小，车子缓缓停在巨石外五六米处，司穹从车里下来，给季同打电话。

不一会儿，季同从巨石后面走出来，西装外套被他脱掉了拿在手里，身上只穿了一件深色衬衫，衬衫解了两颗纽扣，用他的话说是解开了好透风。

他走过来，二话没说就给了司穹一个熊抱，说："司穹，还是你对我最好。"

司穹让他抱了一会儿便将人给推开了："走吧，上车说。"

季同上到车里，才发现原来开车的是陈灯而不是时未，他狐疑地盯着司穹看了一眼，一边怀疑是不是江河源给他的情报有误，一边跟陈灯打招呼。

"陈灯，好久不见。"

陈灯勉强地扯着笑脸回了一句"好久不见"便不再说话。

季同提议，陈灯开车过来辛苦了，回去自然由他来开车。

陈灯只说"好"，然后直接从驾驶座坐到了副驾驶座上。季同是个聪明人，知道一定是陈灯和司穹在来接他的路上发生了点什么，不然，这诡异的气氛总不能是因为他吧。

季同识趣地静静地开着车，十五分钟后，到达了村口的那棵大洋槐树下。

雨已经越下越小了，这会儿淅淅沥沥地下着，给臧家村增加了朦胧感，也平添了一分静谧。

司穹打开车门下车，季同解开安全带，绕到另一边，十分绅士地为陈灯开了车门。

陈灯这一路还没有缓过来，看着司穹的背影，突然赌气似的叫住他："司先生，那时未呢？"

陈灯的话没有说完，她想问的是半个月后，你和时未还有关系吗？

季同看着陈灯微红的眼眶，突然明白了一路上微妙气氛的源头。他的目光很快转到司穹的身上，就想看看这家伙在他不在的日子里到底搞了些什么事儿。

司穹撑着黑伞站在三米外的地方，伞上面是被雨水打落下来的洋槐花，白的花，落在黑的伞上，美得像极了一幅水墨画。

陈灯渐渐地被这样的场景吸引，然而下一秒，美景幻灭，那一点仅存的幻想又被司穹以一种毫不留情的姿态打破。

他清冷的声音透过雨幕传来，淡淡的却又不容置疑，他说："她不一样。"

时未和她，不一样。

陈灯的心突然沉沉落下，脸色灰白，目光突然扫向洋槐树后面，那是蓝色的雨衣一角，不仔细看，只会以为是谁扔下的塑料袋。

季同也看见了，蓝色的雨衣和躲在树后的人。

司穹已经走了，季同锁好车，路过陈灯的时候对她说："你也别太伤心了，他这人就这样。"然后跟上去，和司穹一起走了。

陈灯瞟了一眼洋槐树后面的人，想了想，还是走了过去。

时未出现在这里完全是偶然。

她上午的时候躺在屋子里，奈何自己听力太好了，将陈灯和司穹在楼梯口的谈话听得一清二楚，等到两人走后，她怎么也睡不着了，想着去村口大洋槐树那儿溜达溜达，没想到就遇上了这一出。

她来这儿已经好一会儿，刚才她也不是故意躲在树后面的，只是听到陈灯的那一声质问，那个时候，她无处可躲，只好贴近了大洋槐树，总不能跑出来让所有人都尴尬吧。

陈灯站在她面前，居高临下地看她："你都听见了吧。"

时未抖了抖自己雨衣上的水，站了起来，和陈灯平视："嗯，听见了。"而且听得一清二楚。

陈灯苦笑，说："有时候我挺羡慕你的，你知道吗？

"你看看，这一路走来，从雾津市到拉尔市，司穹对你多在意，可能你还不知道吧，我之所以能作为助手参加《美食与他》的节目录制，可都是因为你。

"最开始，我参加节目的资格就被司穹剥夺了，后来我亲自去求他，起初，他也是不答应的，后来我说你一个人多有不便，多一个女孩子方便一些，然后他竟然就松口答应了。

“还有，在雾津市你感冒那一次，为了你我可是被司穹骂了一顿的，所以，你还觉得司穹不在意你，不喜欢你吗？”

陈灯说的这些，时未不知道，也从没有听司穹提及，可是……

过了许久，时未也是一脸苦笑，用安慰的口吻说道：“陈灯，你也别太难过，我和你差不多。”

她说：“我表白也被他拒绝了。”

Chapter 07 ○ 勇敢追爱的他

时未走得快，起先陈灯跟在后面速度慢慢落下了，后来也不知道怎么了，突然追了上来，和她一道回来。

两人一前一后进了院子，陈灯上楼回屋去了，只说吃饭的时候再叫她，时未则去了偏屋。

她刚走到门口，便碰见司穹从里面出来，他已经换好了衣服，手里提了一壶刚烧开的热水。

躲了好几天，现在猝不及防就这么碰上了，时未没敢抬头看他，只是侧了侧身子，让司穹先一步出来。

司穹走到外面，并没有立刻离开，而是走到她面前，跟她打了个招呼。

时未淡淡地应了一声，实在找不到话说，便说："要是没事我就先进去了。"

"等一下。"

时未的手腕被司穹拉住，不敢回头去看他，却可以清楚地感觉到从他手上传递过来的温热。

司穹叹了一口气，拉着她转过身去，柔声问："因为我拒绝了，所以你现在连我的脸都不想看了吗？"

时未摇头，小声说："不是。"

她只是一时间还没有准备好，她也不是这般别扭的人，只因为她自己尚未调整好情绪，这般突然撞见，她觉得有些尴尬，又觉得有点无话可说。

“那你抬头看着我说。”司穹这般对她说，然后就这般在她面前站着，不说话，静静地看她。

时未知道司穹这是要和她耗着，她咬了咬唇，抬头看他，不禁说道：“想不到你也挺无赖的。”

这分明就是逼着她啊。

司穹轻笑，只说：“我是怕剩下的一个半月你都这般低头说话，到时候颈椎落下毛病。”

司穹不常说玩笑话，现在这般说也多半是为了化解气氛中的尴尬，时未心中了然，也不再扭捏了，抬头看着他。

这下倒是让司穹有点不好意思了，他岔开话题，说：“等会儿你去找一下季同吧，他说你师兄有东西给你。”

季同到达这个小楼后，干的第一件事就是冲到江河源的房间，掀了他的被子。

睡梦中的江导只觉得周身一凉，睁眼瞧见站立在床边的季同，以为自己做了梦中梦，揉了揉眼，又动手挥了挥，嘟囔着：“走开走开。”

季同挑眉一笑，放他鸽子就算了，现在还赶他走，这样子也好，那就新账旧账加在一起好好算一算。他转身拖了椅子往床边一放，不打算走了，抱着双臂，直勾勾地盯着江河源，心里说道：“装，继续装，我看你能装到什么时候。”

江河源也是厉害，这般被季同盯着看也能一动不动，继续装睡。其实就在刚才季同掀完他被子的时候，他就已经清醒了一半，后来越来越清醒，便也知道如今季同出现在他房间不是在做梦了，自然也就想起自己忘记了昨晚和季同的约定。

做了这么多年的朋友，江河源对季同也算是知根知底了，知道他最厌恶三件事：迟到、欺骗、不守信。

江河源一下子中了两条，他这不是不睁眼啊，而是不敢睁开眼啊。

季同压根儿就没打算放过江河源，死耗着，谁不会啊。

外面的雨又下大了，“噼里啪啦”地打在房檐上，热闹得很。

江河源的床就靠在窗边，如今他的被子已经被季同给掀掉了，季同也不怕再给他浇点水，于是起身将窗户大大地开着，让寒风裹着冷冷的雨水往屋里灌，还美其名曰：“哎，替我们江导通通新鲜空气，让我们伟大英明的江导可以健康成长。”

这话真酸！

冷冷地风雨拍打在江河源脸上、腿上，但是季同并没打算这般轻易放过他，拿出手机，找了一首歌以此来配合现在的气氛，是刘德华的《冰雨》。

旋律响起：“冷冷的冰雨在脸上胡乱地拍，暖暖的泪水和寒雨混成一块……”

江河源装不下去了，再装下去，他可就要病上加病了。

只见他一个鲤鱼打挺坐了起来，将自己飘逸的头发往后脑勺一抹，快速地扎了一个丸子头，然后赔笑道：“这不是我亲爱的好朋友季同吗？什么风把你给吹来了？”

“呵呵。”季同冷笑，鄙视他，“难道不是你这个人——来——疯吗？”

一字一句咬得可清楚了。

“哈哈哈。”江河源从床上爬下来，过去拍了拍季同的肩，笑道，“这话，你说得太对了。”

如今季同才是老佛爷，他顶多就是那任人宰割的大内总管。

江河源拉着季同到床边坐下，然后转身顺手将窗户给关上了，才开始坦白从宽：“今天是我不对，千不该万不该，我不该在这个时候生病啊。”说完了，他还配合着咳嗽了几声。

季同瞧了他一眼，明显是不相信他的表情：“装病吧？”

“怎么可能呢！”为了证明自己的清白，江河源立马从床上翻出一袋子药来，递到季同跟前让他仔细看，“你看，这可都是货真价实的药，我昨天刚买的，新鲜着呢。”

装药的袋子是透明的，季同这么瞟了几眼，大概看了一下，江河源没说谎，这几种药都是治疗感冒发烧流鼻涕的大众药。

季同心里也不是真的怪江河源，也就顺势给了他一个台阶下，说：“要我原谅你这种临时放鸽子的无耻行为也行，你就把时未和司穹的事给我好好讲讲，从雾津市我离开那天开始说，每一件都不能落下。”

江河源一拍大腿，连连点头。只要季同原谅他了，其他什么都好说。

于是，一上午江河源就从雾津市司穹怎么霸道地宣布主权，到南山顶的朝夕相对，再到三点水的孤男寡女共处一室……

总之，江河源讲得绘声绘色，季同听得津津有味。

不一会儿，就到了午饭时间，上来叫大家吃饭的是时未。

刚才江河源只顾着给季同讲故事去了，被打湿了的衣服也没有来得及换，湿答答地贴着身体，又只穿了裤衩，刚才兴许是正讲到激动处，两人握着的手还没有来得及分开。

时未刚一走到门口，便被这副香艳的场景惊呆了。

她缩了缩脑袋，将迈进去的半只脚又小心翼翼地撤了回来，然后伸手做了一个“请继续”的姿势，说：“你们随意，午饭，我替你们留着。”走的时候，她还好心地将门给轻轻地关上了。

江河源一脸发蒙，看了季同一眼，问：“她干吗？”

季同无奈地摊手：“她可能误会了什么不得了的事情。”

两天之后，终于迎来了一个艳阳天，一大早，时未就在阳光普照中醒来。

也许是天气太好，今天大家都起得出奇的早，江河源自楼上和季同并肩下来，时未扫了一眼两人，继续晒太阳了。

江河源走过来，踢了踢时未的脚，说："还没睡醒啊？"

时未笑道："江导，这是在养精蓄锐呢。"

季同坐到时未身边叫她："小师妹，司穹呢？"

时未眼睛都没投抬，只说："可能还在楼上。"

江河源朝她使眼色，说："你上去叫他。"

时未抬眼看江河源，问："为什么？"

"哪儿这么多为什么，你是司穹的助理，不叫你去叫谁去"

"那他还是司穹的好朋友呢！"时未看向季同，用眼神示意他去。

谁知道季同一捂肚子，脸色痛苦，连忙问："厕所在哪儿？"

江河源好心一指："那边，左拐。"

两人一唱一和，配合得天衣无缝，终于把时未骗上去了，江河源才不紧不慢地说："准备准备啊，吃了早饭就出发，前往下一站。"

前往下一站之前，大家先回了三点水民宿，在小冰的陪同下补充了物资。

江河源突发奇想，给随行的人都配了一部无线对讲机。

时未蹲在路边逗猫，陈灯叫她过去领对讲机的时候，司穹和季同正倚在车门上说话，两人都没什么表情，时未看了一眼，也猜不出两人到底在聊什么话题。

对讲机是小冰找熟人拿的货，他说这东西好使，是军用的，但是小冰的朋友话没说完，这东西是军用的不假，却是二手货，是上面淘汰下来，然后翻新加改装的，不过用起来还不赖。

时未拿了自己的，也帮着发放对讲机，远处的季同突然朝她招了招手，一边用手比画一边说。

陈灯问她："他说什么呢？"

时未转身拿了两个对讲机："让我给他们送对讲机。"

季同上前走了几步过来迎接她："谢谢小师妹啊。"

时未笑："同哥客气了。"

季同拿着对讲机看了看，随口问：“这家伙没说明书吗？”

时末刚才看见陈灯操作过，刚想动手给季同演示，他却拿着对讲机要走：“算了，我去找江河源教教我。”末了，他回头对司穹说，“你先帮我陪着小师妹说说话，我学会了就回来。”

季同一溜烟走了，时末回头看了看他的背影，心里暗道：太明显了吧。

目送了季同，时末再回头的时候，司穹已经在车里坐好了，手里捧着一本书。

时末的目光在书上面停留了一瞬，黑色的封皮，衬得手白。

她想了想，司穹估计是不想说话，她也识趣地不打扰，只说：“司穹，我先过去帮忙了。”

“时末。”在她转身欲走的时候，他出声叫住了她，“那边人够多了，你留下，就当陪我。”

陪他——她自然是极其乐意的，但是他刚才捧着书看，她以为他是故意做给她看的，目的是让她自己识趣地走开。

时末拿着对讲机钻进车里，上车的时候，不小心磕到了对讲机，她并没有发现什么不对，上车之后便把对讲机放到腿上，然后直直地坐着，陪着司穹看书。

司穹看书的时候，连呼吸似乎都是静止的。

今天的天气很好，气候不干不燥，阳光照在人身上很舒服，因为车门拉开了一大半，阳光便趁机钻了进来，照射在司穹的裤腿上，和她的脚上。

这样的时光静好，真是难得！

她看着司穹温柔的侧脸，他一直都是一个温柔的人呐。

她不曾见过他对谁苛刻，唯一一次，便是他对陈灯毫不留情的拒绝，后来她时常想起自己告白的那一天，他对她似乎已经很好了。

至少，最后他将自己的伞留给了她，而陈灯是自己淋着小雨走回去的。

为此，她也无数次地幻想过，在他的心里，她和陈灯终究是有一点不一样的。

后来季同来了，她突然就想起了，对啊，她对他从来都是不一样的，因为她从一开始就是他选定的“舌头”，所以，这也很好地解释了，为什么陈灯问出那句话之后，司穹可以果断地回答她不一样。

如此一想，所有的事情便又忽然想通了，到头来，终究还是她自作多情了。

林正义昨天打电话过来，问她有没有收到季同带来的东西，时未心不在焉，虽然东西她早就从季同那里拿过来了，可是心思不在那个上面，便一直放在背包里不曾查看，直到林正义特意打电话过来问，她才想起有这么件事儿。

她也没有挂电话，直接开了免提，然后从背包里将东西取出来翻看，是8·11项目的初期策划书，写得很详细，也提到了后面要进行的调研过程，时未粗略地翻看完，才给林正义回禀了自己的读后感。

时未：“师兄，这份计划书写得很好，你写的吧。”

“还是小师妹了解我，这份策划书确实是你英明神武、风流倜傥的师兄我写的，怎么样，一看就是教授级别的吧。”

那头传来林正义爽朗的笑声，不用亲眼看见，时未也知道林正义此刻一定是叉着腰对着窗户仰天大笑呢。

时未继续表扬：“师兄这水平，完全可以出师了。”

林正义呵呵一笑，那当然，要不都对不起他为了写这份策划书，三天三夜没有睡上一个好觉。过了一会儿，他才试探着问了一句：“小师妹，心情不好啊？”

林正义这个人给人的感觉一向是心大，大得不得了，如果有一天他心思细腻了，总会让人不习惯。但是时未不会，她了解自己的这个师兄，平日里在世研所嘻嘻哈哈的，是整个所里的搞笑担当，可是他做事情比她一个女孩子还要心细，这也是时未一直以来很佩服林正义的地方，所以，林正义挑明了问她，时未也不想隐瞒。

时未弯儿都没有拐一个，直接说：“师兄，我向司穹表白了。”

然后时未又仔仔细细地将自己如何表白，又是怎么样被拒绝，以及最近自己的所思所想所感，全都跟林正义说了一遍。

林正义听完了，只是很平静地说了一句："原来如此。"

等了半天，没有了下文，时未忍不住问他："师兄，你给个反应啊。"

"我给了啊，难道你没有感觉到？那再来一次。"于是，林正义又故作深沉地说道，"原来如此。"

时未轻轻地拍了拍额头："师兄，你的小师妹现在很苦恼，没有心情开玩笑。"

"我也没有开玩笑啊。"

林正义琢磨着要不要把那件事情说出来，自己来来回回在心里做了无数次的斗争，最后决定交给老天爷。

他拿了一个一毛钱的硬币，往空中一抛，只要是数字，他就说。

老天爷赏脸，给了他一个数字。

林正义认真地道："小师妹，不要灰心，司穹那家伙，绝对是喜欢你的。"

时未觉得林正义在安慰她，于是小声说道："谢谢师兄安慰，虽然这句话很好听，但是我也是有自知之明的。"

有个屁的自知之明，就你，喝醉了被大卸八块都不知道。林正义着急，这个小师妹，平日里做事情的时候倒是聪明伶俐，反应也快，唯独碰上自己的事儿了，像个智障一般。

林正义决定亲自出马，扮演好这个"知心姐姐"的角色，他用自己温柔的男低音说道："小师妹，还记得你在民宿喝醉的那晚吗？"

"当然记得。"时未说，那天，是舅妈找她要钱的日子。

"那你还记得你喝醉之后都干了什么吗？"林正义循循善诱。

时未开始回想，她以前也想过，可是所有的记忆都在最后那盘花生米上断掉了，之后的记忆便是第二天头痛欲裂地醒过来，下床的时候差点撞飞面前的椅子。

时未老老实实地答道："记不得了。师兄为什么突然说起这件事？"

林正义叹了一口气，说道："小师妹，那一晚，司穹给我打了电话。那一晚，我在电话里听得清清楚楚，你把司穹强吻了。"

林正义将那晚发生的事情从头到尾给时未讲了一遍，当然，中间也不乏他自己稍微夸张的成分。最后，他还结合种种从头到尾将司穹剖析了一番，最后总结性地说："所以啊，小师妹，综上所述，司穹绝对对你有意思。"

他十分笃定地说道："我这是站在一个男性的角度在为你分析，你试想一下，像司穹那种人，会允许自己不喜欢的人靠近自己吗？更不要说强吻他了。"

时未愣愣地出神，林正义说的这些，她完全没有印象，但是有一点林正义说得不错，司穹这人有洁癖的，从他平时的穿着和生活细节上时未早就注意到了这一点。

所以，本来已经快要熄灭的小火苗，被林正义三言两语又给重新点燃了。

事后，林正义还时不时给她发信息支招，就在刚才，她上车之前，林正义还发了一条信息说："男人都不喜欢太黏人的女人，所以，你要适当地给他一点自己的私人空间。"

所以，刚才她才想着要不要留一点空间让司穹独处，却不想在转身之际被他叫到了车上。

大概过了十分钟，司穹将书轻轻合上，放到一边，然后直视着她，温声说："时未，我们谈谈。"

时未的眸光动了动，她知道，她和司穹之间总归是要有一场深入的谈话的。

时未握着对讲机的手紧了紧，调整好了自己的呼吸，才说："你想谈什么？"

"我们。"他说，"谈一谈我们。"

时未微微抬了抬头去看他，他一脸认真，时未一时间也觉得有些局促了，她不自觉地挺直了腰板，说道："好，你先说吧，我怕我说完了你会一气之下将我赶下车去。"

司穹挑了挑眉，盯着她的脸看了一会儿，突然伸手揉她的脑袋："时未啊，有时候我真的看不懂你了。”

时未看着他，她知道他没有说完。

“以前，有人告诉我你喜欢我的时候，你却对我敬而远之，保持着男女之间该有的距离，从来不曾越界。那时候我想过，这样也挺好，我们可以做朋友。

“后来，当我以为你不喜欢我的时候，你却突然跨过了那一条界线，在我毫无防备的时候，朝我汹涌而来。”

时未的眉毛动了动，突然坦诚的司穹让她意识到原来两个人之间存在这么大的误会。她想开口解释，司穹却没有给她这个机会，而是继续说：“你想听故事吗？”

时未下意识地点了点头，便听到司穹以一种回忆的口吻说道：“很多年以前，有一个少年，他一出生就是天之骄子，父母待他极好，他想做什么就做什么，可是有一天，一直支持他的父母突然反对他选定的恋人。”

说到这里，司穹停了下来，车里的气氛很安静，他似乎在极力克制着自己的情绪。

时未小声地问他：“后来呢？”

“后来……”司穹苦笑，眼神充满了嘲讽，可是时未却分明感受到了他语气间深深地自责与悔恨。

“后来，年少轻狂的少年一气之下要和恋人私奔，甚至不惜放弃自己的事业和前途……

“可惜少年的计划被父母知晓，他和恋人被父母开车追上，当时的情况，当时……他们正行驶在英国最险峻的一条公路上，这条公路被称为魔鬼的天堂……

“他想要回头的，他想带着恋人回去的，可是他临时的叛变，让他和恋人之间发生了口角。后来，更是愈演愈烈，开始相互抢夺方向盘了……”

时未感同身受，脑海中童年的画面如巨浪一般袭来，她红着眼，说话有些抖："那后来呢？"

"他的父母死了。"司穹的语气就像这几个字一样没有温度，了无生气，"少年的车将父母的车撞偏了，车子翻滚着掉下了悬崖，那辆车上，还有他正在上高中的妹妹。而少年和恋人的车撞在了公路的护栏上，一根钢筋插进了少年的小腿，他差点因此截肢，恋人只是受了轻伤。"

"那妹妹呢？"

"脑部受到撞击，最后双目失明。"

时未握着司穹的手，颤抖着抹去他眼角的泪。

"少年为了惩罚自己，便将自己终日关在教堂里，不见天日，日日诵经，十年如一日。"他靠着她，深深地将眼睛闭上，哽咽着说。

时未抽泣着，她的心里很难受，原来这就是他消失的那十年，是他隐藏在心底十年之久的秘密。

她伸手将他紧紧抱住，温柔地抚摸他的背："那只是一个意外，没有人有自信在那种情况下，在那个年纪，能比那位少年做得更好。如果能够回到十年之前，我能与那个少年相遇，我会尽我所能帮助他，正如他十年之后温柔待我一般。所以啊……"

时未放开司穹，微笑着与他对视，她说："所以啊，司穹，无论是最糟糕的少年，还是心怀愧疚的你，我都愿意陪伴着，然后继续喜欢下去。"

司穹没有说话，因为他根本就不知道该说些什么来回报面前的人，她仿佛就是上帝派来的天使，只为救赎他而来。

他紧紧将时未抱在怀里，如视珍宝。

何德何能，承你如此喜欢。

他的拒绝，源于自己内心的自卑，他害怕有一天她知晓了他不堪的过去会离他而去。

与其这样，他宁愿选择从未开始，没有开始就不会有结局，所以他回避着她的喜欢，可是偏偏她一次又一次跨越界线闯进他的心里，他设想过没有她自己会不会难受，答案是肯定的，因为光是这样想，他的内心就隐隐作痛。

或许是这十年禁闭的日子太久，久到一旦有人走近他这一片荒芜的内心他就再也舍不得让她离开，心底总是有一个声音在朝他呐喊：让她留下来吧，她讨厌也好，抗拒也罢，终究有一个人陪着。就算他的罪要让他下地狱也好，他也不会再害怕了，因为所有的魔鬼，都不及面前的这个天使。

时末将自己深深地埋在他的胸口："司穹，我的父母也死于车祸，也是十年前，那一天是我父母的结婚纪念日。

"我记得那一天，爸爸给妈妈买了好多鲜花，藏在后备厢想给她一个惊喜。我们准备去海边度过难忘的一夜，可是刚走上高架桥，车祸就发生了，后来只有我一个人活下来了，警察说，是因为我的爸爸保护了我和妈妈，而妈妈最后又保护了我。

"那一天的车祸，我什么也不记得了，不记得父母是怎么保护了我，也不记得那些血腥狰狞的画面。我只记得那天朦胧的血色中，下起了满天的花瓣雨，密密匝匝，落在我身上，砸得我肉疼，心也疼。

"祸兮福所倚，福兮祸所伏。那天之后，我的五感便开始越来越强，后来异于常人，我时常会想，或者这就是老天爷带走了父母，给我的唯一一点眷顾吧。"

时末吸了吸鼻子，说："所以啊，我才活得这么努力，我不能让自己生活得不好，因为我不仅仅是为了自己而活，更是为了我的父母而活。"

她捧起司穹的脸，看着他的眉眼，认真地说道："司穹，你也要好好的，努力生活好不好？你的父母并没有抛弃你，他们舍不得留你一个人孤独地生活，所以他们留下了你的妹妹啊，你的妹妹需要你，我也需要你，所以，你重新做回自己好不好？"

他看着她，语气郑重地道："好。"

恍惚间，外面似乎有人说话，时末侧了侧身体，伸手将车门拉上，外面的好阳光，瞬间被隔绝了，车里暗了下来。

时末重新坐回来和司穹对视，问道：“所以，我们现在算是确定关系了吗？”

她不敢百分之百确定，刚才两个人情绪都很激动，说了什么或许自己并不清楚，所以她需要肯定的、确切的答案。

司穹敛着眼，眼角有笑意：“嗯，以后你都可以充分地向我行使女朋友的权利。”

时末内心雀跃不止，突然向前一倾身体，将司穹逼到了逼仄的空间里。她盯着他如黑曜石一般的双眼，说：“那我现在需要确定一件事情。”

司穹不解地问：“什么事？”

时末：“我到底有没有强吻过你？”说完，她朝他慢慢靠近，那些脑袋回忆不起来的记忆，就让身体来帮自己记起来吧。

两唇相触的瞬间，身体好像突然失重一般，时末情不自禁地向着司穹的方向坠落，最后两颗真心相碰，撞出剧烈的火花。

而那一晚的记忆，像是放电影一般，一帧一帧地重现在她的脑海里，时末惊讶地放开司穹，从他柔软的唇上离开，她跪坐在他面前，低头抚摸自己嫣红的唇，喃喃低语：“原来，我早就吻过你了。”

司穹挑眉看她，伸手将她的下巴微微向上挑起，问：“都记起来了？”

“嗯。”她眨了眨眼，看着他说，“该记起来的都记起来了。”

那些光是想一想就羞红了脸的画面她也清楚地记起来了，她从来不知道，原来喝醉的自己这么……疯狂和强势？

“很好。”司穹一副要和她算账的表情，说，“时末，强吻这种事情，总让女士主动不是一个男人应该做的，所以，下一次换我吧。”

时末其实一点也不介意这个的，她看着他，便已经是满心欢喜了。她的手轻轻搁在他的大腿上，像一只温顺的求抚摸的小猫，她动情地问他：“下一次是什么时候？”

他嘴角弯了弯，挑着她的下巴用手指轻轻地摩挲，问：“现在好不好？”

“嗯？”时未尚未想明白这句话的意思，司穹已经用行动告诉她了。

时未伸手抱住他的腰，回应着他的吻，原来这就是恋爱的感觉。

离开拉尔市，一路向西走，又分别去了红川、嗒圳、番覃三个城市。因为前面几站发生的意外事件太多，拍摄的素材还达不到播出的要求，所以，后面三站走下来，江河源不仅将任务加紧了，而且也将拍摄时间延长，以至于刚刚确定恋爱关系的两人根本没有多余的时间拿来谈情说爱。

江河源私下还找季同问：“你说，我这样做司穹会不会以为我在公报私仇啊？”

那时候已经晚上九点多了，季同也才刚刚空闲下来，准备和远在兰溪市的司念视频，所以江河源找上门来，他连门都没有让他进，只让他有什么话在门口说，说了就赶紧走。

江河源觉得委屈，小眼神晃来晃去，最后也只憋出一句：“季同，你怎么能这么对待你亲爱的革命战友呢？”

季同不想搭理他，只希望他快点走，便三言两语将人打发了：“请把这些恶心的修饰词去掉，另外，司穹怎么看你，你去找本人求证，高效又快速，总比你在这里瞎猜强。”

季同退回屋里去，单手把着门，开始下达逐客令：“好了，江导没什么事的话，就请离开吧，慢走，不送。”

“哎……”江河源伸手去推门。

“啪”的一声，门已经先江河源一步关上了。

江河源的手举在半空中，泪流满面：“我还没有说完呢……”

他回了自己的屋，司穹自然是不能去找的。刚才他上来找季同的时候就亲眼看见司穹牵着时未的手，将人家拉进了屋里，这个时候他半路杀过去，万一撞见点什么不得了的事情，或者破坏了人家小两口培养感情，他觉得，司穹那家伙肯定会为此而罢录。

所以，江河源很识趣地回自个儿屋里躺着，躺了不过十分钟，江河源又一个鲤鱼打挺坐了起来，对自己说："睡什么睡，起来嗨啊。"说完，便跑出去找陈灯斗地主去了。

要论这个节目组谁对自己最好，江河源掰着手指头数了数，就只剩下陈灯了。自从有一次无意间从季同那儿知道了陈灯竟然也向司穹表白过，而且还被无情地拒绝了，他现在看陈灯就越发地顺眼了。

那个司穹有什么好的，让他和时未相亲相爱，相互祸害好了，他们就应该团结起来乐乐呵呵地斗地主。说干就干，江河源当晚就在微信群号召，今晚不输光光，不准回屋睡觉。

微信响个不停的时候，时未正坐在司穹的背上给他按摩腰，刚刚取了火罐，腰上还留着一个一个红红的圆圈，时未涂了药酒，正对着腰间的穴位认真地按摩着。

听到微信在响，时未叫司穹帮忙看看。

司穹趴在床上，手长也有手长的好处，一伸手便把床头柜上的手机拿了起来。

一打开微信，上面显示信息已经99+了，但是其中大部分都是江河源在刷表情包。司穹快速地浏览了一遍，随后放下手机对时未说："是江导在抗议。"

"抗议什么？"药酒已经揉散了，皮肤也泛红了，时未从司穹身上慢慢下来，将床上的药装进药箱里。

司穹坐起来，将身上的衣服拉下来，便将面前忙碌的人拉进怀里，在她耳边轻声说："可能是抗议我们太过恩爱了。"

司穹的呼吸喷洒在她的颈窝里，她实在是痒得不行，半推半就地将人推开一些，才趁着空当赶紧从他怀里跑开："哪有啊，我们不还是和以前一样吗？"她微微一顿，神色赧然，"除了……"

司穹好整以暇地看她，似乎很喜欢看她这般模样："除了什么？"

除了亲吻的次数变多了……这话时未也没有好意思说出来，以前她总是有什么说什么，现在碰到男女之事了，她竟然比以前还害羞了。

她抱着医药箱，看着闲适地坐在床上男人，说："那个，时间不早了，你早点休息，我先回去了。"

"不急。"他也从床上下来，走到她身边，微微躬身将她手里的医药箱拿过去放到桌上，牵着她往浴室走，"洗个手的时间还是有的。"

如果是单纯的洗手，时间自然是有的，只是……

其实最开始还是单纯的洗手，因为时末是直接将药酒涂在手上的，所以，手上全是残留的药酒的味道。

司穹将她带到了浴室，推着她站在洗手台边，然后他便站在她身后，双手环抱住她，将她整个人圈在自己怀中。

时末不敢抬头，因为面前就是一面巨大的镜子，一抬头，便看见自己绯红的脸，她微微挣扎："司穹，我可以自己来。"

司穹将下巴轻轻搁在她的肩上，说："别动。"

他伸手取了洗手液涂到她的手上，然后仔细地清洗："我很乐意为你服务，我亲爱的女朋友。"

时末心里欢喜，只说："司穹，以前你可没这么会说话。"

司穹轻笑，说道："那时候这么说我怕吓到你。"

时末点头："那倒是。"

时末的手指很细也很白，司穹握着轻轻揉搓，因为涂了洗手液，手滑得都快握不住了。

这般洗着，总会让人有些心猿意马，而且两人的身体贴得很近，气息彼此环绕，加上浴室又是一个可以浮想联翩的地方。

时末咽了咽口水，轻声说："司穹，差不多了啊。"

光是涂个洗手液就涂了好几分钟了，时末忍不住出声提醒，司穹淡淡地嗯了一声，然后打开水龙头，将她的手送到清水下面冲洗，冲洗干净了，他又取了干毛巾给她擦手。

这待遇，简直就是皇帝级别的。

现在手也洗完了，时未想着，该走了吧，再不走，可就真的走不掉了啊。

因为她站在里面，司穹站在外面，要出去，肯定是要越过司穹才可以的，但是现在他挡在她面前，丝毫没有要让她出去的意思啊。

时未余光瞥见了镜子中的自己，脸色微红，头发有点乱，整个人就像……

要是再衣衫不整……

时未摇了摇头，迫使自己不要往下在想："司穹，你送我出去吧。"

"嗯。"他答应着，却往前一步将她逼到了浴室里的玻璃门上。

他伸手垫在她的身后，柔声说"后面凉"。

时未心猿意马，细心的男人总是让人无法抗拒的，不管他要做什么，她都无法抗拒，她从爱上他的那一刻就深知了。

他轻轻地托着她的头，落下温柔的吻，从嘴唇、眼角再到眉心，最后两额相抵，他停下来看她，轻声说："留下来陪我好不好？"

司穹的声音很柔软，她根本拒绝不了："好。"

话落，他便将她打横抱起，从浴室走到卧室，明明不过几步的距离，时未却觉得像一个世纪这么漫长，在这漫长的世纪里，足够她做好所有的心理准备。

酒店的房间，床单被套都是纯洁的白色，他将她小心地放下，摸了摸她的头，便拉了被子给她盖上："等我一下。"

他去关灯，屋里瞬间黑了下来，时未眨了眨眼，适应了黑暗，朦胧中看见有一个黑影朝床边来，忽而身侧微微凹陷下去，她便被司穹温柔地抱住。

他将下巴搁在她的头顶，一只手轻抚着她的头、她的背："睡吧，晚安。"

时未反拥着他，带着一种忽然的安心："嗯，晚安。"

这一夜，很漫长，足够两人做上一个美丽的梦了。

第二天一早，迎接时未的是司穹的早安吻。

“早上好，时未。”吻完，他对她说。

有那么一刻，时未的脑海里突然浮现出一幅画面，画面里有她，也有司穹，他们结婚多年，相敬如宾，每天清晨丈夫用食物的浓香唤醒睡梦中的妻子，孩子们躲在门口偷偷望，小声地笑话妈妈是个大懒虫……

脑海中的画面太过美好，时未鼻头一酸，很快就红了眼眶，司穹察觉到了她的异样，坐到床边，轻声问她：“怎么了？哪儿不舒服吗？”

时未只是摇头，忽然伸手索要拥抱，司穹将人抱进怀里，便听到将头埋在他肩膀上的人说：“司穹，我饿了。”

酒店提供自助早餐，客人们只需要去到酒店一楼的餐厅便可以就餐，时未回自己的房间洗漱，换了一件干净的衣服才和司穹一同下去。

他们来到餐厅时还不算太晚，人也不是很多，节目组的其他人都到了，占据了餐厅西北角的几张桌子，司穹和时未取了食物也坐了过去。

时未扫视了一圈，目光最后定在对面的季同身上，问他：“江导呢？怎么没有看见他？”

季同吃得差不多了，正在喝果汁，喝完果汁，擦了擦手低头回信息：“不知道，可能还没有起床吧。”

江河源对待工作极其认真，况且昨晚还说了今天要出去录节目，他不可能睡懒觉的。

时未记得昨晚江河源好像是找陈灯斗地主去了，便问她：“陈灯，你知道江导在哪儿吗？”

陈灯也吃完了，正在擦嘴：“江导说不定真的在睡觉了。因为昨晚输得惨，今天可能不想面对人生了吧。”

陈灯话音刚落，便有一道声音插进来：“谁说我不想面对人生的。”

江河源端了一大盘早点，过来时也只有司穹身边还空了一个座位，他一屁股坐下，将餐盘往桌上一放，便慷慨激昂地说：“鲁迅先生说得好，‘真的勇士敢于直面惨淡的人生’。虽然昨晚我输惨了，但是输钱不输人，这是我江河源纵横牌场几十年的原则和底线。”

他将话头对准陈灯，说：“所以啊，陈灯，你也要记住了，你江哥，就算输得只剩下裤衩，这饭该吃还是得吃。”

季同趁着等待信息的间隙，不忘给江河源的这段似演讲的表演评论一番：“江导，说得好。”

江河源很受用，吃了一口，又看了时末和司穹。

时末连忙点头，附和道：“江导说得真好。”

“嗯。”江河源心满意足地又吃了一口，再抬头，目光落在司穹身上。

时末用胳膊碰了碰司穹：“江导等你夸他呢。”

司穹细嚼慢咽，然后在放下餐具，对江河源说道：“江导，你的精神可嘉，我很佩服。但是，如果有一天你真的输得只剩下裤衩了，我友情建议，你还是先买一条裤子吧，毕竟不能因为个人原因而影响了兰溪市在全国城市的综合排名。”

江河源觉得司穹话里藏着话：“你在骂我对不对？”他为自己的智商点赞，却又一时间想不通司穹是怎么拐着弯儿在骂他。

陈灯好心提醒：“江导，司先生的意思是说你影响市容市貌。”

江河源：“司穹，大清早人身攻击不好吧。”

司穹笑笑，并未搭话，而是拍了拍时末的背，说：“吃完了，我们出去晒晒太阳。”

今天的天气依旧很好，江河源认为自己将最后一站选在有日光之城之称的卡萨是十分明智的选择。

最后一站的录制在最后剪辑的时候是要剪成两期节目的，所以今天的任务很重，但只要大家努力一点，一天搞定还是可以的。

他们这一次要拜访的是卡萨的老人。

生活在卡萨的老人，基本上每一位都可以称得上是手艺人，随便从大街上拉出一个来，都可能是扫地僧似的人物。而今天，协助他们录制节目的这位老人，正是卡萨市有名的核雕艺人，曾迎松老师。

卡萨市西高东低，西面是高原高山地形，而东面相反，都是丘陵山地，气候土壤都十分适合核桃生长，这也是这一带为什么能诞生核雕艺术的原因之一。天时地利，加上后来卡萨政府的支持，如今卡萨市的核雕艺术举国闻名，在国际上也享有盛誉。

不过曾迎松老师住在乡下，而他们老一辈的手艺人，都讲究一个踏实，这种抛头露面的事情他们不想做，也不屑去做。

节目组负责联系的工作人员可是费了好几番波折，才终于让曾迎松老师同意让节目组过去。

所以吃过早饭之后，由一个熟门熟路的当地人做司机向导，一队人两辆车，朝着核雕之乡瓦剌前进。

到达瓦剌是一个小时之后，乡里面没有通公路，所以车只能开到乡外的一个中转站停着，然后徒步进去。

到中转站接他们的正是曾迎松老师的得意门生弘柒瑾，他自我介绍的时候，特意将这个名字仔细地介绍了一番，说名字不是他的本名，是跟着曾迎松老师学习核雕之后取的艺名。

他因为身子骨长得小，看上去年龄不大。不过就是这样貌不惊人的一个人，对促成这一次的采访有着极大的功劳。要不是他坚持和曾迎松老师沟通，单单是靠节目组，恐怕是很难说服曾迎松老师开口答应的。

弘柒瑾领着她们一路往乡里走，一边走，一边和他们说话：“还好这几天卡萨的天气好，没下雨，要是碰上连续雨天，你们想进来，这条路走起来就跟走钢丝一样，一不小心就会摔倒下面的泥沟子去，滚得一身泥，那才好看哩。”

这条路称得上乡间小路，人不能并排走，只能一前一后走，路上没铺水泥，全是纯天然的泥巴，两边挖着排水用的沟渠，四周是农田，农田之后便是一片一片的核桃树了。

弘柒瑾突然停下来，指着对面的一片山说："你们看见没，那座山都是师父的，山上种的核桃树都是师父这几十年悉心挑选培育的，这些树长出来的核桃又大又硬，质地也厚实，最适合拿来做核雕了。"

说到这里，弘柒瑾颇为自豪和得意，小声地对时未说："小姐姐，我实话告诉你吧，以后我是要继承那一片山的男人。"

时未不明白他为什么要小声地跟她说这话，只是保持着礼貌淡淡地道："恭喜啊。"

越往里走，这路也就越发地宽敞了，时未和司穹并排走着，因为车开不进来，大家的东西都是自己背着的，整个队伍，就数时未的东西最少。

她自告奋勇，小声对司穹说："司穹，我来帮你拎箱子吧。"

司穹微笑着摇摇头拒绝了。

走了一会儿，时未从左边绕到司穹的右边，又低声说："司穹，这个包我帮你背吧。"

如此反复，身后的季同忍不住了，终于说出了大实话："小师妹，司穹不让你帮忙那是心疼你，你要是闲得厉害，不如……"

"帮我"两个字，季同还没有说出来，就被司穹的目光给镇住了。他硬生生将冲到嗓子眼儿的话给憋了回去，然后说："小师妹，你还是做一个安静的美少女吧。"

安静的美少女并没有安静多久，过了会儿，还是忍不住对司穹说："司穹，其实你真的不用心疼我，就这点东西，我可以一口气给你扛到目的地。而且，你看你这一路下来满头都是汗，虽然你不说，但是我知道，你一定很累。"

司穹微笑着看她，说："时未，我是男人，并没有你想的这么弱，就算累，在你面前我也要撑着。"他顿了顿，又说，"而且，让你帮我，我舍不得。"

他突然靠近她，低声说："你啊，是要被我捧在手心上的人。"

季同抹了一把额头上的汗，又将衬衫的纽扣解开了两颗，抬头看见前面两个人交头接耳，不知道在说什么悄悄话，便随口一问："你们俩嘀嘀咕咕说什么呢？”

司穹和时末同时转头，面带微笑，异口同声地说道：“不告诉你。”

季同：“……”

得了，他是撞了鬼才会傻傻地去问两个热恋中的人悄悄说了什么，真是虐心又虐身，今晚，他必须去江河源那里找一找成就感了。

曾迎松并未在家，弘柒瑾去核雕室看了看，也没人，便领着大家去安排住处了。

曾迎松的院子分为前院和后院，前院又分了三个居室出来，中间是供迎客和摆放核雕成品的大厅，左厅是核雕室，连着一个耳房存放上好的核桃、桃核、杏核等，核雕室目前只有曾迎松一人使用，因为他门下唯一的弟子弘柒瑾还没有资格进入核雕室，等到弘柒瑾学有所成，有了一定的代表作和资历就可以进入核雕室工作了。

所以，为了方便弘柒瑾工作，曾迎松便将右厅整理出来做了练习室，平时弘柒瑾训练手艺便是在这里。

后院也分了两个部分。

东边是厨房和餐厅，两室相连，将中间打通，放了一张两米多长的长桌，本来想着日后弟子多，桌子不够用，谁知道虽然每年都有人来表明要学习核雕的决心，可是坚持不到三个月，便卷铺盖走了，这些年能坚持到现在的就只剩下弘柒瑾了。所以，如今这大长桌只有师徒两人吃饭，显得空旷又寂寞。

西边自然是一排卧房，原本也是为弟子准备的，所以房间很多，但是距上一批过来学习核雕的人离开也有小半年了，这些房间便一直空着没有人住。弘柒瑾平日里也忙着跟着曾迎松学习核雕技术，这些房间便无人打扫了，如今一推开门，迎面而来的就是厚厚的一层灰，和扑面而来的霉味儿。江河源跑得最快，但还是吃了一嘴的灰尘。

弘柒瑾将窗户和门都打开通风，这些房间需要打扫，大家分工明确，男同志打扫屋里，女同志全部跟着弘柒瑾去晒床单和被子，被子和棉絮放在柜子里没用，虽然没有发霉，但是那个味道也是挺让人难以接受的。

节目组里统共也就两个女同志，陈灯和时未来回跑了三四趟，才将被子全部搬上房顶。

今天天气好，阳光特别棒，弘柒瑾帮着一起搭了架子，又帮忙一起晒，还和她们唠叨：“我师父他老人家肯定是上山摘核桃去了。你们不知道，我师父他每天就是四点一线，卧室—厨房—核雕室—山上，所以，只要在前三个地方找不到他，他必定就是去山上了。”

时未有心打听，她听江河源说过，这个曾迎松脾气古怪，为人难以相处，这也是导致他门庭冷清的原因之一，所以她问：“小弘，曾迎松老师到底是个什么样的人啊？”

弘柒瑾闻言笑了一声，重新抱起一床棉絮往铁丝上一铺，铺完拿着棒子掸灰，才慢慢说道：“小姐姐一定是听人说师父脾气古怪吧。”

他笑着解释道：“基本上每一个新来这里的人，都会私底下问我这个问题，区别在于有的人问得委婉含蓄一些，有的人问得直白简单些，反正目的都是一样的，想讨好我师父。

“不过，我师父最不喜欢刻意讨好他的人了，你越是想尽法子讨好他，他越不待见你。

“小姐姐，我呢觉得你挺不错的，就好心提醒你一句，我师父这人不喜欢虚情假意的东西，你越真实，越是真性情，越是有什么说什么，他越是喜欢。因为我师父说，他的精力有限，都用在核雕上，没心思再来猜别人的心思了。”

这一点时未深信不疑，因为她自己的师父李忍也是这个性子，喜欢有什么说什么，那些拐弯抹角的东西，他是极其讨厌的。所以，听完弘柒瑾这么一说，时未突然觉得说不定曾迎松并没有外面传闻的那么可怕。

陈灯晒好了被子，也过来打听，不过尽是一些八卦消息：“小弘，这房子我刚才瞧着里里外外也挺大的，后面还带着菜园子，平日里就只有你和你师父住吗？没有师娘吗？”

弘柒瑾听陈灯说完，表情瞬间就严肃了下来，他将两人拉到一旁，小声说：“两位姐姐以后还是注意一些，千万不要在我师父面前提起师娘，等会儿和你们一起来的那些人也要告知，不然惹了师父不高兴，以师父的性子，很可能将你们赶走，他才不管你们录不录节目呢。”

陈灯“哦”了一声，时未点点头，都表示记住了。

弘柒瑾说要下去看看他们有没有什么需要，便先一步走了。

陈灯一边给棉絮掸灰，一边嘀咕：“时未姐，你说这个曾迎松老师为什么不让人提起他老婆啊，莫非是因为整日沉迷于核雕无法自拔，冷落了自己的老婆，所以他老婆就跟隔壁村的老王跑了？”

“这事儿不管怎么样，还是不要提及了。”时未说，“我们既然是客，就不要去揣测主人家的隐私了。你呢，甭管有多大的好奇心，都要管好了，这是我们作为客人对主人最基本的尊重。”

陈灯瘪瘪嘴：“时未姐，你现在怎么和司先生越来越像了啊？”

“嗯？”时未不明白，问，“哪儿像了？”

以前她倒是听说过这样一个说法，就是结婚多年的夫妻随着彼此融入生活，会越长越有夫妻相。

陈灯假咳嗽了一声，模仿着司穹的语气，说道：“你教训人的样子简直和司先生一模一样嘛。”

弘柒瑾果然猜测得没错，曾迎松老师的确是去山上摘核桃了，与其说摘，倒不如说是捡。

曾迎松老师回来的时候，背上背了一大篓子，弘柒瑾连忙上前帮忙，接宝贝似的将装核桃的篓子取下来。

曾迎松吩咐他：“小心点，把它们拿到屋顶晒一会儿。”

然后曾迎松便像审视犯人一般，将江河源他们仔仔细细地看了一遍，最后目光落到江河源身上，问：“你是管事儿的？”

突然被大师点名的江河源受宠若惊，赶紧回答道：“对对对，我就是这个节目拍摄的总导演。”

江河源手忙脚乱地从裤子口袋里掏出一张名片，双手递上，介绍说：“我叫江河源，您可以叫我小江，这是我的名片，还请您收下，往后的日子就打扰了。”

曾迎松瞥了一眼，最后倒是接过名片在手里拿着，然后说：“明知道打扰了还想方设法地过来，现在说这些好听的话有屁用。”

江河源呵呵一笑，直夸曾老师爽快。

曾迎松看他一眼，冷哼一声又看向司穹，话却是对大家说的：“怎么，不自我介绍一下吗？好歹来了我的屋子，总不能让我这个主人先介绍吧。”

司穹微微一笑，谦逊地说：“曾老师言重了。”

他站了出来，率先做了自我介绍，有了司穹的示范，大家依葫芦画瓢，模仿着司穹的语气恭恭敬敬把自己简单介绍了一番，可是曾迎松听完并不买账，留下两字——“虚伪”，便拂袖离开了。

从房顶下来的弘柒瑾刚好看见这一幕，便出来给自己师父打圆场，笑道：“大家别介意，我师父性子就是那样，有什么说什么，还请大家多担待一些。”

江河源摆摆手，连忙说弘柒瑾多虑了，他竖起大拇指，说：“曾老师这个性子，耿直，有个性，我喜欢。”说完便搂着季同的肩哈哈大笑。

季同略微嫌弃地将他推开，移到司穹身边站着。

弘柒瑾招呼着大家：“这样便好，那大家也不要站着了，我刚才看姐姐们的午饭也准备得差不多了，大家过去吃饭吧。”

弘柒瑾领着大家过去了，司穹走在最后。

季同原本也准备跟着大家走，可是余光瞟见司穹竟然对自己一脸嫌弃，有点忧伤，问：“司穹，你刚才那表情是在嫌弃我吗？”

司穹闻言也没有停下来，继续走着，但是季同分明看见他刚才点头了。

十二万点暴击，季同捂着心口追上去问：“为什么？你以前不是这个样子，你以前虽然也嫌弃过我，但是从来没有表现在脸上啊。”

以前的季同，对于司穹那简直就是唯一的存在，如今，好像变成了多余的存在。

两人已经走到厨房，长桌上摆好了菜，司穹的目光落到正在厨房忙碌的时未身上，才轻描淡写地对季同说："以前没主，觉得和一棵树过那也叫过日子，如今有主了，才知树虽好，终究没有花香。"

季同瞟了一眼儿司穹口中的那朵花，才哀怨地说："原来我在你心里只是一棵树啊？"

司穹说："不是。"

季同心中忽然又燃起了一点希望，果然司穹还是爱他的，他连忙追问："那是什么？是你的优乐美吗？"

司穹找了一个位置坐下，才说："现在已经是一棵草了。"

季同："……"显然他猜错了方向，表错了情。

都说没妈的孩子才像棵草，他虽然也无父无母吧，可是打小日子过得相当滋润，如今怎么觉得好凄凉。

季同看了一眼司穹，心道：算了算了，不和他计较，毕竟以后他还要成为他的大舅子呢。

想通了这一点，季同便开心地在司穹身边的空位坐下，谁知道屁股还没有挨着板凳呢，就被司穹用眼神阻止了。

司穹慢慢悠悠地说："我的身边有人了。"

季同在内心咆哮：司穹，你这个见色忘友的未来大舅子，我要和你绝交……三分钟。

吃完午饭，房间还没有收拾好的继续回去收拾房间，收拾好了的留下来洗碗。

从开饭到结束，所有人都在，唯独这房子的主人不在。

时未找到弘柒瑾问他："曾迎松老师吃了吗？"

弘柒瑾摇摇头，只说："师父一工作起来就顾不上吃饭，待会儿饿了他自己会过来吃的。”

在时未不解和困惑的眼光中，他继续解释：“小姐姐，你是不是以为我不关心我师父啊？其实你不知道，以前我和你的想法一样，担心师父没吃饭饿到了，便煮好了给他端过去，结果我还没有走到核雕室门口，就被师父给骂惨了。后来师父告诉我，饭留在厨房，他自己会过来吃，核雕室是工作的地方，不准带任何吃的东西进去。”

他摊了摊手，说：“所以，你只管把饭菜给师父留着，他忙完了自然就过来吃了。”

听他这么一解释，时未也懂了。因为像曾迎松这样的手艺人对待艺术就跟朝圣的人对待神明一般，其实这一点，李忍又何尝不是，他也永远把工作的地方看作是最神圣的地方，平时也不准她和林正义在办公室吃午饭，结果她和林正义常常因为贪恋那一点空调的凉快，将李忍的话给忘了，被骂了好几次，依旧屡教不改。

时未挠了挠头，说：“可是，今天的饭菜都吃干净了，没什么留下的食物了。”

“啊？”弘柒瑾连忙跑过去打开冰箱瞧了瞧，只剩两个鸡蛋，冰箱真是有史以来最干净的了。弘柒瑾面容愁苦地朝时未走过来，说，“怪我，因为马上到月底考核了，所以忙着练习核雕去了，这冰箱里的菜忘记及时补了。”

时未想到晒被子时在屋顶上看到的后面的小菜园，安慰道：“小弘，我好像看见后面还有一个菜园子吧，去摘一点新鲜的蔬菜重新做就好了。”

弘柒瑾摇摇头，说：“不行，这菜园子我上周刚刚翻了一遍土，蔬菜都是新种下去的，还没有长出来呢。”

厨房的一角堆着一大堆不用的核桃，每一次曾迎松去山上捡核桃，回来都会将好的料子挑出来拿到核雕室旁边的耳房放着，用不上的核桃便堆到厨房。

时未突然有了想法，指着那一堆核桃问弘柒瑾：“这些核桃可以吃吗？”

弘柒瑾点点头：“可以倒是可以，就是壳太硬了，核桃仁也不多。”

时未微微一笑，说道：“这没有关系，我需要的不多，你可以帮我砸几个核桃吗？”

弘柒瑾不解地问：“砸核桃干吗？”

就算是给师父吃核桃，要能吃饱，那得砸多少核桃啊。

在弘柒瑾不解和困惑的眼光中，时未将冰箱里的鸡蛋拿出来，朝他晃了晃，才说：“做核桃鸡蛋羹。”

说起这个核桃鸡蛋羹，是时未小时候，她的妈妈经常给她做的，对于她来说，不仅是童年的记忆，更是对母亲的一种怀恋。

只是不管她怎么努力，却再也做不出来和母亲一样的那种独特的味道了，或许只有记忆里的味道，才是最好的味道吧。

核桃鸡蛋羹的做法很简单，先将核桃仁碾碎，然后加入鸡蛋一起搅拌，等到搅拌均匀，微微可见一些气泡，再加入一点米汤放到锅里蒸就可以了。

蒸鸡蛋也是有讲究的，水多了不行，水少了也不行，不然蒸出来的鸡蛋要么凝聚不拢，要么就太干了，只有加入的那一点水恰到好处，蒸出来的鸡蛋羹才是嫩嫩的，入口即化。

核桃仁和鸡蛋一起蒸，出锅之后会呈现淡淡的紫色，看上去像果冻一般。

这边核桃鸡蛋羹热气腾腾地出锅来了，那边曾迎松已经一只脚踏进了厨房。

时未有点怀疑，这位曾老师是闻着味儿来的，不然怎么不早也不晚，来得刚刚好呢。

弘柒瑾连忙过去招呼曾迎松坐下：“师父师父，您来得正好，这位姐姐特意为您做了核桃鸡蛋羹，我看着都流口水了，您快尝尝，好不好吃？”说完，朝时未挤了挤眼，示意她将核桃鸡蛋羹拿过来。

时未心领神会，将鸡蛋羹送过去，曾迎松看了她一眼，随口问道：“刚才自我介绍的时候怎么没你啊？”

弘柒瑾刚想开口替时未解释，曾迎松便一个眼神扫向他，说：“她又不是没有嘴，自己不会说吗？”

时未微微一笑，将勺子递给曾迎松，回答道：“曾老师，刚才我确实不在，现在重新介绍。”

时未站得笔直，认真地一字一句地将自己介绍了一番。

直到她说完了，曾迎松也没表态。只是过了一会儿，碗里的核桃鸡蛋羹吃得差不多了，他站起来准备去核雕室的时候，才轻轻飘飘地对时未说：“味道不错。”

突如其来的肯定，时未还没有反应过来，只是愣愣地点了点头，看着弘柒瑾跟着曾迎松走了。

司穹也不知道从哪儿来的，轻轻地拍了拍她的肩。

时未问：“我这是过关了？”

司穹点头：“嗯。”

刚才跟着曾迎松走了的弘柒瑾突然又跑了回来，开心道：“好消息，师父说你们要拍什么，今天就可以拍了，只要别弄坏了，都可以随意。”

在场的人都松了一口气，这确实算是一个好消息。

司穹作为节目的嘉宾，每一期是必须出镜的，今天要拍的内容，着实没有时未和陈灯什么事，两人便自告奋勇，跟着弘柒瑾要去山上捡核桃。

时未去捡核桃，完全是为了用来给曾迎松做核桃鸡蛋羹；陈灯则是因为无聊，便跟着出来散散心，打发一下在乡下难熬的没有Wi-Fi的无聊时光。

弘柒瑾在前面带路，时未和陈灯跟在后面，走得慢一些，走着走着，陈灯便主动开口问她：“你和司先生怎么样了？”

时未想着，陈灯怎么说也是喜欢过司穹的，指不定现在余情未了，心里还装着司穹，她斟酌着该怎么说才不会刺激到陈灯受伤的心。

陈灯却以为时未没有听到，便又问了一遍：“时未姐，你和司先生怎么样了？”

时未低头看路：“就那样呗，恋人相处的正常模式。”

陈灯忽然想到什么，又问时未：“时未姐，你知道司先生以前有过一个女朋友吗？”

“知道，司穹说过一些。”

“原来说过了啊，不过我觉得司先生的前女友可真不是什么好人，司先生这么好，她当初竟然把他甩了。”陈灯有些气愤，又说，“时未姐，以后你要是见到这个前女友了，一定要替我好好教训她，想当初，她就仗着自己是司先生女朋友的身份，竟然对还是小孩子的我‘大打出手’，要不是佟家人及时赶到，救下了我，我早就被她抓得毁容了。”

时未想不到竟然还有这么一段往事：“她为什么对你动手？那个时候，你应该才十几岁吧。”

陈灯的年纪和时未差不多，时未长了陈灯半岁，所以从初识的时候，陈灯便一直叫她时未姐。

“因为嫉妒呗，嫉妒司先生送了我一捧花。”陈灯如是说。

那一天是司穹前面二十年中最意气风发的一天，陈灯第一次见到司穹。那天，他在台上，她在台下，他赢得了荣耀和掌声。仪式结束后，她像很多仰慕他的小女生一样，上前去找他签名、拍照，他那时候比她高了好多，他蹲下来，给她签名，并且把那一捧花送给了她。

“那是和奖杯一起的花，那个前女友以为司穹会把这花给她，不料中途竟然给了我，所以等到大家不注意的时候，她把我堵在空旷的走廊上，恐吓我。可是我不怕。我从来不是吓大的，就她那点小伎俩，要是放到现在，我分分钟将她碾碎成渣渣。”

陈灯回忆起来依旧有些自豪。

当晚，时未便就这个问题和司穹进行了深刻的讨论，时未很好奇，问他：“你当时为什么把花送给陈灯啊？”

司穹一挑眉，将时未揽入怀中，淡淡地说道：“大概是因为这么多人中，只有她一个人是黑头发吧。”

毕竟那时候，围过来的都是金发碧眼的小姑娘，司穹实在是脸盲得厉害，眼睛都快看花了，突然出现一个黄皮肤黑头发的亚洲面孔，总觉得有几分亲切，所以他才会先给她签了名，并且将花送给了她。

其实，陈灯对于司穹的执着，也是从那一捧鲜花开始。那时候司穹是张扬帅气的少年郎，任何一个情意萌动的少女，大概都会对这样的少年最难忘吧！

所以，与其说陈灯喜欢的是司穹，不如说陈灯喜欢的是那一份纯粹的仰慕。

拍摄任务进行得比想象中顺利，本来以为曾迎松老师不会配合，没想到因为一碗核桃鸡蛋羹，曾迎松老师竟然还主动要求出镜，讲述目前核雕的现状，以及核雕的艺术价值。

临近节目尾声，江河源突然提出要做一期特别节目，作为这一年的《美食与他》节目收尾，可是就在临拍摄的前一天，时未突然接到林正义打过来的电话。

电话来的时候，大家都在吃饭，时未手里的筷子“啪嗒”一声掉在地上，那一瞬，她整个人似乎被掏空了，失去了灵魂。过了好半晌，她才找回自己的声音，讷讷地问：“师父怎么在急救室，他不是一直好好的吗？”

时未的声音带了哭腔，大家只是看着时未脸色难看，却并不知道电话里发生了什么事，江河源用手肘戳了戳季同，问：“怎么啦？”

季同摇头表示不清楚。

电话里，林正义哽咽着，声音还有些哑了，过了好一会儿，才低低地说：“小师妹，你快点赶回来吧，说不定还能见到师父最后一面。”

时未觉得，自己好像突然回到了十年前的那一天，在狭小的被挤压变形的车厢里，她被什么东西压着，一睁眼，便是父母鲜血淋漓的脸。

如今，林正义说李忍快不行了……

眼泪就跟断了线的珠子似的，啪嗒啪嗒往下掉。

司穹扶着她坐下，给她擦眼泪：“时未，告诉我，发生什么事了？”

司穹的声音将时未从回忆里拉了回来，她看着他，突然撕心裂肺地哭出声来，双手抓着他的衣服，说：“司穹，我该怎么办？我该怎么办？师兄说，师父他、他快不行了。”

李忍病危的消息来得突然，司穹作为嘉宾必须参与到最后一期节目的录制，他只能将时末送到高铁站，由季同送她回兰溪市。

司穹抱着她安慰道："放心，一定能赶上的。"然后嘱咐季同，"季同，她就交给你了。"

季同点头应下："放心吧，我一定将她安全送回去，然后等着你回来。"

司穹目送着两人进入高铁站，他在那里站了好一会儿，他一直站着，等到高铁已经出发才转身离开。

下了高铁，两人一路马不停蹄，高铁转高铁，高铁转出租，终于在当天晚上到了兰溪市军区总医院。

医院的长廊，亮着白炽灯，现在是深夜，只有穿着白大褂的医生和值班的护士，入眼一片雪白，十分刺眼。

时末嘴唇发白，站在电梯门口等电梯，电梯光滑的镜面上反映出两个人影，一个是她，一个是季同，两个人都狼狈不堪。

时末看着正在下降的红色数字，低声对季同说："同哥，你先回去休息吧，我自己上去。"

季同伸手拍了拍她的肩："时末，我既然叫你一声小师妹，我就必须上去看看。"

时末没再说话，这时候，电梯门开了，他们要去的是最顶楼的重症监护室。

在来之前，林正义就在电话里说了，李忍已经从手术室出来转移到重症监护室了。

重症监护室外有一排蓝色的椅子，提供给家属休息的，林正义就坐在那里，低着头，神色晦暗，听见有脚步声，他抬起头看过来，四目相对的那一刻，两人都红了眼眶。

时末走过去抱住林正义，叫他："师兄。"

林正义抹着眼泪，抱了一下便连忙将时末放开了，开玩笑似的说："小师妹，师兄是不是都发臭了，你看师兄现在这副样子，胡子拉碴的，好几天都没有洗澡了。"

时未摇摇头："师兄，辛苦你了。"

林正义虽然平时不拘小节，可是却很讲究卫生，胡子每天都会刮得干干净净，衬衫每天洋溢着洗衣粉和阳光的味道，头发也永远是梳得服服帖帖的，哪儿像现在这般，衣服皱皱巴巴，头发也乱糟糟的。

这时候重症监护室里出来一个护士，仰着头喊："谁是李忍的家属？"

林正义连忙答应着跑过去："我是我是。"

时未也跟着跑过去，便听到护士皱了皱眉，说："病人现在的情况很不乐观，医生还在里面想办法，家属就在外面等着，有什么情况，我们会通知你们的。"

最后，护士看着林正义说："先生，你已经在这里守了几天了，我每天值夜班都看到你睡在外面的长椅了，如今有这位小姐在这里守着，我建议你回家洗个澡，把衣服换一下再过来。"

说完，护士转身又进了重症监护室。

"都别站着了，先坐着等吧。"季同说。

林正义这才注意到原来季同也来了，他看着他，本想上前抱一抱，可是想到刚才护士的话，他硬生生地站住，只是叫了声："季老弟。"

季同知道林正义想说什么，无非就是那些感谢的话，他上前拍了拍他的肩，也不嫌弃他身上的味儿，说："我俩之间，不用感谢，彼此明白就行了。"末了，他又说，"所以，我也建议你先回去洗洗，这里我和时未守着，不会有什么事的。"

时未也劝他："师兄，你放心，师父我来守着。"

林正义沉默了一瞬，点点头："好，小师妹，季老弟，这里就先交给你们，我一会儿就回来。"

重症监护室异常的安静，只有墙上的挂钟"滴答滴答"地如常走着，突然电梯门那里传来"叮咚"一声，电梯门开，一群人有家属有医生也有护士，一起涌了出来。

是马上要临盆的产妇。

重症监护室的旁边就是产房，孕妇很快就被推进了产房，家属被隔离到了外面，他们也是坐立难安，但是脸上更多的是对未来的期待。

狭长的走廊，硬生生地被隔离成了阴阳两界一般。一边是新生命的降临，一边是死神的逼近。

时未有些困了，坐着就觉得脑袋昏昏沉沉的，身子也发虚。季同问她要不要靠着他睡会儿，时未摇摇头，说："没事，我要等着师父。"

半个小时后，产妇依旧还没有生出来，林正义却已经回来了。换了干净的衣服，胡子也刮了，整个人精神了许多，他刚走到时未身边，准备坐下，重症监护室的门再一次打开，还是刚才的那个护士，她面色凝重，说："都过来换衣服，进来见病人最后一面吧。"

时未不知道自己是怎么穿上无菌服的，她的脑海中一直反反复复回响着刚才护士说的最后一句话，像是有千吨巨石压在她的心上，喘不过气来。直到她站到李忍的病床边，医生和护士相继退了出去，她才恍如隔世，看着躺在病床上的李忍，慢慢地握着他的手在床边蹲下。

李忍身上插着线，连着心脏仪，嘴上又带着呼吸罩，说话断断续续的，时未和林正义分别在病床两边，守护着李忍的最后一点时光。

李忍说："小未，正义，世研所就交给你们了。8·11项目也交给你们了，一定要完成它。"

他说得慢，时未和林正义认真听着，生怕错过了一个字。

李忍一生都在为了事业而奋斗，生命的最后一刻，亦是如此。

时未的喉咙像是有千万根刺哽在那里，难受得很，她紧紧地握住李忍的手，答应着。她尽量压抑着自己，不让自己在李忍面前哭，李忍不喜欢看到软弱的她，所以，时未勉强着牵出一抹微笑，安慰着李忍，也安慰着自己："师父，你一定会好起来的，我和师兄还等着你带着我们一起做项目呢。"

林正义红着眼，声音沙哑，他紧紧将李忍的手握住，说："是啊，师父，你不是老是骂我吊儿郎当的，没有你看着就成不了事吗？你一定要好起来，回来继续骂我啊。”

李忍笑了一声，不知道牵动了哪里，他咳嗽得厉害，过了好一会儿才慢慢缓了过来，艰难地抬起头，打了一下林正义的头，对他说：“你这小子，没了我成天骂你，你还不习惯了吗？”

林正义干涩地扯了扯嘴角：“是啊，师父，不习惯。”

林正义如今三十有七，他是二十二岁那一年进入世研所跟着李忍做世界语言研究的，十多年前的处境比现在好不了多少，甚至说更为糟糕。

这多十年，他基本上是和李忍相互依靠着走过来的，情同父子。如今这个陪了十多年的人，突然就要走了，要永远消失，再也看不见了，林正义的心里便没由来地发慌，好像只要将手再握紧一些，李忍就不会离开他们一样。

其实李忍的这个毛病，也不算是突然爆发的，前些日子李忍在档案室突然晕倒便有了一些征兆，那时候送到医院治疗，医生只说是最近太过疲劳才会突然晕倒，其他并没有什么大碍，所以当天李忍便强制让林正义办理了出院手续，又回到世研所继续忙碌了。

林正义自然是担心的，毕竟李忍上了年纪，身体素质比不上年轻人，所以他时常劝李忍休息，平日里的工作也主动分担更多，李忍拗不过林正义，嘴上答应着去休息了，可是回到了家里还是继续工作，整理文稿。

那几天林正义并不知道，只是看着李忍脸色渐渐好了，便以为他的身体也跟着好了。

可是后来，他的身体一下子垮了，又一次晕倒在了工作台上，送到医院抢救的时候，林正义才意识到了事情的严重性。

所以，林正义现在既难过又自责，如果自己在那个时候坚持让李忍做全身检查，或者多休息一阵子，今天，李忍也就不会躺在这里和他们生死诀别了。

“人有生老病死，旦夕祸福。”这句话李忍时常说，可能是回光返照，这会儿李忍的精神越来越好，他甚至坐了起来，还取掉了呼吸罩。

他看着季同，说：“季先生，我怕是不能当面给小司说一声感谢了，你帮我把这份心意带给他吧。”

然后他看着时未，拉着她的手，轻轻地拍着：“小未啊，原本师父最放心不下的就是你了，你自小没了父母，家庭情况又复杂，师父怕我走了你受了欺负没地方去，如今却是不用担心了。小司是个好孩子，师父从第一面见到他就知道了，把你交给他，师父也能安心地走了。”

时未低头，不让李忍看见她流眼泪，胡乱擦了擦，才抬头说：“师父，我还等着你送我出嫁呢。”

李忍笑了笑，拉过林正义的手，放到时未的手上，三双手紧紧地握在一起。李忍慢慢地说：“师父怕是不能送你了，出嫁那天，就让你师兄送你吧。虽然你师兄平时看着不靠谱，但他是真心实意待你如亲妹妹一般好的，以后有什么困难，记得还有一个师兄。”

末了，他又对林正义叮嘱：“正义啊，以后好好照顾小未，好好打理世研所，好好将项目做下去，师父会在天上看着你们的。”

时未和林正义已经哽咽着说不出话来，怕一张口，便不管不顾地放声大哭，他们只能咬牙忍着，让李忍走得安心。

李忍又躺下了，握着时未和林正义的手没有松开，继续交代后事。

“正义，师父这一生没什么积蓄，就是有一套老房子，那房子比我岁数还大，你们年轻人也住不惯，师父就不留给你们了，在明年春天的时候把它卖了吧，钱你们一人一半，就当是以后你们结婚，师父随的份子钱。”

今天一早天气预报便说今晚有暴雨，如今这雨终是在凌晨之际慢慢来了，越下越大，越下越大。

重症监护室里的空间都是比较密闭的，李忍突然对时未说：“小未，你去将窗帘拉开，师父想看看雨。”

“师父……”

李忍微笑，安抚着她：“快去吧。”

李忍偏着头，看着时未慢慢往窗边去，他的身体似乎已经到了极限，他觉得眼皮越来越重，身子越来越轻。

睡吧，他这一生已经够了。

时未心里突然抽了一下，她的手拉住窗帘，刚刚拉开一个角，身后传来林正义的一声低吼和心脏仪归零的声音。

“师父！”

手赫然顿住，时未不敢回头，窗外豆大的雨滴噼里啪啦地打过来，天空就像一张巨大的黑布，只有闪电经过才扯出一张惨白的脸来。

雨好大，师父也终究随着这一场雨去了。

季同悄无声息地退出了重症监护室，脱了无菌服，站在走廊里发短信。

——人去了。

其间，他又看到了产房外面的人，那边还在迎接新生，这边却已经面临死亡了。

短信回了，一贯的司穹作风。

——看好她。

过了一会儿，医生和护士进了重症监护室，林正义扶着时未慢慢走了出来。

“季同，小师妹就交给你了，你帮我先把她送回家，我还要留在医院处理一些事情，她待在这里不好。”林正义毕竟是师兄，如今李忍一走，李忍膝下无子无女，这身后事只能由他来操办了。

季同将时未扶过来，安慰道：“节哀。”

林正义转身再次进入重症监护室，季同扶着时未走向电梯口等电梯，那边的产房却突然传来动静。

婴儿的啼哭声回荡在整个医院长廊，外面等待的男人脸上的焦急终于褪去换上了喜悦。

不一会儿，医生出来了：“恭喜，是双胞胎，一男一女。”

男人的母亲已经迫不及待地想要看一眼自己的孙子孙女，男人的父亲拿着电话一一报喜，而男人则站在产房门口，拉着医生问：“我媳妇儿呢？”

医生笑了笑，说：“马上就出来了。”

话音刚落，护士就推着病床上的产妇出来了。男人连忙上前，握住妻子的手，轻轻一吻，说：“媳妇儿，谢谢你。”

时未盯着那处看了许久，面前的电梯已经打开了，她却浑然不知。过了好一会儿，那边推着产妇要下去，季同才扶着时未让开了路。

等到电梯门再次合上，这一片区域再次安静下来了，时未才轻声问他：“季同，你说，这世界上有轮回转世吗？”

季同明白时未想说什么，他回答道：“有。”

“那就好。”时未似乎笑了笑，对季同说，“我们走吧。”

Chapter 08 让人心疼的他

葬礼是在两天后，那天小雨连绵，似乎要将李忍留在这个世间的所有痕迹带走。葬礼是由林正义一手操办的，研究所的人都来送了李忍最后一程，最后，李忍永久沉睡在了沉寂山中的墓园里。

那一天之后，时未回到家便一病不起了，季同带她去医院检查，医生只说是普通感冒，并没有其他毛病，便给她开了一堆感冒药。

季同一个男人，总是在一个单身女子的公寓出入到底是不好的，他请了一个临时保姆照顾生病的时未。

李忍走了，8·11项目和世研所还有很多事情等着林正义处理，他抽空来看过时未几次，每次时未都是昏昏沉沉的。林正义同她讲了什么她也没印象了，只是这些天，她总是会想起小时候，想起父母离世的那一场车祸。

林正义走的时候，在公寓楼下碰到了季同。

季同也是刚刚从司念那边过来。最近司念的病情也开始反反复复，偶尔情绪很好，会和他讲笑话，会和他讨论她喜欢的东西，也会让他带她出去看花；情绪差的时候，她便将自己关在厕所，谁也不让进去，或者无缘无故地摔东西。

所以，这些天季同两边跑，整个人憔悴了不少。

林正义说："季同，谢谢你了。"

季同："我们之间别这么客气。"

其实林正义和季同认识的日子真的不算长，才三个月不到，却总有一种相逢恨晚的感觉。

林正义想了想，还是担心时未，便说道："小师妹这样下去也不是办法，我担心她身体吃不消，刚才看她，这才几天啊，人都瘦了一大圈了。"

光是那脸，瘦成锥子了，哪有以前的双下巴好看。

"这病，还是心病，她过不了自己心里那关。"季同说，"身体上便也好不了的。"

时未和李忍虽然相处还不到三年，可是感情却不假，她难过他自然能体会得到，可是……

林正义叹气："可是师父已经去了，她这块心病我也没有办法了。"

"不，还是有希望的。"

至少还有一个人。

季同说："既然不知道什么时候才能等着她自己走出来，不如我们就帮着她走出来。司穹过几天就回来了，有他在，我相信小师妹会很快走出来的。"

林正义走后不久，季同上去嘱咐了张阿姨一些事情，也走了。刚才Jones医生给他打了电话，说司念要见他，他就不能多待。本来还想告诉时未司穹过几天就会回来了，可是她一直在沉睡，他便等不到她醒过来了。

张阿姨每天都会定时给时未送饭和送药，时未浑浑噩噩地吃了，又觉得困，一倒头又睡了。这些天她睡得黑白颠倒，有时候半夜醒过来，整个房间空寂得没有一点声音，照顾她的张阿姨也走了，她会起床洗澡，洗完了又在床边静静地坐一会儿。

今天，她隐约中好像觉得林正义和季同来过，那时候她刚吃了药，困意很大。现在过了凌晨，她醒过来依旧是一片漆黑，黑暗像是巨兽的一张大嘴，要将她吸进去。

时未起来泡了一个澡，又穿着睡衣坐到窗边，窗外无风也无月，只有公路上点点的灯光，和一排一排的路灯。

她静坐了一会儿，突然很迫切地想要听一听司穹的声音，这才将关机了好多天的手机找出来开了机，屏幕刚亮，便有很多短信息涌了出来，有江河源的，有陈灯的，还有节目组其他人的，最多的是司穹的。

时未觉得心里难受，看着司穹的短信一个劲儿地“吧嗒吧嗒”掉眼泪，她发狂似的想给司穹打电话，可是现在子夜三点，司穹应该早就睡了，一想到这里她就不忍心了。只能找出以前司穹的微信语音一条一条地听，仿佛这样司穹就陪在她身边似的。

清晨，外面天空还未泛白，客厅就传来窸窸窣窣的动静。时未睡得浅，只当是今天张阿姨来得早，便继续睡着没有动。过了一会儿，迷迷糊糊中，她好像听到卧室的房门被打开，然后床边突然往下陷了陷。

一股清冷之气瞬间席卷了她，她闻到熟悉的味道，慢慢睁开眼，当司穹那一张脸出现的时候，时未以为自己在梦里，她眨了好几次眼睛，才讷讷地喊：“司穹？”

司穹回到兰溪市便直接赶了过来。他知道时未生病了，却不知道她憔悴成了这般模样，离开他的时候还是一个圆润可爱的姑娘，现在脸色又苍白，脸也瘦，他看着心疼得不行。

司穹俯身将她抱住，在她耳边轻声说：“我在，时未。”他脱去了一身晨露的外衣，也钻进被窝里躺下，将时未抱在怀里，轻轻地亲吻着她的额头，说，“现在还早，再睡一会儿。”

“嗯。”时未往他怀里靠近，贪婪地呼吸着有他味道的空气。

这一睡，时未睡得十分沉，等她醒过来的时候，身边已经没有司穹了。她的心一下子慌了，明明那么真实的触感，不可能是梦。

她光着脚打开卧室的门跑出去：“司穹。”

阳台的窗帘忽然被风吹开，司穹从光影浮动中走出来，手里端着她的粉色盆子。

“司穹？”

司穹朝她走过来："借你的盆子，洗了一件衣服。"

原来这不是梦。

时未将他抱住："司穹，我还以为你是一场梦，梦醒了，你也不在了。"

"傻瓜。"司穹说，"我会一直在你身边的。"

司穹这才注意到，时未光着脚踩在地板上，季同说她的感冒一直没好，不能着凉，他将盆子放下，弯腰将时未打横抱起往卧室而去。

时未担忧地道："司穹，你的腰。"

"没事儿，抱你还是可以的。"司穹将她放到床边，拿过棉质的白色拖鞋给她穿上，说，"以后记得穿鞋，别光脚踩在地上，你要好好保护自己。"

快到中午的时候，张阿姨过来了一趟，送了一些蔬菜和水果。

司穹感谢了张阿姨这些天的照顾，给她开了一笔丰厚的工资，之后张阿姨又将时未所有的药的服用方法一一写下来交给司穹才离去。

张阿姨离开的时候，似乎不放心，又说："司先生，有件事情我觉得应该给你说一下。就是我换洗床单的时候发现时小姐总是喜欢在枕头下放一把长刀，你看，这刀也不是什么好东西，你要不要和时小姐说一说，将刀收起来。"

时未睡觉总是喜欢在枕头底下放一把刀的习惯，司穹是知道的，还是陈灯告诉他的。

有一次时未、陈灯和大部队走散了，时未便用身上唯一的一张绿色毛爷爷订了青旅。

一间房，四张床。时未选了下铺，陈灯便选了时未对面的床铺。

夜里，时未睡得早，迷迷糊糊中听到陈灯叫她。

"时未姐，你有带水果刀吗？"陈灯是半夜被渴醒的，下楼找了一圈，一点水的影子也没有找到。还好背包里有橙子，用刀十字切四瓣，倒是解渴的。

时未睡得迷糊了，反应了一会儿才回答了一声"有"，然后微微撑起身子，将手伸到枕头底下摸。

陈灯不明所以地看着她，便见时未从枕头下抽出一把刀来，借着灯光，陈灯瞧着像水果刀，又不像水果刀。

陈灯迟迟未接，时未将刀往前一送，说：“刀，拿着。”

陈灯迟疑地接过来，有些不知所措：“时未姐，你怎么在枕头底下藏把刀啊，怪吓人的。”

时未似乎困得厉害，眯着眼躺下，答了一句“辟邪”便捂着被子又睡了。

这一晚，陈灯没敢睡。

她将这个故事告诉司穹的时候，司穹已经见识过时未的那把刀了，后来他也多次看到时未将那把刀随身带着，他倒是没有多想，只是觉得出门在外，一个女孩子拿一把刀防身也是正常的。

时未吃了药已经睡下了，司穹轻手轻脚地走进卧室，轻轻地在她身边躺下，床上的人似乎感觉到了，刚才还是背对他的姿势，现在翻了身转过来将他抱住了。

司穹拉上被子给她盖上，轻声唤：“时未？”

“嗯。”她迷迷糊糊地答了一声。

“吵醒你了？”

“没有，睡不着。”她一直不分昼夜地睡，可是每一次都睡得不好，唯有今天早晨沉沉地睡了一觉，而现在，躺着也睡不着。

“睡不着，那我们说说话吧。”司穹说。

“嗯。”

“你为什么要在枕头下面放一把刀？”

“辟邪。”挺有效的，以前她睡不踏实，这个方法是一个老太太告诉她的。

“不能拿出来吗？”

“不能。”时未回答得斩钉截铁，没有一点犹豫。

司穹撑起头来看她，问：“为什么？”

“求安心。”

司穹伸手将她的头发别到耳郭后面，轻声说：“时未，以后你有我，所有的妖魔鬼怪我来替你挡，你的安心，我来给。”

转眼已经入秋，这是李忍去世半个月后，时未第一次回到世研所。

世研所外面的一条长街铺满了银杏金灿灿的落叶，游人如织。时未穿着一身针织衫，秋风卷起落叶的瞬间，她紧了紧身上的衣服。

以前的这个时候，她总是和林正义趁着工作的间隙跑过来给游人拍照，那段时间恰逢世研所经济困难，所以一切可以赚钱的方法，她和林正义自然不能错过。

林正义凭着自己出色的拍照技术，以每张10元的价格在银杏最美的那段季节里算得上小赚了一笔。后来被李忍发现，李忍难得地没有骂他们不务正业，还破天荒地夸奖她和林正义有商业头脑。后来林正义“得寸进尺”拉着李忍，师徒三人在铺满银杏的大道上留下了弥足珍贵的一瞬间。

如今，这张照片就放在世研所林正义的办公桌上。

林正义现在接替了李忍的工作，正在会客室和8·11项目的另外一些负责人谈事情，时未便坐在他的座位上等他。

一时间看着这张唯一的合照，时未不免又触景生情，想念起李忍来。

以前李忍还在的时候，她和林正义的办公室十分混乱，各种资料在桌上胡乱地堆放着，李忍每每过来念叨，她和林正义都是嘴上答应得利索，等李忍前脚一走，他俩对视一笑，便将李忍的话抛到九霄云外去了。

可是如今，这个办公室被林正义收拾得井井有条，以前堆放在一起的资料，也已经整整齐齐地放在书柜里了。

林正义还养了不少的绿植，其中以多肉植物偏多，使得整个办公室明亮又充满生机，似乎一切都焕然一新，也包括她自己。

林正义开完会，回来的时候看见时未，显得有些意外。

“今天你怎么一个人过来了？”林正义有四处瞧了瞧，问，“司穹呢？”

这些日子，林正义已经充分见识了司穹此人的护妻本质，以后还可能会发展成为护妻狂魔。所以，他又怎么会放任时未一个人出来瞎晃?

时未起身，坐回自己的位子上，才说：“我自己过来的，司穹和季同去医院了。”

医院？林正义虽然不大清楚，但也多多少少了解这个医院背后代表的含义。他松了松领带，瘫坐在桌前，似乎开了一个会跟刚上了一次战场一样，时未不是外人，他在她面前可以彻底放松：“司念又有情况了？”

时未摇摇头：“不清楚，你又不是不知道，对于这个妹妹，司穹似乎从来都不愿意和别人提及。”

林正义抬头看她，指出她刚才那句话的错误：“小师妹，你对于司穹来说是别人吗？”

时未不说话，低头拨弄电脑旁的多肉。

“得了。”林正义一副恨铁不成钢的表情，“刚才那话就当我没说，你和司穹有你们自己的造化，我顶多算是个局外人。”

而且特别是感情这回事儿，如人饮水，冷暖自知，是好是坏，只有两个当事人知道，别人是插不得手的。

时未不说话，倒不是因为林正义说得不对，而是林正义恰好说到她的心坎上了。这些日子，时未是十分感激司穹陪在她身边的，他们几乎整夜相拥而眠，也到了无话不说的地步，可是每次的话题触及司念，司穹总是不动声色地掩饰过去。关于司念，他并不想多说。

时未看了看时间，出门的时候，司穹打电话告诉她会过来接她，现在时间也差不多了，她起身告辞，走到门口，突然想到什么，转身对林正义说：“师兄，你穿正装挺好看的。”

“啊？”林正义赶紧将翘起来的二郎腿放下，对着电脑屏幕映出来的人影整理领带，得意地说道，“是吧，你师兄以前那是不爱打扮，哪天我认真拾掇了，走到街上那可是百分之百的回头率。”

时未笑了，拉开门出去：“师兄，明天我就回来正式开始上班，这些日子辛苦你了。”

司穹说他会在世研所外面的岔路口等她，因为银杏落叶的缘故，里面的人太多，车便进不来了。

隔着老远，时未就看见一个瘦高的男人，身材挺拔地立在车旁，因为外形太过出众，这边人来人往，还引发了不小的轰动，竟然有人上前主动要求合影。林正义口中的百分之百的回头率怕也不过如此了。

自己的男朋友这么受小姑娘欢迎时未没觉得不开心，反而挺乐呵的，她走近了，也不上前阻止，就站在人群中，看着被围住的司穹。司穹仿佛有感应似的，突然抬起头朝她看过来，然后便径直朝她走了过来。

时未听力好，人群中竟然有人说她运气好，得到了帅哥的关注?

明明是因为这是她男朋友啊。

司穹上前自然地将她搂进怀里，对围过来的少女们微笑着说道：“你们的请求我得先问一问我女朋友的意见。”

司穹的女朋友，单单只几个字，已经引来了围观人群的起哄声和少女们的惋惜声，最后大家以一种渴求的眼神看着她，时未实在不忍心拒绝，便点了点头：“可以，大家一起照吧。”

这张照片时未是在一年后收到的，那时候《美食与他》的节目播出之后反响特别好，江河源得奖得到手软，司穹和时未也名声大噪。

不过本质却不同，司穹是因为集才华和美貌于一身而大受欢迎，时未则是凭借那一个漂亮的后空翻引得了大家的关注，还有不少热心观众打电话到电视台要拜时未为师。

不过，这是后话了。

那天，司穹带着她回家之后，便又和季同走了，直到深夜也没有回来。

凌晨的时候，司穹发了一个短信过来，问她睡了没有。

时未正躺在床上翻来覆去睡不着，这些日子她的身体已经习惯了有司穹，当身边再次空荡荡的时候，她总觉得少了什么，睡也睡不踏实了。

她想了想，回复到：还没睡，你今晚不回来了吗?

司穹没有再回复了，而是直接打了一个电话过来。

电话接通的瞬间两个人竟然谁也没有先说话，连着整个房间的空气似乎都静止了，过了好一会儿，司穹才低低地叫她的名字。

时未握着手机，蜷缩成一团："司穹，你怎么了？"

"没事儿，就是想听听你说话。"

时未将被子紧紧攥在手里，过了一会儿才说："明天我就要回世研所上班了，师兄一个人太辛苦，我得回去帮他。"

"嗯，我知道了。"

"明天早晨你想吃什么？"时未说，"医院和世研所在一个方向，我顺路给你送早饭。"

司穹没有立即回答她，时未试探性地说："你妹妹喜欢吃什么，我一起做，自己做的总比外面买的要好。"

"时未。"司穹的嗓音低低的，特别是在深夜，更是低沉，他说，"不用麻烦了，医院有专门负责饮食的营养师。"

"好。"过了许久，时未回了这么一句话，明明心里有千言万语，可是却找不到一个理由说服自己毫无顾忌地说出来。

黑夜中，时未轻轻地翻了一个身，她说："司穹，我困了，先睡了，晚安。"

很奇怪，挂完电话时未很快就入睡了，没有梦的一夜，早晨很早就醒了。

早上五点，时未给司穹发了一条短信，便起床洗漱了。

世研所外面的银杏叶堆了很厚，负责园艺的工人正将这些落叶从花园里的草地上清除。时未去得早，便将手里的早饭给大伙分了，刚分完，林正义蹬着自行车来了。

时未瞟了他一眼：“师兄，你的白龙马呢？”

白龙马是林正义的电动车，因为全身雪白，因此得名。

林正义无可奈何中带着一丝愤然：“别提了，前几天停在小区楼下，被小偷临幸了。我不是上了锁吗？小偷嫌费事儿，把锁和轮子留下了，其他的全给我一锅端了。”

他按了按自行车上的铃铛，说：“这不，新座驾，怎么样，好看吗？”

时未这才仔细敲了敲，今年新款，走户外运动风格，整个是不错，就是……

时未评价道：“就是颜色太花哨了。”

“小师妹，这你就不懂了吧。”林正义说起来头头是道，“这车呢，就相当于男人的老婆，老婆自然要选择漂亮的了。”

时未觉得林正义的审美很可怕，连忙提醒他：“师兄，没有一个爱美的姑娘会把自己打扮成圣诞树的。”

“圣诞树怎么了？”林正义来劲儿了，觉得这个世界对圣诞树充满了恶意，他说，“我觉得圣诞树是世界上最美丽的树，没有之一！”

态度坚决，简直不容时未反驳。

一整天，林正义都沉浸在对圣诞树的美妙幻想之中，下班的时候，时未叫他他也没有听见。

其实这样挺好的，感觉似乎又回到了从前，只是少了一个人而已，而所有的不好，交给时间最为妥当。

走出世研所，外面的银杏叶已经被清理得差不多了，但是过来拍照的人依旧不少。时未一个人走着，忽然从路边跑出来一个小姑娘，拜托她帮忙拍一张照片。

是一对小情侣，看年纪估计上高中，无忧无虑的年龄，谈恋爱只要你爱我我爱你就好了。哪像成人世界，你爱我，我也爱你，可中间到底还是隔了很多不可能。

比如她和司穹，中间永远隔了一个司念。

司穹朝她走过来的时候，时未微微发愣，以至于银杏叶掉落在她的头上都未曾发觉。他抬手将银杏叶拂去："我来接你下班。"

因为司念的事情，时未觉得她现在和司穹似乎进入了一个死胡同，所以经过昨晚的再三思虑，时未决定最近尽量减少和司穹见面的次数，留下空白的时间给自己。她要去弄清楚，接下来该怎么去做，才能在不伤害任何一个人的情况下，寻找一个三全其美的方法。所以，她今天一大早起床就给司穹发了短信，说下班之后，她自己回去，不用他过来了。

时未问："那条短信……"

司穹牵起她的手，往停车的地方走："短信我看见了，我也认真地思考了你的提议，最后觉得还是亲自过来比较安心。"

时未心里软了一下，这样的司穹她到底该怎么去把他暂时推开，可是每一次她想说开的时候，他又选择逃避了。

两人走在车边，司穹十分绅士地为她打开车门，然后询问她："先去一趟超市吧，买点菜，今晚我给你做饭。"

时未突然伸手将车门挡住，人未动，头也是低着的，她说："司穹，我现在还不能心平气和地装作什么事情都没有发生和你一起买菜做饭。有些话你不想说，我不逼你，所以我决定自己慢慢消化，只是在我自己消化干净前，我们……"

最后一句话，时未顿了好久，才沉沉地说："我们还是少见面吧。有什么事，用短信联系，我看见了会回复的。"

刚才还是下班高峰期，路上十分吵闹，这会儿却突然安静得不行，时未低着头，她不敢直视司穹的眼睛，因为她知道，哪怕只有一秒，她也不会再狠下心来说出这些伤人的话。

良久，司穹才问她：“是因为昨晚的事情？”

“嗯。”她点头，过了一会儿小声说，“算是导火线，我们之间的这些问题总要解决的，现在我还没有想好怎么解决，我只想不伤害任何人。”

司穹微微倾身，将她挡住车门的手拿下来，然后将车门重新关上，他握住她的手：“那如果，你永远也找不到解决的办法呢？你打算一辈子都不见我了吗？”

光是这几个字就让时未的心抽搐似的一疼，她的呼吸紧了紧，下意识地攥住司穹的手：“不会的，我肯定能找的，只是时间早晚的问题。”

最后，他终是叹了一口气，将她轻轻抱进怀里：“时未，你也说了，是时间早晚的问题，可是我们有多少时间可以耽搁？你告诉我。”

他将她放开，走到副驾驶座的车门之前，对她说：“你需要时间思考，我给你便是。”

他抬起手腕，看时间：“现在是下午六点半，我给你五个小时的时间思考，晚上十一点半，我会在家里等你。”

车子驶入车流之中，季同从后视镜上还可以看见立在那里一动不动的清瘦身影，他借着等红绿灯的时间，看了看坐在副驾驶座上的人，问他：“你真就把小师妹丢下不管了？”

按理说这不像是司穹的作风，他就算面对自己不喜欢的女孩子，也会礼貌相待十分具有绅士品格，更何况时未是他喜欢的女孩子，把喜欢的女孩子丢路边，季同全程都在思考着司穹是不是又被司念刺激到了头脑。

司穹的目光从窗外收回，那一抹影子已经看不见了，他微微合上双眼，靠在座椅上，才沉声说：“总比她日后选择丢下我好。”

这句话是气话，但也有司穹的道理在里面。如果今天他向时未妥协了，答应了她减少见面的要求，那么他几乎可以预见未来，他和时未的隔阂会越来越大，最后达到不可收场的地步，那么到那个时候，她与他的缘分算是彻底尽了。

如今这么做，看起来自己无理又霸道，可是这是司穹在为自己和时未的未来找活路。他了解时未的脾性，也知道她这么做其实是不想他夹在中间难受，但是一旦对她放任不理，让她自己去选择，那么她便真的会将自己逼上绝路。与其这样，倒不如让他来做这个坏人，将她强行留下来，所有的问题，两个人面对，总会有迎刃而解的那一天。

季同心疼司穹，却又不知道从何处安慰，就感情这回事儿，他自己还没整透彻呢。憋了一会儿，季同总算是找到了突破口，他发动车子，重新上路，问："还去超市吗？"

"去。"司穹声音沉沉的，"饭总是要做的，万一她回来了，没吃饭怎么办？"

季同心里暗暗地道：瞧瞧，前一秒还将人丢那儿了，这会儿就担心起人家没有吃饭?

季同说："万一小师妹恼你将她丢下了，不回来了怎么办？"

司穹睁开眼睛，凉凉地看了季同一眼："不可能。"因为他说过，他会等她，所以她就一定会回来。

司穹又重新合上双眼，季同专心开车，没再说话。

过了会儿，司穹仿佛在自言自语："今晚，有些事情，我需要确认一下。"

季同感到好奇，问："确认小师妹爱你有多深？"

司穹觉得，待会儿买完菜，还是将季同打发走比较好。

两个男人，特别是两个帅气好看的男人一起逛超市，总是会让人忍不住浮想联翩。

然而季同心眼大，压根儿没觉得别人的眼光有问题，反而得意地跟司穹小声说："你看看，就我俩这相貌，逛个超市也要被围观，不考虑做明星着实可惜了些。"说着拿起一根黄瓜，问司穹，"今晚用不用它？"

"……"

司穹转身去了肉食区。

季同拿着一根黄瓜追上去："你走这么快干什么，我告诉你，黄瓜，不仅可以煮汤还可以凉拌的。"

时未无处可去，在公园瞎晃了一会儿，便被广场舞的阿姨们强行拉着加入了她们的战队。大概跟着跳完了《最炫民族风》和《小苹果》，她就感觉到一阵饿意袭来，并且越来越强烈，最后时未感觉手脚无力，便从舞队中退了出来，就近叫了一个出租车打算回家。

可是，她又恰好遇上一个新司机，对这边的路不怎么熟，兜兜转转很久才勉强找到了正确方向，时未饿得不想说话，最后有气无力地提醒司机师傅："师傅，可以用导航啊。"

司机恍然大悟："对啊，我怎么把这个给忘了。"

在导航的帮助下，时未顺利到达小区，准备掏钱的时候，被司机师傅拒绝了，他说："小姑娘，你是我今天拉的第一个没有因为我不识路而破口大骂还提醒我用导航的人，所以，这一单免费。"

时未看着开出小区的黄色出租车，心想，她那是饿得骂不出了啊。

走到家门口，时未看了看时间，才八点半，她连三个小时都没有坚持到就回来了，不知道此刻司穹到底在不在。她有些忐忑地掏出钥匙开门，刚开了一条缝，食物的香气就往她鼻子里钻。

司穹正在厨房忙碌，时未站在门口看了一会儿，才出声叫他："司穹，我回来了。"

并不意外，司穹转身看了她一眼，说："去洗洗手，换件衣服，饭菜马上就做好了。"

"哦。"时未一边往卧室走，一边回头看司穹，她突然觉得自己挺没有出息的，明明今天自己都摆出一副要和司穹决裂了的表情，却因为跳了广场舞跳饿了就屁颠屁颠地回来了。原本她也打算回来，可是她准备的是掐着点，十一点三十一分再回来，用这迟到的一分钟表示她的决心，可是这会儿，她却提前了三个小时就回来了。

她换了衣服出来，司穹已经将饭菜在桌上摆好了，厨房和客厅的灯都关了，只剩下餐厅那里独独亮了一盏，司穹就坐在灯下，托着腮，微笑着望她。

时未被看得有些不自在，在他对面坐下，看着一桌子的饭菜问他："你去超市了？"

"嗯。"他将饭盛好给她，"尝尝看合不合胃口。"

"你一个人逛的超市？"时未接过饭碗，夹了一块凉拌的黄瓜，细细咀嚼。

司穹似乎不喜欢时未吃黄瓜，他换了一盘肉在时未跟前，黄瓜被转移到了最里面，他说："本来打算和你一起的，最后却只有我一个。"

时未抬眼轻轻地看了司穹一眼，低眉顺眼地道歉："对不起，下次我一定和你去。"

他又夹了一个剥好的虾仁放到时未碗里，说："不强求你和我一起逛超市，我只希望，你不要减少和我见面的次数。"

时未没说话，低头扒饭，其间司穹又给她夹了好多菜，等到时未吃得七八分饱了，司穹才问她："时未，我做的菜好吃吗？"

虽然司穹没有味觉，在做这些菜的时候不能品尝，全是靠着自己的直觉和经验在做，但是味道却不能说不好，也许达不到他在巅峰时期的那个水平，却总是高出一般人的水平的。

时未点头，将碗筷放下，认真地说道："很好吃。"

司穹收敛了眉眼间的笑意，突然起身朝她而来，在她身边坐下。两人距离骤然拉近，中间不过隔了一个拳头的距离。他将她圈禁在臂弯之中，说："现在，该我来尝一尝这些菜的味道了。"

一切发生得太快，她什么都来不及反应，便被司穹捧着脸吻住。

她的舌尖上还残留着刚才那一道水晶虾仁的味道，他压根就没有给她思考的时间，便攻城略地，用他的舌尖横扫出自己的领地。

似乎只有短短几秒，他的双唇已经离开了她，他伸手抹去时未唇角的酱汁，淡淡地说：“虾仁似乎咸了点。”

“你……”时未几乎是刚一张口，就被堵住了，这一次司穹喂了她一块炖牛肉。

时未看着近在咫尺的司穹，压根儿没搞懂他到底想干什么，刚才他说该他尝一尝味道了，莫不是要品尝她的味道？所以，今晚司穹是打算越界了吗？

炖牛肉需要炖久一点才好，因为时间有限，一切只能从简，司穹看着她将牛肉包在嘴里一动不动，他便伸手戳了戳她鼓起来的腮帮子，软软的，甚是可爱。

司穹嘴角弯了弯，说：“你这么看着我，是觉得我比你嘴里的牛肉更加秀色可餐吗？”

时未眨了眨了眼睛，嘴里塞满了肉，她说不出话来，只能等到将牛肉咽到肚子里才开口说话：“司穹，你到底在干吗？”

司穹一笑，只说：“验证一些事情。”说完，捧着她的脸再次吻下去。

牛肉是用胡萝卜炖的，炖之前司穹专门用姜水去了一道腥，之后用高压锅将肉炖软乎，才放到砂锅里小火炖，如今，借着时未的舌头，这些味道司穹倒是品尝得很清楚，甚至他可以想象出小火苗微微蹿起来的模样。

一次可以说是错觉，两次是巧合，可是一而再，再而三，这便不得不引起司穹的注意了。

在三点水民宿的时候，时未喝醉将他按倒在沙发上强吻他，那时候他心里混乱，感官似乎都变得迟钝了不少，只是事后回想起来，好像那时候被时未吻着，他可以感受到她舌尖上残留的那一点点酒香，这种味道对于他来说似乎久远，可是却一点也不陌生，对于他这个十年不曾有过味觉的人，那是一种久违的熟悉感。

第二次是在车里，依旧是被时未强吻了，那天她并没有吃什么，可是他却可以感觉到她舌尖上的味道，很多很杂，像是放射电流，突然从一点像四周蹿出来，流遍全身。

之后，确定了关系他更加喜欢吻她，吻上她，他才觉得这是一个有滋有味的世界，才不像他过去的十年这么苍白无味，原来，这个世界上终究会出现一个人，成为他生命中唯一的救赎。

他最近总是会想起地铁站的相遇，会记得，曾经有这么一个人，在她为他踮起脚的时候，便存在于他的心间了。

司穹几乎是把桌上所有的菜都照着刚才的方法尝了一遍，各种滋味，是说不出来的曼妙。

时未被吻得晕晕乎乎的，明明他们才闹了矛盾，为什么现在……

时未红着脸，问他："司穹，你做饭的目的就是为了吻我吗？"

"嗯。"他并没有否认，而是直接大方地点头承认，时未不知道该接一句什么，便听到司穹又说，"从始至终，我的目的都只有一个，就是吻你。"

时未不懂，吻就直接吻吧，还做这么一大桌子菜，难不成是空腹接吻不利于身体健康?

她说："其实不用这么麻烦，我们现在是男女朋友的关系，你可以实行你作为男朋友的权利，不用……"她的目光落在桌上的菜上，才说，"不用这么大费周章，做好吃的来贿赂我。"

司穹失笑，看着她问："你觉得我做这些菜是为了贿赂你？"

时未点点头，现在这个样子，就是想要贿赂她，先用美食让她降低警惕，然后好趁机下手。

司穹揉了揉她的头，柔声说："真不知道你这个小脑瓜在想些什么，不过……"

他微微一顿，没有说话。

"不过什么？"时未接着他的话问。

"不过，挺可爱的。"司穹亲了亲她的眉和额头，然后才说，"时未，我可以尝到味道了。"

时末一时间没有跟上司穹的思维，缓了一会儿才问：“你恢复味觉了？”

“没有。”司穹用大拇指轻轻摩挲她的唇，柔声说，“只有和你接吻的时候，我才可以尝到你舌尖上的味道，或许，这就是老天爷将你送到我身边的原因吧。”

司穹的舌头，是在十年前的那一场车祸中失去味觉的。那时候，他从医院醒过来，得知了父母去世，妹妹还在抢救的消息，他伤心得再次晕厥了过去，等到醒过来，他的舌头便像是麻木了一般，从此之后再也尝不出来任何味道了。

那时候季同带着他到处求医，医生束手无策，只说这个症状是心理原因，心病则需要心药医，靠着药物并不会有什么效果。起初季同还不相信，让医生开了不少药，可是司穹吃完了他的舌头依旧尝不出来任何味道。

再后来，司念醒了过来，却患上了严重的自闭症和抑郁症。司穹觉得现在的一切都是自己一手造成的，便将自己关在一个教堂里十多年不曾踏出，整天捧着圣经朗读，似乎是在用这个方式赎罪。

那时候季同才明白了医生说的心病需要心药医，他的舌头不是身体机能上出现了问题，而是心理上，他在用自己的方式赎罪。

一个正常的人，把自己封闭在教堂，整天除了诵读经书便是睡觉，他那时候拒绝和人说话，整个人越来越孤单，渐渐地，司穹也患上了抑郁症。

一个重度，一个轻度，季同当时作为两人唯一的朋友和亲人，两头跑，累到整个人都瘦了一大圈。

后来司穹的抑郁症治好了，司念这边却越来越严重了。季同联系了很多相关方面的专家，最后在Jones的帮助下，司念的病情才渐渐稳定。可是她依旧见不得司穹，只要听到这两个字，她便会不受控制地躁动，摔东西。所以那几年，为了不刺激司念，帮助她尽快恢复，季同从来不和她提及司穹。

只是有一天，季同和往常一样去医院探望司念，在路上接到医院的电话，说司念失踪了，医院的监控拍到的最后画面是她穿着病号服从医院的后门趁着医护人员没注意偷偷溜出去了。

那段时间，司念的情绪不稳定，季同害怕她出事儿，只能报警，寻找警察的帮忙。

就在他们忙着到处找司念的时候，司穹打电话过来说，司念在他那里，只是情况不容乐观。

季同赶到的时候，才知道情况有多糟糕。

司念情绪激动地拿着一把水果刀，将司穹逼到祷告室，如果那时候，司念的那一刀，再偏那么一点点，那便是司穹的万劫不复了。

之后，几乎是每年的这个时间段，司念都会偷跑出去，和司穹大闹一番。司穹为了保护司念，每一次受伤的都是他，可是司念每一次伤害了司穹，回头又会加倍地还给自己。

当初司家还是幸福美满的家庭的时候，司家两兄妹的感情非常好，悲哀的是，当初两人有多好，现在的伤害就有多深。

季同从小和他们一起长大，这其中的滋味没有人比他更能体会。每一次，他看着司念发狂，他恨不得司念现在所遭遇的一切，都给他受着。

这个他从小看着长大的明媚的姑娘，他从小到大捧在心尖上的人儿啊，老天爷何其残忍，要让她承受这些。

如今，司念的抑郁症好了许多，甚至她有时候会主动和季同提及小时候的事情，那是他们最无忧无虑的幸福时光。医生觉得这是好的征兆，所以，季同也在尝试着让司念重新接受司穹，毕竟，这世界上，他们两个是唯一的彼此有着血缘关系的亲人了。

那一夜的谈话，两人似乎又回到了以前，一起吃饭，一起上班，一起回家。

就在时未渐渐适应了这种平淡的小夫妻生活时，她接到了一个陌生号码的电话。那是一个很年轻的女孩子的声音，却不知道因为什么原因，声带似乎受过伤，说话的时候调子很低，给人一种压抑感。

她只说了六个字，便将看似平静的生活打乱了。

她说：“时未，我是司念。”

不是“你好，我是司念”。

而是“时未，我是司念”。

或许这只是一个简单的信号，司念并没有做什么，也没有多说什么便挂了电话。

时未回到家，便将事情告诉了司穹，那时候，他似乎也刚从外面回来，整个人风尘仆仆的，看上去竟然有些颓废。

这样的司穹，时未几乎没有见过，他在她面前，总是干干净净，精精神神的。他拉着她在他身边坐下，将她轻轻抱住，轻声说：“我知道，今天我和季同的谈话，被她无意中听到了。”

时未轻轻拍着司穹的背：“你们谈话中说到我了？”

“嗯。”司穹简单地应道。

他并没有告诉她，他今天在医院和季同的谈话内容是关于他们未来的婚礼。

一场他想给她的婚礼和承诺。

Chapter 09 ○ 秀色可餐的他

时末再次接到司念的电话，是在半个月后，一个阳光明媚的下午，司念约了她在医院的楼顶见面。

挂电话前，司念特意提醒："别告诉我哥，不然我一激动，可能会一不小心就从楼顶掉下去的。"末了，她温柔地强调，"你知道的，我精神有问题。"

时末不敢轻举妄动，现在唯一能做的就是按照司念的要求，尽快赶到医院。

林正义刚从外面回来，在世研所门口撞见时末匆匆忙忙地从里面跑出来。他还来不及叫她，她的身影便消失在了眼前。

时末一刻也不敢耽搁，她没有去车库取车，而是出门直接打车过去，赶到医院，前后不过花了十分钟。

司念约定的地方很好找到，坐电梯可以直达，医院的楼顶是一个停机坪，平时没什么人上来，司念背对着她坐在轮椅上，一动不动，像是睡着了一般。

这是时末第一次见到司念，虽然司念对于她来说已经不陌生了，可是这么面对面的见面，她异常的紧张。

司念是司穹的妹妹，是他唯一的家人，所以在得知她的存在之后，时末便一直想过来医院看看她。她找理由来过好多次了，然而司穹总是有意无意地阻止，所以每次到了最后她也不曾见上司念一面。

曾经，她是有些怨司穹的，也想不明白为什么他不愿意将司念介绍给自己认识，毕竟这是他唯一的亲妹妹，以后要长久一起生活的人。直到今天，司念将她约到此处，说出这句话，时未才彻底明白了。

司穹之所以这么做，无非是想保护司念，也保护她罢了。

因为，司念背着她，冷冷地说："时未，离开我哥。"

这句话，由她说出来，时未心里感到难受，替司念，也替司穹。虽然季同也不怎么提及他们兄妹俩的过去，但是偶尔也能从字里行间感受到，曾经的他们是多么要好多么幸福的兄妹。

或许是时未的沉默太久，司念不耐烦地转过轮椅，目光像雪山顶终年不化的雪，冰冷而刺骨。

也许是生病的缘故，司念的皮肤白得吓人，不，白得不似人一般，她就这么盯着时未，竟让时未背后渗出冷汗来。

她将刚才的话又毫无感情地重复了一遍："我说，离开我哥，你没有听到吗？"

她盯着时未，就像是在看恶鬼一般，眼中的厌恶十分明显："还是说，你听见了，却假装没有听见，觉得我是一个疯子，根本不在意我说的话？"

说话间，司念转动轮椅，竟朝着楼顶的边缘冲了过去，时未来不及多想，她的身体比她的大脑先一步行动，率先上前挡在了司念面前，阻止了她的前行。

时未急急地说："司念，那边太危险了，你不能过去。"

司念本也没有打算过去，她只不过是想吓一吓这个司穹看上的女人而已。不过，结果却令她很失望，原来是个胆小的女人，根本配不上她的哥哥。

司念冷笑着嘲讽道："我以为我哥给我找了一个哑巴嫂子呢，没想到你也会说话啊。"

时末不知道为什么明明之前她并没有见过司念，而司念却对她有着这么大的敌意。如今这样，怕是她说什么，司念都不会在意，只会想尽办法让她难堪。但是如果这样，她的心情会好一些，时未也就不计较了，可是事情并不是这样的。

时未看得出来，司念不开心，也不快乐。

“司念，这上面风大，我们还是回病房说吧。”时未试图去推轮椅，却被司念“啪”的一下将手挡开了。

司念是下了力道打她，这一巴掌下去，时未本来就白皙的手腕上，瞬间泛红了。

“怎么，你是怕我想不开跳下去，毁了你和我哥的婚事。”司念咄咄逼人，言语间根本不给时未一丝喘气的机会，“还是说，你害怕和我独处？”

司念轻笑，笑意闪着寒光：“时未，想不到，你竟然这样害怕我，你是害怕我这个精神病将你……杀、了、吗？”

一字一句，她咬得异常清楚，时未仿佛听见了牙齿咬合的声音。

时未觉得冷，脸上却佯装镇静，不敢透露出一丝一毫的异样。她尽量控制住自己的呼吸，让自己看起来心平气和。她相信司念不会这么做，因为她是司穹的妹妹，因为她是司念！

过了一会儿，时未才慢慢地说：“司念，如果今天你约我过来只是为了讲这些话来吓唬我，那你可能想错了。”

时未看着她，将自己眼中的狼狈尽数掩饰过去：“第一，我不会离开司穹；第二，你也不会跳下去；第三，你更加不会杀了我。”

她走近，绕到司念的身后将轮椅扶住，然后微微躬下身子，在司念耳边轻声说道：“你不过是想闹一闹罢了！司念，你这不过是小孩子把戏，别人不忍心拆穿你，是因为同情你；季同和司穹不拆穿你，是因为他们深爱你。”

“而我……”时未微微停顿，说，“是你主动找上我的，我这人向来有一说一，有二说二。我承认，刚刚我是被你吓到了，倒不是你的语言有多吓人，而是你的样貌。”

“司念，你有正正经经地照过一次镜子吗？你知道现在的你有多难看吗？你知道自己像是地狱里爬上来的干尸吗？你这般白白糟践自己的好容貌，对得起谁？”

司念的脸色瞬间变得煞白，比刚才的脸色还要白上几分，放在膝盖上的手止不住地颤抖：“你住口！”

时末继续说：“季同不是天天过来照顾你吗？看着自己心爱的人变成这副鬼样子，不知道他心里对你有没有失望呢？”

“住口！我让你住口！”司念激动地从轮椅上站起来，伸手便要去抓时末的头发。

还好时末早有防备，身手也比一个病人敏捷，她先一步抓住了司念的手腕。因为司念穿着的是医院的衣服，袖子比较宽松，这么一抓，袖子掉下去，露出半截小臂，光洁的小臂上，新伤旧伤比比皆是。

时末一愣，司念瞬间便挣脱了。

“看什么，再看把你眼珠子挖出来。”司念将手臂藏到身后，似乎还是觉得时末可以看见，便坐回轮椅里，用毛毯将自己脖子以下的地方全部盖住。她几乎是蜷缩在轮椅上，嘴里还恶狠狠地骂着时末，可是整个人却像是惊弓之鸟。

说到底，就算如今的司念再怎么狂躁，行径再怎么恶劣，她依旧只是一个小姑娘。就算被抑郁症折磨得不成样子，可是她还是会在意别人的眼光，会在意她爱的人的眼光，也会在意爱她的人眼光。

这样的司念，像极了当初父母双亡时极度缺乏安全感的她。

那时候，她也和司念差不多，看谁都觉得是坏人，对周围的一切充满了恨意和不安全感。还好，她庆幸自己走了出来，并且很幸运地走到了现在。

她慢慢地在司念的面前蹲下来，伸手将她颤抖的双手握住，安慰道：“司念，如今你已经不是小孩子了，不要借着生病的名义，伤害在乎你的人。”

时末直视着她的眼睛:“你好好想一想,这些年你的所作所为到底对得起谁!你谁都对不起,对不起爱你的季同,更对不起爱你的哥哥,也对不起你自己。”

司念红着眼眶，她使劲儿咬着唇，瞪着时末嘶吼道：“你懂什么？你这个什么都不知道的女人，你懂什么？我没有对不起谁。”

司念抱着头，头发被她弄乱：“都是他们，都是他们害的，今天所有的一切都是他们害的。”

时末试图稳住她：“司念，你心里比谁都清楚，十年前的那场车祸是一个意外，你和司穹都是受害者！”

翻飞的车轮，浓浓的烟雾，车底的一只手……十年前的那一场车祸再次出现在司念的脑海，她使劲儿摇头，胡乱地挥手：“走开，都走开，不是，都不是，是我，是我，都是我害的，是我……”

时末不忍心再继续刺激她，今天说的话或许已经伤害到了她，但是，这件事总要解决。不仅是为了司穹，更是为了季同，也是为了司念自己。

她不过二十多岁，现在这个年龄的女孩子，应该有一个爱她的男朋友，有一群志同道合的好朋友，有鲜花，有漂亮的衣服，还有很多很多她该去做的事情，而不是一年到头都在这冰冷冷的医院中度过。

十年了，也够了。司家的父母定是不会想看见自己的一双儿女一生都在悔恨和自责中度过。

时末将司念抱住，轻声安慰：“司念，你一定要赶快好起来。我听季同说过，以前的你是一个怎样的姑娘，为了自己，也为了季同，你也一定要忘记过去，重新过回正常人的生活。”

“季同?”司念迷茫地重复这两个字,过了一会儿才说,“季同,我不爱他。”

时末：“司念 ？”

司念突然笑了：“你以为你说的这些就可以打动我吗？时末，我是罪人，司穹也是罪人，我们都是要下地狱的人，是不配得到原谅的人。但他好像忘记了，竟然想和你结婚，他不配，根本不配得到任何人的爱，你的也不可以。

“至于季同，这么多年了，守着一个毫无希望的人，天底下还能找出比他更傻的人吗？你说他爱我，呵呵，他爱的，不过是十年前的那个司念而已。”

话音方落，便有什么东西“啪”的一声掉落在地上，司念回头看去，便看见季同站在不远处，眼神明灭不定地看着她。

司念的心脏骤然紧缩，竟开始隐隐作痛。她张了张嘴，想解释一下，可是对上季同的眼睛后，她什么话也说不出来。

时未站起身来，推着司念朝季同走过去：“你将司念带下去吧，这里我来收拾。”

季同手尚在半空中，司念反身抓住时未：“我要你送我下去。”

时未不是没有看见司念眼中对季同的刻意闪躲，但是还是提醒她说：“司念，你刚才还恨不得杀死我。”

说话间，季同已经从时未手里将司念接过去，态度强硬，丝毫不给司念再说任何理由的机会：“司念，说了那些伤人的混账话，就想不负责任地逃避吗？就算你是病人，今天你也要好好地给我说清楚。”

临走时，季同对时未说：“他一会儿就到。”说完，便带着司念走了。

时未苦笑着摇摇头，蹲下来清理季同打翻在地的粥，瞧着刚才司念那一副吃瘪的样子，原来她不是没有怕的人啊。

保温杯已经全部摔碎了，时未清理好了，便坐电梯拿到下面去丢，迎面就碰到了匆匆赶过来的司穹。

他面露急色，看见她便直接跑了过来，像他那样稳重的人，也会当着这么多人的面跑过来将她抱住。时未手里有东西，不能回抱他，只能任由他抱着。

司穹有些急切地问：“念念她……她有没有对你做什么？”

时未柔声说：“司穹，念念一个病人能对我做什么，而且你忘了，我练过的。”

司穹见时未也不像撒谎，便放下心来。他在家里接到林正义的电话便匆忙地赶过来了。他在来的路上就在想，司念和时未，不管谁出了事儿，他都会活不下去，所幸，这两个他爱的人都没有事。

司穹放开她，这才瞧见她手里的东西：“这是什么？”

时未感叹：“被浪费了的感情啊。”

半个月后，司念突然提出回英国接受治疗的要求，季同将这个消息告诉司穹的时候，他们正在去接时未的路上。

自从上次司念和时未在楼顶见过一面之后，司念对时未的态度算是三百六十度大转变，特别嘱咐司穹，以后每次来看她的时候，必须把时未带上。可是时未来了，也没见着司念对她的态度有多好，总是三言两语便往时未身上扎刀子。时未后来也明白了，司念这是在给她找不痛快呢，她要是真计较，岂不得每天都被气到七窍生烟。

就比如前几天，司念还趁着季同和司穹不在，故意说话惹她生气：“时未，你想不想嫁给我哥啊？”

时未没有搭理，自己沉迷于削苹果的世界里。

司念也习惯了时未经常不理她，她自己继续说：“你也别痴心妄想了，只要我还在一天，我就绝对不会同意我哥娶你的。”

时未动了动，将苹果塞进她手里：“现在知道他是你哥了？不喊司穹了？不咒他了？”

司念翻白眼，哼了一声，拿着苹果走了。

季同将车停在老地方，司穹下车的时候，他又说了一遍：“司穹，难得念念愿意主动接受治疗，虽然她的条件无理了些，但是我希望你和时未都好好考虑一下，毕竟，念念是你的亲妹妹。”

司穹将门关上，说：“季同，我知道你在想什么，念念是我妹妹，我也希望她好好的，但是这对时未太不公平。”

“可是……”

司穹打断他：“你不用再说了，这件事的决定权在时未手里，我尊重她的选择。”

“那念念呢，你不管了。”

“管，怎么会不管？”司穹没有回头，“就算放弃所有，我也不会不管她的。”

现在已经是秋天的尾巴了，世研所外面的银杏叶掉得差不多了，为了迎接冬天的到来，都成了光秃秃的枝干。

司穹到的时候，时未正在和林正义商讨8·11项目的一些事宜，大约二十分钟后，时未才出来。

司穹接过她的包，柔声问她：“累吗？”

已经连着一周了，时未都是早上天不亮来世研所，快凌晨了才回家，这样下去，铁打的身子也是吃不消的。

时未挽过司穹的手抱在怀里，人也往他怀里凑：“不累，闻着你的味儿就不累了。”

司穹挑眉：“我的味儿？”

“对啊。”时未挽着他走出世研所，“你以前不是经常怪我没有记住你的味道吗？如今你这味道我可是记得清楚得很。”

“是吗？”仔细回想，倒是有这么件事，司穹拢了拢她的肩，将她往怀里紧了紧，说，“时未，念念想回英国治疗。”

“真的吗？”时未停下来看他，“这样很好啊，我听说那边关于抑郁症的治疗体系比较成熟，有利于病人恢复。”

“嗯。”司穹不忍心，但是这件事他必须做，他伸手将人抱进怀里，轻声说，“但是，念念有一个条件。”

“条件？”她就知道，以司念的性格，怎么可能乖乖地主动要求去英国治疗，时未在司穹的怀里微微仰头，说，“难道是不让我和你结婚？”

原来前几天那个小丫头就给她打过预防针了，她还以为是司念跟她开玩笑，看来她是来真的。

司穹感到诧异：“你知道？”

时未点点头：“大概能感觉得到，你知道的，这叫作女人的第六感。”

司穹揉揉她的头：“傻瓜。”

他说：“念念说，在她病好之前，我们不能结婚。”

时未说：“还好，算她还有点良心，没说一辈子不准我们结婚，看来这拆人姻缘的事，她也知道不道德，不敢做得太绝了。”

时未的语气太过轻松，和司穹设想的有点不同，他主动说出事情的严重性：“时未，念念这病已经十年了，这一次回英国也不一定治得好，万一……”

“万一再来一个十年是吗？”时未当然知道司穹在担心什么，看他着一副欲言又止的模样，也知道他肯定自己又默不作声地给她想好了退路。

时未握住他的手，放在脸颊边说：“司穹，你是不是已经想好了，打算和我分手……”

因为，他不想让她漫无目的地等下去。

司穹张了张嘴，这确实是他的想法，因为他不能不管司念，同样，也不能用这个理由来禁锢时未。

她没有理由等他，所以，他唯一能做的就是放手。

时未轻声说：“可是，司穹，你知道吗？没了你，我上哪儿去找幸福？”

“不要分手，我相信司念，也相信你。”她语气坚定，“结不结婚有什么关系，不过就是多了一张纸而已，难道没了那一张纸，你就不爱我，我也不爱你了吗？”

“不，我会一直爱你。”司穹将她抱住，“不管怎么样，我都会爱你。”

分手也好，不分手也好，他都会用自己的方式去爱着她。

“这不就对了。”时未说，“司穹，我们不分手，就这样一直做男女朋友也很好的，就当作是弥补我们以前不相识的日子。况且你也看到了，8·11项目进入关键期，我必须要帮着师兄完成师父最后的心愿，所以也没有时间去结婚。”

“嗯。”司穹应着，“我听你的。”

司念走的那一天，时未也去送她了。

司念说：“真是佩服你，愿意花自己的大好青春等着我哥，你放心，我一定会慢一点好起来的。”

时未笑了笑，对季同说：“季同，我有一个同事，单身未婚，听说最近家里也催得紧，我看你的条件也挺适合的，要不要认识认识？”

司念一听，瞪着眼睛吼道：“时未，我恨你。”说完，便拉着季同往安检的地方走，“快走，我不想看到她了。”

司穹从身后抱住时未，将脸贴着她的耳边，轻声问她：“什么时候过来？”

时未认真算了算日子，说：“等到你那儿雪融化的那一天，我就来找你。”

好像挺久的，司穹将她转过身，面对面，轻轻地在她唇边落下一吻：“那说好了，雪融化的时候，你一定要来。”

“嗯，一定来。”

雪融化了，便是春天了，那时候一切都会好的，一切！

《美食与他》的节目正式开播是在12月31日，即将跨年的这天。

当各大卫视都在争先恐后地播放跨年演唱会的时候，兰溪卫视另辟蹊径地播起了综艺节目。

因为是王牌综艺节目，又有江河源作为质量保证，第一期开播的时候，收视率持续走高，并在当天突破了《美食与他》的以往记录，而作为这期节目的嘉宾——司穹几乎是在一夜之间，刷爆了各大社交媒体新闻客户端，成为新一届被追捧的男神。

与此同时，司穹正在大洋彼岸和时未通电话。

时未祝贺他：“司穹，恭喜你，刚才江导打电话报喜了，说节目很成功。”

江河源的第一个电话便是打给司穹的，但是嫌国际长途电话费太贵，挑着重点说了就快速挂了电话，真是抠出了家庭妇男的样子。

司穹微微一笑，说了一句“知道了”，便提醒她：“时未，已经快到一月了。”

是啊，快一月了，司穹已经走了快三个月了。虽然这三个月，他们几乎每天晚上都有视频通话，可是想彼此的时候，特别是在这种节日的时候，就特别想面对面地抱一抱对方，感受对方的温度和气息，还有身上独一无二的味道。

时未说：“司穹，8・11项目很成功，我和师兄打算带着这个项目去参加比赛。”

“比赛？”司穹问，“什么时候？”

时未算了算：“明年二月。”

“二月？”司穹呢喃，“二月都开春了呢。”

是啊，开春了，所以，时未问：“司穹，你是想我了吗？”

“嗯，想你了。”司穹柔声说，“春天，夏天，秋天，冬天，四季都在想你。”

经过整整一个月，《美食与他》已经播到了第四期，司穹的人气越来越高，但是因为司穹没有社交媒体账号，所以大家也找不到他，只能在《美食与他》的官方微博下面找存在感，或者跑到江河源的微博下面站队形，诸如：

江导江导，快让司穹开微博吧。

伟大而帅气的江导，方便的话，给个电话呗，当然是司穹的。

其中关于雾津市和泉水鸡那两集，反响最为强烈，特别是雾津市火锅那一期，呱呱叫火锅店如今因为节目的缘故，生意红火，前几天梨子打电话过来告诉时未，她准备来兰溪市开分店了。

时未自然是开心的，恭喜之余也不忘问一句为什么。

梨子说：“还能为什么，为了你呗。”

“我？”时未吃了一大惊。

“是，就是你，因为我喜欢你这个朋友，所以也喜欢你的家乡。”

除了开分店，生意更加好了之外，关于梨子的梦想也感动了很多人。

兰溪市电视台有一档真人选秀节目，导演知道梨子的故事之后主动向她发出邀请。梨子找时未商量了一下，欣然接受，并且以HOT—POT为名参赛。

梨子说："时未，我要是成名了，第一个要感谢的就是你！"

梨子功底不错，很顺利地进入了赛区十强。

十强诞生的那一场比赛，时未去了现场，竟然意外碰到了熟人，那日在火锅店闹事的老大和他的手下们。

更令时未吃惊的是，他们一帮大男人，挤在全是小女生的人堆里，举着"梨子梨子我爱你，就像老鼠爱大米"的LED荧光牌，正在给梨子加油助威。

这画面太美，时未捂着眼睛没敢看，在没有搞清楚状况之前，这帮人，她还是躲着比较好。

谁知道，等她去后台等梨子的时候，恰巧又和他们撞了个正着。

时未刚想转身拔腿跑，为首的老大大吼："小师父，留步！"

小……师父？什么鬼称呼？！

时未担心待会儿要是在这儿打起来，总归是对梨子比赛有影响的，但是当那个文着左青龙右白虎的老大笑嘻嘻地出现在时未面前的时候，她才知道自己的担心多余了。

老大很客气，底下的小弟们更是客气："小师父，你不认识我们了？"

时未尴尬地笑了笑。

老大提醒她："在雾津，火锅，打架，小师父的后空翻……怎么样，记起来了吗？"

"哦？"时未佯装恍然大悟，"是你们啊。"

"对对对，就是我们。"老大忙点头，招呼着身后的小弟，"来，叫师父。"

时未："……"

"师父！"

整齐统一，铿锵有力！

路过的人，都忍不住回头看。

时末说：“你们这是做什么？”

“我们在拜师啊。”说话的还是老大，“小师父，我们这叫不打不相识。那日你的后空翻，英姿飒爽！令我万分折服，所以，我决定弃暗投明，金盆洗手，洗心革面，重新做人，只求，只求小师父可以教我们功夫。”

时末脸上虚汗直冒：“我想你们可能搞错了，后空翻耍杂技的也会……”

“那不一样！”老大说得斩钉截铁，“他们没有小师父耍得漂亮！”

所以，现在是该高兴还是该高兴呢？

梨子已经换好了比赛服出来，见此情形便猜到发生了什么事，上前拍拍时末的肩膀：“吓到了？”

“有点。”时末有点心虚，毕竟上一次见面，就把人家送进了派出所，这样还能做朋友吗？

“想当初，我比你吓得更惨。”梨子说。

那时候，梨子艰难地撑着火锅店，又害怕要债的人再次上门找麻烦，一直都过得提心吊胆的。后来没多久，老大他们也放了出来，出来之后，便带了一撮人过来，将呱呱叫火锅店围得水泄不通。

梨子那时候还心想，这一次怕是躲不掉了，谁知道，他们并不是来闹事的，老大说，他要带着小弟金盆洗手，让梨子随便安排个工作。

那时候火锅店本来也招不起伙计，梨子心里合计了一下，反正硬碰硬也不是对手，就照着他们说的做，给几十号人安排了工作，一天两天直到三个月后，梨子才敢真正相信，他们真的是转性了。

不过，其间他们一直打听时末的消息，梨子想着莫不是要打击报复，后来才知道，这一帮人想要找时末教授功夫。

那时候，她和现在的时末一样哭笑不得。

听完梨子的讲述，时末也觉得不可思议，简直太不可思议了。

最后，她也没答应教授功夫，毕竟这也算不上什么功夫，不过是些防身术，而且当初她学这个功夫的时候，就答应过族长，绝不教给他人。

但是总不能辜负了别人辛苦跑一趟，于是时未做东，请大家吃了一顿饭。

后来时未将这件事说给司穹听，司穹听完笑了，只说了两个字：“你啊。”

虽然只有两字，却包含了多少宠溺和思念啊。

转眼便到了二月，林正义和时未坐上了飞往英国的航班，她并没有告诉司穹，8·11项目的比赛是在英国进行的。

林正义如今的穿着讲究得不行，时未一时间好不习惯。每每看到这个正经的林正义，时未总是会怀念起过去那个穿着花裤衩和她一起吃冒节子的正义师兄。

林正义回家这个决定，是他自己想通的。如果他还要坚持做这个项目，需要财力和人脉，而这些，只能靠他自己去争取，而唯一的捷径，便是回家，向父亲低个头。

时未知道林正义的父亲是一个商人，一直想要林正义继承自己的事业。可是林正义打小心思就不在这个上面，所以他父亲也没少头疼。当初林正义坚持来搞研究的时候，他父亲更是千百个反对，最后闹得伤了父子和气，甚至到了老死不相往来的地步。

如今林正义回去了，不知道和他父亲达成了什么交易，使得他父亲不仅让他在世研所这边工作，还愿意赞助这个项目。

时未私下问过他，林正义总是笑着说：“小师妹，我爸毕竟只有我这么一个亲儿子。”

话虽如此，可是时未总是觉得事情没这么简单。

下了飞机，林正义和时未分开走，他去酒店和比赛的负责人会合，时未则去找司穹。

林正义打趣说：“唉，女大不中留啊。”

时未笑了笑，和林正义告别，坐上车走了。

司穹在英国的地址时未早就烂熟于心了，找到这个地方并没有费多大的劲，只是站到门口了，时未却紧张到不敢按响门铃。

在门外踌躇了半天，蓦地，她身后响起一道清越的男声："时未？"

司穹怀疑自己是在做梦，他不过是出门溜了一圈狗，回来的时候门外怎么就站着他朝思暮想的人了。

他不敢确定地又叫了一声："你真的是时未，还是我在做梦？"

他未动，手里的狗却是挣脱了绳子跑到了时未脚边撒欢，似乎知道这人就是它未来的女主人似的。

时未蹲下身抱着狗头一阵揉搓："司穹，你什么时候养了一条狗啊？"

司穹这才后知后觉地上前，轻轻碰了碰她的脸，确定不是梦了，才将时未抱住："你不是说要去参加比赛吗？"

"对啊，难道我没有告诉你比赛就在英国吗？"

"没有。"他的语气似乎有点埋怨。

时未捧着他的脸，在他脸颊上吻了吻："那现在告诉你还来得及吗？"

司穹看了她好一会儿，才说："来不及了。"

"为什么？"时未问。

司穹指了指身边的狗："因为我已经买了它了。"

时未轻笑，说："你该不会是以为我不来了，所以你就买了一条狗陪自己吧？"

司穹不置可否，反问："难道你想让我找一个人陪我？"

"你敢！"时未生气地抱住他，"不准，不准，我这不是想给你一个惊喜，所以才没有告诉你吗？"

"是吗？不是因为比赛顺便过来看我？"

时未二指指天："我发誓！我是特意过来找你的。"

司穹笑了笑，不和她闹了，拉着时未进屋，狗似乎也因为家里多了一个人，开心得在屋里上下蹦跶，司穹的眼神扫向它："小未，回窝里待着。"

命令一下，那狗瞬间耷拉着耳朵，嗷嗷呜呜地乖乖回狗窝了。

时未笑着问："司穹，这狗的名字和我的好像啊。"

司穹在她身边坐下，将温热的牛奶递给她："因为你不在我身边的日子，只能让它代替你陪着我了。"

"嗯，是吗？这个理由勉强接受。"时未笑得嘴角边都快溢出蜜了。

司穹倾身，将人圈在身下和沙发之间，时未举着牛奶："等一下，我牛奶还没有喝。"

司穹微笑着，就着她的手便喝了一口，嘴唇上留下一层奶香的白渍，他说："正好，我来喂你喝。"说完，便吻住了她。

很久之后，时未再回忆起这个吻，她都记得，那是一个充满奶香的二月，充满幸福的二月。

尽管前路还有太多的未知，幸好，她与他从未放弃，从未！

下一秒。

下一天。

下一月。

或者更久……

但总归是有这么一天，他和她，还有她和他，都会跨过过去，走向未来，走向人生下一站的幸福！

（正文完）

番外 十年后

我时常会问自己，十年后，是什么样子。
时间告诉我，是美满的样子。
——摘自《人物周刊》

十年，真的会让生活变成你想象的样子。

时未裹着厚款的毛呢大衣从世研所出来，走了几步，听到后面有人叫她。

“时教授，你的钱包。”追出来的是世研所今年新招进来的人，是现在流行的小鲜肉，也是个热心上进的孩子。

他和她是截然不同的两种性格，时未却总能从他的身上看见当年自己的影子。

“谢谢啊，还麻烦你特地跑一趟。”时未接过钱包塞到大衣口袋里，就这么伸出手不过一秒钟，刚才好不容易焐热的手又变得冰凉冰凉的了。

“不麻烦。”小鲜肉不好意思地挠了挠头发，嘴里哈出白气，他说，“时教授，天这么冷，我送你回去吧，正好今天我开车过来了。”

时未摇摇头，笑着拒绝：“不用了，等会儿有人来接我。”

小鲜肉问：“谁啊？”

时未想到了那个温暖的男人，正想开口，身后一个温热的身体靠了上来，他一手揽过她的肩膀，一手握住她的手放进自己的口袋里。

“老婆，对不起，我来晚了。”

小鲜肉一吃惊，说话都打哆嗦了：“时教授，这、这……你、你结婚了？”

时末眨了眨眼，看着某人眼中的警告，取掉手套，露出无名指上的精致的婚戒，正好和男人的是一对，她说：“嗯，结婚了，八年了。”

八年前，他们在英国的庄园里举行了一场低调的婚礼，参加婚礼的人刚好凑了两张桌子。后来回国，时末潜心完成李忍的遗愿，也没有刻意张扬自己结婚的事实，所以，这些新来的同事大多不知道她已经是个已婚的女人。

如今也算是走过了七年之痒，他们倒是越来越像老夫老妻了。

司穹牵着时末走到车边，将脖子上的围巾取下来给她带上，故意问她：“刚才那人是谁？看上去挺小的。”

时末靠到他怀里笑：“嗯，是挺小的，你要是早几年娶我，我们的儿子也得这么大了。”

司穹被时末逗笑了，将她抱紧了一些，才说：“看来我们只能打车回家了。”

时末仰着脖子，亲了亲他的下巴，问他：“为什么啊？你的车呢？”

司穹看了一眼旁边的车，他不过是将车停在这里一会儿，现在都快被雪给掩埋了。

今年，兰溪市迎来了有史以来的特大暴雪。虽然新闻上每天都在这么说，但是不是有史以来最大，也无从考究，不过就是在出行上有些困难。

因为这个大雪，很多学校都停课了，店铺也关了一大半，路上除了私家车，出租车跟集体失踪似的，走了好长一段路，也没有打到车。

司穹打着伞，将身边人半个身子都裹在自己的大衣里，还问她：“冷不冷？”

时末吸了吸冻红的鼻头：“不冷。”

两人走了许久，终于看到街边有一家开着的店铺，门口摆了一棵圣诞树，也不用挂假的雪花，直接往外面一放，真的雪花就有了，或许积雪太多，上面的小彩灯一闪一闪的，坏了不少，只有几个还坚强地亮着，两人刚走进去，最后的几个小彩灯也灭了。

时末和司穹相视一笑，推开门进去。

里面暖意浓浓，店家开着暖气，四周都是圣诞用品，墙上挂了圣诞帽、小麋鹿、小彩灯，真跟进了童话世界似的，司穹向老板讨了一杯热开水。

“喝下去暖和一点。”他把热开水给她。

时未接过去，吹了吹，喝了一口，便感觉热意流遍全身，她将杯子端起来，吹了吹，凑到司穹嘴边：“你也喝。”

老板捂着眼睛过来，笑着说：“一个人守着清冷的店就够可怜的了，你们还要找上门来秀恩爱，让我怎么活啊。”

刚才被东西挡着，时未听着声音以为老板是一个中年大叔，原来是一个年轻的小伙子，只是声音显得有些老成，这会儿他走得近了，她闻到他身上浓浓的烟草味，看来这嗓子都是拜吸烟所致啊。

司穹笑着将杯子放到桌上，说：“开门做生意的人，什么没见过？”

老板一脸无奈地摊手，一副你帅你说什么都对的表情，倚在柜台上看着面前的两人：“那两位客人想买一点什么呢？”

时未拉了拉司穹，将脸从围巾里露出来，指着墙上挂着的一只麋鹿头问：“买这个，回去挂到夏夏的房间去。”

夏夏，全名司夏，五年前老天送给他们的小天使。

司穹将围巾又给她拉上去，遮住半张脸，只露了忽闪忽闪的大眼睛在外面：“还有年年呢。”

想到年年，小小的肉团，现在还没有满周岁，时未脸上的笑意就止不住，目光在店里转了一圈：“年年这么小，都没有什么礼物适合他。”

“谁说没有。”司穹走到一处，他长得高，一抬胳膊就拿了一样东西递给时未，“回去给他换上，我们家的圣诞节，可不能少了那个小家伙。”

年年，全名司年，这名字是司念取的，说什么害怕司穹有了媳妇和儿女就会忘记她这个妹妹，给小家伙取一个跟她谐音的名字，不让大家忘了她。

时未想着既然要买礼物，那就全部都买好了，除了自己的一双儿女，还有司念和季同，最后时未趁着司穹和老板说话，她还选了一个礼物送给他。

这么多东西，就凭他们两个自然拿不走，老板本来好心想送一送，可是出门一看，他的车忘记开进停车场，这会儿也被雪盖严实了。

最后，是江河源开车来接的。

江河源前不久转型去拍了一部电影，本来只是打算拍一部小成本的爱情电影试一试水，谁知道突然就火了，成了今年杀出来的一匹黑马，所以，最近来电视台挖人的很多，找江河源录节目的也很多。现在有能力的导演不多，有能力还长得不错的导演更少，江河源两个占全了，所以，他最近比当红明星还要受欢迎。

时未不关心娱乐新闻，但是最近世研所的小年轻开口闭口都在谈论江大导演的新片，时未也忍不住多了些好奇，现在人都在面前了，不问白不问。

时未："江导，最近干吗呢？"

江河源："筹备新片呗。"说着，把帽子取了，可怜兮兮地说，"你看看，这白头发一天比一天多。"

时未也感慨，怀念十年之前江导的一头黑发啊。

她继续问道："听说你准备选当红的那个小花当女主角啊。"

江河源转过来看了时未一眼，立即便被司穹阻止道："江导，开车要看路。"

江河源只能从后视镜里看时未："你堂堂教授还关心娱乐圈八卦？"

时未笑了，看了看司穹说："我所里的孩子们关心啊，我看他们争来争去的影响工作，倒不如你告诉我，我转头告诉他们是谁就好了。"

"别。"江河源打消了时未的念头，眼睛直视前方，"这个是作为导演的原则，就算是你，我也不会告诉的。"

时未往司穹怀里靠，司穹搂着她，笑了笑，问："江导，既然你不想说，那还是我说。"

江河源的直觉告诉他没什么好事儿，但是忍不住好奇还是问司穹："说什么？"

司穹轻笑，状似无意地道："也没什么，就是前几天陈灯寄来了喜帖，说是元旦节那天，要结婚了。"

时未从司穹怀中探出头来，暗自点头，用眼神说道："你真狠。"

司穹回以宠溺一笑：对我老婆不好的人就该受到惩罚。

江河源一路无话，安安静静地把两人送回了家。

时未有些担心，毕竟这些年，陈灯和江河源的事儿简直就是一团糟。

当初江河源因为陈灯放不下臧家村的那个妇女，节目拍摄结束之后，他还陪着她去派出所报案，再次去了一趟臧家村。证实了那个妇女确实是小时候被拐卖的，也找到了亲生父母，这才让陈灯放了心。

后来两个人之间一直有着若有若无的暧昧关系，时未也不太清楚两人之间到底是什么情况，但她十分肯定的是，一定发生过什么。

如今把这么劲爆的消息告诉江河源，谁知道会不会出什么事儿啊。

下车的时候，时未还是担心，便邀请江河源和他们一起过圣诞节，江河源果断拒绝。

“我就不进去了，替我向小家伙们问好，礼物下次补上。”

时未问他：“那你去哪儿，这么冷的天，电视台难不成还要留着你们加班？”

过了会儿，江河源熄了火，说：“也行，一个人在外面实在是太凄惨了。”

于是江河源就去司穹家过圣诞节了。

时未和司穹在厨房里准备晚饭，江河源在客厅陪两个小家伙玩，夏夏突然从一堆玩具中拿出一张红红的纸，她从小聪明，识字快，上面的字她照着就读出来了：“陈灯女士和什么先生？”

她拿到江河源跟前，问：“江叔叔，这是陈灯阿姨的信吗？”

江河源眼睛发红，这哪是信啊，是喜帖，看着和陈灯写在一起的陌生男人的名字，他承认他此刻嫉妒得发狂，所以，他抓着喜帖，对夏夏说：“夏夏，江叔叔有事要先走了，下次再来看你。”

时未在厨房听到关门声，连忙出来看：“怎么了？你江叔叔呢？”

夏夏摆弄着手里的娃娃说：“江叔叔拿着陈灯阿姨的信走了。”

时未一头雾水，这年头，陈灯什么时候给她写过信了？

司穹从后面将人圈住，拉回厨房里：“是陈灯送过来喜帖。”

“喜帖？我不是放在卧室的抽屉里了吗？”时未说。

司穹凑近她，说：“刚才拿夏夏玩具的时候，我顺手放进去了。”

时末瞪大眼睛："你故意的啊，你不怕江导一怒为红颜，直接去抢亲啊。"她推他，说，"我发现你越来越坏了。"

司穹含着笑意，亲啄她的嘴唇："是不是更坏了，你不是最清楚。"

他的声音低沉，有种致命的吸引力，听了十几年，还是招架不住，她躲他，倒弄得自己脖子痒痒的："司穹，夏夏还在呢。"

他将她手握住："夏夏不会进厨房的。"

"为什么啊？"

他含住她的耳垂，轻声说："她怕老鼠。"

"厨房有老鼠吗？"时末问，而且她从来没有看见厨房有过老鼠。

司穹说："假的，我故意吓她的。"

他弄得她呼吸微微发喘："那是你女儿，你竟然吓唬她。"

时末任由着司穹抱着她过去将厨房的门关上，然后抵在门上吻她，他在她耳边轻声说："那又怎样，我只想要你。"

很多很多年以后，司夏继承了母亲和父亲的优良基因，成了一个自由的美食家，在接受采访时，记者问道："你童年经历过最害怕的事情是什么？"

司夏说："小时候，我时常怀疑自己不是我爸亲生的，因为我爸拿老鼠吓唬我，但凡一个正常的爸爸都不会这么做，但是后来我亲眼看着弟弟出生，我才知道，爸爸对我很仁慈了。"

记者又问："那你爱你的爸爸吗？"

"爱，我爱我的爸爸和妈妈，因为是爸爸教会了我，该怎么样去爱一个人。"

从前，没人教我们怎么去爱。

现在，一定要告诉你的孩子，该怎么去爱自己，也爱别人。